ASSISES

Scientifiques, Littéraires et Artistiques

FONDÉES PAR ARCISSE DE CAUMONT

VIe *Session, tenue à Rouen les 23-24-25 juillet 1923*

RAPPORT

SUR

Le Mouvement Littéraire

En Normandie, Maine, Anjou et Blésois

De 1913 à 1924

Avec un Index Bibliographique

Par

Paul-Louis ROBERT

Professeur d'Histoire littéraire Normande à la Société libre d'Émulation

ROUEN

IMPRIMERIE ET LIBRAIRIE ALBERT LAINÉ

1924

Vendu au profit du Musée Berlioz
et du Monument Maupassant

Prix : 5 fr.

Mouvement Littéraire

en Normandie, Maine, Anjou et Blésois, de 1913 à 1924

Par Paul-Louis ROBERT

Membre de la Société des Gens de Lettres et de l'Académie de Caen,
Professeur d'Histoire Littéraire Normande à la Société Libre d'Emulation,
Ancien Président de la Société,
Bibliothécaire du *Journal de Rouen*.

CHAPITRE PREMIER

MOUVEMENT LITTERAIRE DANS LES SOCIETES SAVANTES ET LES REVUES

CALVADOS, EURE, LOIR-ET-CHER, MAINE-ET-LOIRE, MANCHE, MAYENNE, ORNE, SARTHE, SEINE-INFÉRIEURE

La tâche confiée par Arcisse de Caumont aux rapporteurs du Mouvement littéraire leur semblait déjà lourde lorsque les Assises se tenaient tous les cinq ans. Elle devient de plus en plus difficile, pour ne pas dire impossible, aujourd'hui que l'insuffisance de ressources oblige à limiter l'étendue du rapport et à doubler le nombre d'années à étudier. Aussi faut-il souhaiter qu'un Mécène régionaliste assure la continuité d'une tradition, sans aucun doute utile, en augmentant les crédits nécessaires. Ceci permettrait peut-être de créer enfin le Bulletin bibliographique réclamé depuis longtemps et indispensable au rapporteur. Il devient de plus en plus indispensable aussi de renoncer à la fâcheuse habitude de désigner un an seulement avant les Assises des rapporteurs qui trouvent tout à faire. Il faudrait obtenir que dans chaque département une des Sociétés savantes ou leur consortium, avec le concours de l'archiviste et des bibliothécaires, établissent méthodiquement l'inventaire de la production littéraire; que les auteurs et les Sociétés des neuf départements fassent l'envoi régulier de leurs ouvrages et à la Bibliothèque de Rouen et à celle de Caen. Quant aux choix des rapporteurs, sans doute y aurait-il le plus grand intérêt à en augmenter le nombre. Pourquoi chaque département ne désignerait-il pas le ou les siens plusieurs années à l'avance : Nous avons eu la bonne fortune, pour le département de la Manche, de trouver en M. Groult, conservateur de la Bibliothèque de Cherbourg, ce collaborateur idéal qu'il faudrait rencontrer dans chaque département. Le nombre considérable de travaux publiés en dix ans dans neuf départements rend de plus en plus utile aussi la répartition du rapport entre plusieurs collaborateurs, et c'est ainsi que M. Labrosse a rendu un réel service en s'offrant pour traiter de l'histoire qui est sa spécialité.

Surtout, il faudrait intéresser les écrivains à nos Assises. Nous avions pris la peine de recueillir dans chacun des neuf départements une liste d'auteurs. M. Labrosse a bien voulu nous rendre le service de leur adresser une circulaire. Un dixième à peine des intéressés a donné signe de vie. Bien des lettres restent sans réponse. Plusieurs circulaires aux journaux donnent trop peu de résultats. Cet abstentionnisme ne facilite guère la tâche accablante des rapporteurs. Nous pourrions même citer certain nombre d'écrivains chez qui nous avons laissé une carte indiquant le but de notre visite et qui n'ont pas même daigné nous répondre.

Tout cela, d'ailleurs, nous nous en doutions, pour avoir lu les doléances de nos prédécesseurs, lorsque nous avons commis l'imprudence d'assumer ce rapport que d'autres, beaucoup mieux préparés et plus qualifiés que nous cependant, avaient refusé. Nous l'avons fait uniquement par dévouement à la cause régionaliste et sans avoir la moindre illusion sur la médiocrité certaine du résultat. Eloigné des bibliothèques par la guerre d'abord, ensuite par des travaux personnels, par une croisade pour le Musée Berlioz, puis, à l'occasion du centenaire de Flaubert, ayant eu à organiser près de trois cents conférences par toute la France (et en Espagne), nous ignorions en trop grande partie de ce Mouvement littéraire dont on nous affirmait — sans doute parce que kilométriquement nous y avions pris une très grande part — que nous pouvions en être l'historien. Pourtant, nous avons dépensé un nombre d'heures considérable au cours de cette année qui nous était accordée pour lire ou parcourir tout ce qui nous a été envoyé ou indiqué, pour entrer en relations avec le plus de témoins ou d'acteurs de ce Mouvement littéraire. Que ceux qui n'ont pas répondu à nos appels ne se plaignent pas d'avoir été oubliés lorsque les Bibliothèques de Rouen ne possédaient pas leurs œuvres. Trop souvent d'ailleurs (nous avons pu le constater à Rouen — et la même constatation a été faite à Caen) — les auteurs négligent ce côté de la gloire, la gloire provinciale, qui a bien son prix cependant, et ils perdent bien des lecteurs en n'offrant pas leurs œuvres aux bibliothèques de leur ville natale.

On verra toutefois que nous avons pu mentionner ou étudier un grand nombre d'écrivains, bien que tous ne nous aient pas sans doute été signalés. Mais il nous a fallu pour cela — en organisant des conférences dans chacun des neuf départements — aller interviewer bibliothécaires, archivistes, érudits, présidents de Sociétés, éditeurs, directeurs de revues et de journaux, auteurs, critiques, lettrés. Ce fut, d'ailleurs, la partie la plus intéressante de notre enquête et nous conservons le meilleur souvenir de ces entretiens avec les auteurs et les témoins de ce Mouvement littéraire qui versaient à notre dossier la plus précieuse documentation et auxquels nous ne saurions trop exprimer notre gratitude. Notre investigation eût été moins rapide et plus complète si les Assises de Caumont pouvaient mettre à la disposition des rapporteurs les moyens financiers de remplir leur rôle. Mais on sait que ce n'est pas le cas. Aussi, que ceux enclins à la critique veuillent bien accorder quelque indulgence à des hommes de bonne volonté réduits, pour principale ressource, à user du système D.

On trouvera dans ce rapport beaucoup de citations et cette méthode nous a paru conforme aux intentions d'Arcisse de Caumont. Appeler les meilleurs critiques de nos provinces à témoigner d'un Mouvement qu'ils ont pu suivre au jour le jour, n'était-ce pas faire du régionalisme et du meilleur ? L'importance du mouvement poétique, par exemple, n'apparaît que dans les anthologies de Ch.-Th. Féret et R. Postal, Marc Leclerc, Hubert Fillay. Le nombre de poètes que nous avons pu citer, grâce à eux, est infiniment supérieur au nombre de ceux qui figuraient dans les précédents rapports, et n'était-il pas légitime de céder la plume à ceux qui ont présenté ainsi le meilleur rapport sur la poésie dans leur province, quitte à compléter leur travail dans la mesure du possible. Que l'on veuille bien réfléchir d'ailleurs à l'impossibilité matérielle de se faire une opinion autorisée sur des centaines d'auteurs qui ne sont pas nés à la vie littéraire en 1913 seulement et dont il faudrait logiquement étudier et connaître l'œuvre antérieure. Lorsque l'on a la bonne fortune de trouver sur un écrivain et sur son œuvre une étude consciencieuse faite par un critique de la même région qui, souvent, le connaît et l'a suivi dans son développement, le mieux n'est-il pas de le citer ? On s'expose peut-être aussi, dira-t-on, à enregistrer des appréciations trop complaisantes; il est vrai. Mais il ne s'agit pas de pratiquer une critique trop sévère. Arcisse de Caumont a voulu que fut retracé l'effort littéraire de nos provinces, pour leur donner sans doute une conscience plus forte de leur originalité et de leur vie intellectuelle. En offrir une image flattée vaut assurément mieux que le dénigrer. Et d'ailleurs personne ne se plaindra de retrouver ici cités ou résumés des articles de M. Souriau, G. Dubosc, R. Postal, C. Cé, Joseph l'Hôpital..., de critiques normands, angevins, blésois, des études de la *Revue Normande*. Bien au contraire, cela consolera le lecteur — et console aussi le Rapporteur — de ce que le rapport n'ait pas été confié à quelqu'un ou à plusieurs d'entre eux.

Nous avons entendu par Mouvement littéraire, comme nos prédécesseurs, à la fois celui qui se fait dans les provinces mêmes, surtout par l'action des Sociétés savantes et celui qui a pour théâtre la grande ville où se rencontrent tous les provinciaux de France qui n'en deviennent pas pour cela nécessairement Parisiens. Sans doute, rencontre-t-on en province quelques éditeurs entreprenants comme H. Defontaine, à Rouen, quelques Compagnies dramatiques comme le Théâtre normand, des journaux et même d'importants journaux soucieux de littérature, des revues trop souvent éphémères. Mais c'est à Paris que se publient ou se jouent les œuvres les plus importantes. A les négliger, on se montrerait injuste pour l'activité provinciale qui déborde souvent le cadre trop étroit de la province.

Il conviendrait pour la période 1923-1933 de désigner dès maintenant les rapporteurs et de diviser le travail.

Calvados : MM. M. Souriau et Sauvage; Eure : MM. Maurice d'Hartoy et Guéry; Manche : le Bibliothécaire de Cherbourg; Orne : M. René Gobillot; Seine-Inférieure : MM. P.-L. Robert et Labrosse; Anjou : M. Leclerc; Blésois : M. Hubert Fillay; Maine : M. R. Triger; Mayenne : M. Laurain.

SOCIETES SAVANTES

Nous avons dépouillé les Bulletins de toutes les Sociétés qui en font l'envoi à la Bibliothèque de Rouen ou à celle des Sociétés Savantes, en laissant à M. Labrosse le soin de parler des travaux historiques — les plus nombreux d'ailleurs — parus dans ces mémoires. Très éprouvées par la guerre et l'après-guerre, beaucoup de Sociétés ont dû supprimer ou réduire l'importance de leurs publications. Puissent-elles, en se groupant, comme plusieurs l'ont fait, en augmentant le nombre de leurs membres et le chiffre des cotisations, en recevant de généreux dons, revenir à des traditions si utiles pour les travailleurs peu fortunés.

Les Assises de Caumont seraient pour les Sociétés Savantes une excellente occasion de prendre contact entre elles et de sortir de leur « splendide isolement ». Nous avons constaté avec quelque étonnement l'abstention d'un trop grand nombre d'entre elles.

Ce chapitre a été rédigé en janvier et février 1923, à part quelques additions peu importantes de la dernière heure.

I. — Calvados

La *Société des Sciences, Arts et Belles-Lettres de Bayeux*, présidée par l'aimable et érudit M. Anquetil, a entendu son président, lors d'une réception solennelle de la Société Archéologique de l'Orne, retracer l'histoire des Sociétés Savantes de Bayeux : Collège primitif, Société Chamillard, Chambre de Société, Collège de Médecine, Société Littéraire, Commission des Arts, Société Vétérinaire, Société d'Agriculture, Sciences, Arts et Belles-Lettres. Le second Millénaire de la Normandie sera célébré à Bayeux en 1924 (voir G. D., *Petit Parisien*, 1er avril 1924).

A Lisieux, plusieurs Sociétés — dont la *Société Historique* — projetaient de se grouper et de s'installer dans un vieil hôtel afin d'assurer la continuité de leurs travaux. Nous ne savons si ce projet a pu aboutir. A Honfleur, la *Société Normande d'Ethnographie et d'Art populaire* organise des manifestations et des fêtes d'un caractère toujours pittoresque et régionaliste.

Lors de l'inauguration du monument d'Albert Sorel, par le Président Poincaré, elle a tenu une séance solennelle où des discours en l'honneur du grand historien furent prononcés par MM. Scheffer, André Lebon, Funck-Brentano, Maurice Donnay et Chuquet.

En juillet 1924, elle célèbrera A. Boudin et A. Allais.

A Caen, l'union des Sociétés des BeauxArts est accomplie. La *Société des Amis de l'Université* comme le *Cercle Caennais de la Ligue de l'Enseignement* ont repris leurs conférences. L'*Association Normande* a tenu son quatre-vingt-septième Congrès en 1914 à Domfront, son quatre-vingt-septième à Montivilliers en 1922, son quatre-vingt-huitième à Vernon en 1923. Elle procède chaque fois à une double enquête, l'une agricole, l'autre scientifique, historique et économique. Elle entend des communications comme celles de MM. Alphonse Martin, Dr Leroy, baron des Rotours, Prentout, Joseph et G. de Beaurepaire à Montivilliers. L'Université, comme nous le verrons en étudiant les travaux de MM. Souriau et Villey, reste le centre très actif de la région. L'*Académie de Caen* offre un excellent exemple de méthode dans son Bulletin, comme nous l'allons voir.

Académie des Sciences, Arts et Belles-Lettres de Caen

Les mémoires de l'Académie forment de substantiels volumes nourris de longues études. Ainsi, celui de 1915 ne contient que l'étude critique sur *Dudon de Saint-Quentin*, de M. Henri Prentout. A partir de 1916, l'Académie n'a pu faire paraître son Bulletin que tous les deux ans.

Un assez grand nombre de mémoires traitent de l'histoire normande; ainsi, pour l'année 1913, celui de M. G. Lavalley sur les *Duellistes de Caen de l'an IV à 1848*. L'un de ces bretteurs, Alexis Dumesnil, publiciste et duelliste, jouait de la plume à peu près comme de son épée. M. Lavalley relève ses violences et ses apostrophes contre Sainte-Beuve, V. Hugo, Thiers et surtout Châteaubriand, dont il flétrit « cette religiosité sans conséquence qui nous a donné plus tard la sacrilège folie du néo-christianisme ». Cette critique de bretteur ne laisse pas quelquefois de toucher juste si elle frappe fort.

En 1914, M. l'abbé Alix consacre une étude de 85 pages à *Messire Jacques Belin, curé de Blainville, poète, archéologue, érudit, secrétaire perpétuel de l'Académie Royale des Belles-Lettres de Caen (1680-1737)*, dont il publie un *Panégyrique de Louis XIV*.

Sous ce titre : Victor Hugo à Barfleur en 1836 ou La Partie de Mer manquée (p. 189), M. G. Lavalley raconte les démêlés du poète venu à Barfleur accompagné de Juliette Drouet et de Célestin Nanteuil avec le Maire du village qui jugea suspects leur accoutrement et leur projet de passer la nuit en mer, et il remet l'anecdote au point par des textes. MM. Henri Prentout et Sauvage consacrent une notice biographique et bibliographique (p. 211) au grand érudit Emile Travers.

En 1916-1917 commence la publication d'un travail considérable de M. E. Grelé, l'historien de Barbey d'Aurevilly, la première partie est intitulée : *Un Normand déraciné et méconnu, Paul Challemel-Lacour, sa famille, son enfance, sa jeunesse, d'après des documents inédits* (p. 43 à 207). « J'ai essayé, nous dira l'auteur, de faire connaître la première formation intellectuelle et morale de Challemel-Lacour, le milieu normand d'où il est sorti, l'atmosphère familiale où il a été élevé, la précoce et parfois douloureuse expérience de sa vie d'enfant, de lycéen et de normalien, jusqu'au jour où il devient professeur de philosophie, à l'âge de vingt-deux ans.

Dès ce moment, sa personnalité s'est affirmée par plusieurs manifestations d'un caractère bien différent. Dans un banquet politique, il s'est révélé orateur. Au concours d'agrégation, il a donné l'impression d'un « maître » prématurément accompli; il s'est placé d'emblée au premier rang. Il est quelqu'un; il n'a plus qu'à attendre l'occasion, sans doute proche, de développer pleinement son individualité et de dégager des entraves de l'ambiance sa physionomie si originale. Mais voici l'heure du destin.

« Les circonstances politiques, dès sa vingtième année l'ont peu à peu détourné de l'enseignement universitaire pour le jeter dans la mêlée des partis et finalement le conduire après le coup d'Etat du 2 décembre sur les routes de l'exil. »

Le Professeur, l'Insurgé, le Proscrit (1849-1860), ainsi s'intitule la seconde partie de cette biographie contenue dans les Mémoires, 1918-1920 (p. 59 à 234).

« Ce qu'ont été ces huit années de vie errante, en Belgique, en Allemagne, en Italie, en Suisse, peut se résumer en quelques mots : misère matérielle, à peine compensée par de profondes et brèves joies intellectuelles, adoucie surtout par la tendresse d'une femme passionnément aimée. »

Dans une suite de chapitres très documentés et vivants, M. Grelé retrace sa carrière de professeur suspecté à Paris et à Limoges, il le suit aux diverses étapes de l'exil dans ses succès brillants de conférencier, dans ses rapports avec les exilés. Il nous dit sa rencontre avec Schopenhauer et avec R. Wagner. En citant sa correspondance ou ses écrits, il nous offre un tableau très riche d'une existence mouvementée.

Deux cent soixante pages des Mémoires, de 1920-1921, sont réservés à la troisième partie de cette minutieuse biographie : *Le pessimisme d'un Irréconciliable. Dix ans d'obscur labeur et de rude préparation à la vie publique. Paul Challemel-Lacour. Le voyageur, le critique, l'écrivain politique, d'après sa correspondance inédite (1859-1870)*; et voici la suite des chapitres : Les premières démarches et les premiers déboires, R. Wagner et Garibaldi. Un cours public sur les Beaux-Arts : Le Salon de 1861; Jules Simon, Gambetta et Clément Laurier. Projet d'installation en Italie; Une Attaque contre les éclectiques et E. Renan; Un Cours de littérature à Paris; Voyage en Suisse, en Angleterre et en Italie; « La Philosophie individualiste »; La *Revue Germanique*, le Salon de 1864 et le *Temps;* la *Revue Moderne* et la *Revue des Deux Mondes;* Longs entretiens avec Gambetta; Voyage à Constantinople et en Italie; la *Revue Politique* et le procès Baudin; les Elections de 1869 et les dernières luttes. Chacun de ces chapitres est nourri de citations des lettres, des articles, des livres de Challemel-Lacour, et rempli de renseignements sur les hommes ou les milieux qu'il fréquente. Cette biographie se lit avec le plus vif intérêt. On souhaiterait à beaucoup de Normands disparus de trouver un historien aussi sûr, aussi précis que M. Grelé.

Ce volume contient aussi : *La Hague, Souvenirs et Paysages*, par M. Vanel; *Réflexions sur un Projet de Réforme de l'Enseignement secondaire*, par Ch. Bellier-Dumaine; *Le Cinquantenaire Académique de M. Carlez;* Documents; *Un Prélat Janséniste; l'Ombre du Cardinal de Lorraine*, publié par M. Lesage.

Dans les Mémoires des années 1918-1920, sous ce titre : *Alfred de Musset à Beaulieu* (p. 271), M. Valère Fanet signale sa découverte dans une « Revue illustrée d'une des dernières années du règne de Louis-Philippe », d'une nouvelle inédite du poète intitulée : *Denise*, dont le roman se déroule au château de la Délivrande, et d'un autre, de Gavarni : *La Jarretière de la Mariée*, et précise les circonstances d'un voyage de Musset en Calvados.

Bien que réduits d'importance, on le voit, les Mémoires de l'Académie de Caen constituent une précieuse collection de travaux érudits où la plus large place est réservée à des ouvrages importants, ce qui semble bien une excellente méthode de publication.

II. — Eure

La *Société libre de l'Eure* et la *Société des Amis des Arts* se sont unies dans un même effort pour perpétuer de belles traditions.

La *Société Normande du Livre illustré* a dû interrompre ses publications. La *Société d'Etudes diverses de Louviers* a dû diminuer singulièrement le nombre des pages de ses Bulletins : elle se consacre surtout aux travaux d'histoire locale, comme celui de M. Collignon, sur les ponts de Saint-Pierre-du-Vauvray, lu à la séance de novembre 1923.

Société libre d'Agriculture, Sciences, Arts et Belles-Lettres de l'Eure.

La *Société libre de l'Eure* a toujours fait preuve d'un esprit d'initiative qui s'exerce dans tous les domaines. Relevons-en d'abord cette preuve curieuse dans le Recueil des travaux de la Société pour l'année 1913 : l'inauguration par la section de Bernay, le dimanche 31 août 1913, en l'église de la Goulafrière d'une plaque commémorative à la mémoire de Gace de la Bigne (1310-1380), ancien curé de la Goulafrière, poète et premier chapelain de France. Dans une savante étude (p. 41), M. l'abbé Ch. Guéry analyse le *Roman des Oiseaux* ou *Roman des Déduits*, écrit en vers octosyllabiques, au nombre de plus de dix mille, dont le fond est une dispute entre l'avocat de la vénerie et celui de la fauconnerie.

A l'érudition littéraire appartient également la description et l'analyse de la *Passion Davitique de Jehan Féré, abbé de la Noe* (1523), par M. Etienne Deville (p. 150), rareté bibliographique digne de piquer la curiosité des amateurs de notre histoire littéraire. Le poète fait un emploi fréquent des versets des psaumes : « c'est un travail de compilation relié par des gloses, des invocations et des prières qui en rendent parfois la lecture difficile. Il s'y manifeste un esprit monacal tempéré par un langage de tabellion ».

Si elle tire de l'oubli ces vieux auteurs, la Société honore les écrivains contemporains. Le 30 octobre 1913, à Evreux, M. Joseph l'Hôpital, président de la section des Lettres, consacrait une longue et substantielle conférence à quatre grands écrivains normands : Mérimée, Flaubert, Maupassant, Barbey d'Aurevilly (p. 90 à 125), où il a certainement « mis en relief les traits distinctifs du caractère normand communs aux quatre maîtres : la personnalité, le don d'observation, l'imagination créatrice et une hauteur naturelle qui fait d'eux non des complaisants mais des indépendants ».

De M. Joseph L'Hôpital également, le rapport (p. 15) sur « *Les Souvenirs d'une Française* », où le poète Léon Tyssandier a mis toute sa piété filiale à faire revivre sa mère — la *Notice biographique* (p. 256 à 294) *sur M. Louis Passy*, qui présidait pour la septième fois la Société lorsqu'il mourut. Et c'est à sa plume et au crayon de M. Henri Jacquelin qu'est due une jolie brochure *Le Vieux-Lisieux*, dont M. Paul Hérissey regrette la concision.

Dans le Recueil de 1914, nous ne voyons à signaler que le Rapport de M. P. Hérissey sur le Concours Lucien Fouché (p. 58) et le Mémoire récompensé, dont M. Auguste Dorchain pouvait dire : « c'est une bonne fortune pour un concours littéraire qu'un mémoire de cette valeur... » ; *L'Alexandrin et le Vers libre*, par M. Edmond Porcher (p. 67 à 98), conclut ainsi : « Que notre alexandrin conserve les qualités qui l'ont fait ce qu'il est..., qu'il se garde des présents qu'on prétend lui offrir ».

En tête du Recueil de 1915, une belle photographie de Paul Harel et, ce qui vaut mieux encore, une causerie délicieuse de M. Joseph L'Hôpital, pleine de souvenirs, de citations, d'impressions délicates qui évoque savoureusement l'auberge d'Echauffour et son poète. Elle conclut par cette lettre de Mistral à P. Harel : « Nous aurons fait notre devoir de pieux patriotes en étayant le toit du bonheur populaire... Tant pis pour ceux qui le renversent! Je vous embrasse et vous félicite ».

Dans le Recueil de 1916, que grossit un important travail archéologique de M. Léon Coutil, Léon Tyssandier (1862-1916) reçoit le double hommage de M. Albert Doucerain (p. 326 à 351) et de M. J. L'Hôpital. En faisant revivre le poète, l'avocat, le magistrat, l'écrivain, ces notices insistent sur la place qu'Evreux tient dans l'œuvre de L. Tyssandier, par exemple dans la première Passion « La forêt d'Evreux n'était-elle point pour lui une sorte de bois sacré où il se plaisait à entendre l'inspiration de sa Muse ? » et les souvenirs d'une française, « tableau exact, spirituel et attachant de l'Evreux d'autrefois ».

M. Paul Harel, élu président de la Société en 1917, rapporte dans son discours le récit d'une aventure poético-culinaire lors d'une inauguration de plaque par la Société en 1894, où l'on voit comment après avoir déclamé les deux cent quarante-huit vers d'un Bertrand Duguesclin au tournoi de Rennes en 1337, le poète-aubergiste prit la maison de l'instituteur pour une auberge. M. l'abbé Guéry relève toutes les particularités curieuses de *La Fête des Fous au moyen âge en Normandie* (p. 17). M. Léon Dubreuil présente (p. 47) un rapport sur *La Vie sociale pendant la première partie de la Révolution (1789-1798) à Rouen et environs*, de M. Chanoine-Davranches, et M. P. Hérissey (p. 57) sur le roman de M. Joseph L'Hôpital, *Un Clocher dans la plaine*. Mme Th. Fayet-Canet (p. 65) retrace la courte vie d'un poète ébroïcien, Eugène Mordret (1830-1856), auteur des *Récits poétiques*, publiés avec succès en 1855, d'un mystère en trois actes, *Nicolas Flamel*, qui faillit devenir le scénario d'un opéra de Meyerbeer et de nouvelles parues dans la *Revue Contemporaine*. La Société recueillant un legs fait à M. L. Tyssandier publie « des pages imagées, pittoresques, évocatrices, de Lottin de Laval : *Impressions d'Orient* (p. 80). Dans sa notice sur les travaux de M. Join-Lambert, M. Louis Regnier ne manqua pas de rappeler ses travaux sur Louis Bouilhet et sa collaboration au chansonnier normand.

Dans le Recueil de 1918, M. Albert Doucerain, secrétaire perpétuel de la Société, dont les rapports généraux résument avec tant de bonheur les travaux de ses collègues, précise (p. 51) la simple histoire de *Jean-François Corneille d'Evreux* (1714-1783) « qui fut successivement panetier, mouleur en bois, facteur de petite poste, procureur du grenier à sel, messire, écuyer, et par-dessus tout un perpétuel mendiant — et à qui le grand Corneille avait fait par avance l'aumône d'un peu de gloire ». *Les Episodes de la Vie rurale Normande aux XIVe et XVe siècles*, par M. G.-A. Prevost (p. 72), contiennent quelques détails sur les ménestrels et les jeux du mystère. La *Notice* de M. l'abbé Guéry sur *M. Emile Picot*, ancien président (p. 136) résume l'œuvre considérable de ce maître de l'érudition littéraire pour qui l'art populaire du moyen-âge avait un irrésistible attrait.

En 1919, la Société organisa, le 9 février, une matinée normande présidée par M. J. L'Hôpital, au cours de laquelle M. Pierre Preteux fit une intéressante causerie sur les Trouvères que ses amis, les poètes Argentin (bientôt enlevé en pleine jeunesse à vingt-deux ans) et Demongé illustrèrent, avec lui-même, de la déclamation de leurs poèmes. Elle décerne les récompenses du concours de poésie L. Fouché, à la gloire du soldat-paysan de la grande guerre (p. 140) à MM. Jean Suberville, Edmond Porcher, Paul Labbé et Pierre Billaud : il y avait eu près de cinquante concurrents.

Le Recueil de 1920, formé de nombreux rapports, dont plusieurs consacrés aux œuvres de guerre et de travaux historiques, contient (p. 196) un rapport de M. P. Hérissey sur le dernier Recueil de nouvelles de M. Joseph L'Hôpital : *Sous le Ciel du vieux pays*.

Les sections de la Société libre de l'Eure ont leur activité propre. C'est ainsi que celle de Pont-Audemer commémore le cinquantenaire de la mort de Glatigny, qui fut l'ami de Canel et le souvenir d'Edouard d'Anglemont. Et Deville a présenté, dans le *Journal de Rouen* du 11 septembre 1923, le dernier volume paru, ne comprenant d'ailleurs que des travaux historiques.

Ce dernier hiver 1923-1924, la *Société libre de l'Eure*, reprenant une vieille tradition, a donné six conférences devant des salles combles. Pierre Preteux y parla de la *Normandie* et du *Parler de France;* Pierre Chirol, des *Abbayes Normandes;* Gaston Boucher, de *La Trappe et les Trappistes;* nous-même de *Jean Revel*, et, avec le concours de Mme Marie Robert, de *La Vie et l'Œuvre d'Hector Berlioz.*

III. — Loir-et-Cher

La Société des Sciences et Lettres du Loir-et-Cher a pour président un érudit très lettré, le Dr Lesueur, dont les travaux illustrent si joliment la revue *Blois et le Loir-et-Cher*, comme nous le verrons plus loin.

Le tome XXIII de ses Mémoires (340 p.), paru en 1913, contenait les travaux suivants : *Journaux de Jean Desnoyers (1689-1728)* et *d'Isaac Gérard (1722-1725)*, publiés par M. Dufay; *Les Forges (Suèvres)*, par M. Thibault; *Deux Témoins de l'assassinat du duc de Guise : les abbés Claude de Bulles et Etienne d'Orguyn*, par Mlle Hazon de Saint-Firmin.

Le tome XXIV (238 p.), vient de paraître seulement. En voici le sommaire : *Le Château de Blois pendant la Guerre; Le Louvre et les Musées nationaux réfugiés à Blois*, par L. Belton; *A l'Assaut d'un siège épiscopal, Thémines et Grégoire au début de 1791*, par l'abbé J. Gallerand; *Vues du Château de Montfrant vers 1778*, par Pierre Lesueur; *Le Souterrain-Refuge du Remenier ou du Prieuré de Saint-Jean en Grève, à Blois*, par E.-C. Florance; *V. Hugo et son frère Eugène à la pension Cordier et Decotte et au Collège Louis-le-Grand*, par L. Belton, contient de fort intéressantes lettres du général Hugo, alors gouverneur de Thionville aux « deux polissons » qui protestaient légitimement contre la sévérité brutale de M. Decotte et contre la rigueur paternelle. « Lis les rapports du secrétaire perpétuel de l'Académie... tu verras que le plus jeune de tes fils a débuté dans la carrière par un triomphe », écrivaient-ils au général. (Voir Hubert Morand : *Journal des Débats*, 30 décembre 1923) ; *L'Hôtel de Mayenne au Château de Blois*, par le Dr Frédéric Lesueur.

L'étude du Dr F. Lesueur sur *L'Eglise et l'Abbaye bénédictine de Saint-Lomer de Blois* qui devait paraître dans ce volume fera l'objet du tome XXV.

Une autre Société, celle des *Amis des Arts, Sciences et Lettres du Loir-et-Cher*, a pour président également un médecin fort aimable et lettré, le Dr Rollet. Nous ne croyons pas qu'elle ait publié de Bulletin ces dix dernières années.

La *Société Archéologique, Scientifique et Littéraire du Vendômois* relève de M. Labrosse.

IV. — Maine-et-Loire

Il nous faut constater malheureusement la disparition de la *Revue des Facultés catholiques de l'Ouest* et l'arrêt des publications de la *Société des Sciences, Lettres et Beaux-Arts de Cholet.*

La *Société des Lettres, Sciences et Arts du Saumurois* publie depuis 1910 un Bulletin trimestriel fort important consacré surtout à des études d'histoire locale.

L'Angevin de Paris reparaîtra sans doute bientôt. Une petite revue trimestrielle *Le Pays d'Anjou* renseigne de façon éclectique et agréable sur l'activité de la province.

Le *T uring-Club*, qui fusionne avec la *Société de Géographie*, constitue un centre d'activité fort vivant.

Société Nationale d'Agriculture, Sciences et Arts d'Angers.

Les procès-verbaux des séances de la Société, rédigés par M. le chanoine Urseau, donnent une vue d'ensemble très précise de ses travaux comme des difficultés de guerre :

on peut les considérer comme des modèles du genre et nous les suivrons en regrettant que toutes les Sociétés n'en publient pas de semblables.

Les procès-verbaux de 1914 analysent une communication sur *Les Nouvelles ecclésiastique et le Diocèse d'Angers* où M. l'abbé Delaunay montre avec beaucoup de sens critique l'usage que l'on peut faire de ce journal de combat et du supplément des *Nouvelles ecclésiastiques*. Ils signalent aussi des remarques très originales de M. Hogu sur *Châteaubriand écrivain*. Ces communications ne figurent pas dans les Mémoires. On y trouve trois petits badinages en vers de M. Xavier de la Perraudière, intitulés : *Doléances d'un Mari de campagne* (p. 235) et de M. A.J. Verrier (p. 83), Rapporteur du Concours Daillière un poème de trois cent douze vers : *Sisyphe délivré* d'une inspiration chrétienne et d'un accent personnel qui nous montre le crime et l'expiation, puis le repentir et la rédemption de Sisyphe sauvé par Jésus.

M. l'abbé Delaunay semble écrire chapitre par chapitre l'histoire du Jansénisme en Anjou. Il faut souhaiter qu'il l'écrive : « Nul mieux que lui ne la connaît, nul ne pourrait mieux la fixer en traits définitifs ».

Pour l'année 1915, rien à signaler au point de vue littéraire, sauf peut-être les *Souvenirs d'un Vieux fils*, de M. A. Mauvif de Montergon (p. 163). En 1916, rien. Pour 1917, *Guerre de Classes*, poésie de X. de la Perraudière. Deux Mémoires, l'un de M. l'abbé Delaunay : *Un ami de Benoît XIV, le Prieur Bouget*, en qui « l'on serait tenté de retrouver le portrait de frère Jean »; l'autre, de M. L. de Farcy : *A travers les Manuscrits et les Livres*, touchent à l'histoire littéraire.

Les 220 pages de l'année 1918 sont réservées surtout à d'importants travaux historiques de MM. E. Rondeau, F. Uzureau, G. Dufour, R. de la Perraudière, L. de Farcy, Ch. Urseau. M. l'abbé Delaunay étudie le rôle du chanoine Jean Philipeaux, un angevin vicaire général de Bossuet, auteur d'une *Relation de l'Origine, du Progrès et de la Condamnation du Quiétisme*, répandu en France, avec plusieurs anecdotes curieuses, « véritable pomme de discorde encore maintenant entre Bossuétistes et Féneloniens, livre où n'apparaît guère la douceur angevine, pourtant une source importante pour l'histoire du Quiétisme ». Sous ce titre : « *Quelques Rébus interprétés par les Artistes angevins du XVIe siècle*. M. le chanoine Urseau, historien de l'art et lettré des plus distingués, présente « une petite gerbe composée de fleurs peu connues, écloses sur notre terre angevine ».

Année 1919 : M. Louis Hogu, qui connaît dans les moindres détails l'histoire et les œuvres de Châteaubriand, « étudie *Châteaubriand, avocat des Vendéens* (p. 25). *Le Conservateur* du 31 juillet 1819 ne contenait qu'un article intitulé : De la Vendée. Châteaubriand y développait avec ironie et éloquence ce que la Vendée a fait pour la monarchie, ce que la Vendée a souffert pour la monarchie, ce que les ministres du roi ont fait pour la Vendée. Après avoir raconté les circonstances où il fut publié et l'impression qu'il produisit M. Hogu montre comment cet article permet de mieux comprendre un passage remarquable des Mémoires d'outre-tombe (T. VIII), intitulé : *Un Paysan vendéen* ». Dans son travail sur l'*Académie protestante de Saumur et les précurseurs du Protestantisme libéral* (p. 79), M. l'abbé Delaunay montre comment cette Académie a contribué à orienter la Réforme dans les voies du libéralisme.

La Préhistoire dans le Roman et les Arts (p. 99), de M. O. Desmazières, débute par une revue curieuse des romans préhistoriques (Elie Berthet, les frères Rosny, Stéphane Servant, E. Haraucourt, etc...), ou consacrés aux préhistoriens (J. Gros, R. Chauvelot). Dans les *Hôtes de l'Estuaire*, de Jean Revel, M. Desmazières voit « la légende des siècles de l'embouchure de la Seine où l'auteur s'efforce de faire revivre toute l'histoire des races successives qui prirent pied sur ce sol depuis les âges préhistoriques jusqu'à la Révolution ».

Les Mémoires des années 1920 et 1921 offrent un caractère nettement historique.

Mais en 1921, la Société avait à décerner le prix de poésie Julien Daillière. Le rapport de M. le comte du Plessis de Grenédan cite et apprécie les œuvres des lauréats : Jean Gaultier avec *Les Chants de la Pierre et du Feu;* M. l'abbé Chéhère avec *Quelques vers la Paix et de Guerre;* M. Henri Tilleul, poète connu avec cinquante-sept petits poèmes dont un certain nombre transposés de poètes anglais. Ce rapport est d'une lecture fort agréable.

V. — Manche

La *Société Nationale Académique de Cherbourg*, fondée en 1755, a publié vingt volumes de Mémoires. Le dernier paru, en 1914 — un beau volume de 280 pages — est entièrement consacré aux Mémoires de Armand Le Véel, statuaire, né à Briquebec, dans la Manche, pensionnaire à ses débuts de la ville de Cherbourg où il se retira à la fin de sa vie. Il lui a légué ses collections d'art : peintures, sculptures, meubles, faïences, tapisseries. La Ville les a réunies dans un pavillon du théâtre sous le nom de Musée Le Véel. Il a intitulé ses Mémoires : *Une vie d'Artiste sous le second Empire.* « M. Léon Favier, avocat, vient de consacrer à Le Véel une de ces conférences de l'Hôtel-de-Ville qui groupent chaque dimanche toute l'élite intellectuelle de la ville et des environs et, pendant près de deux heures, il s'est plu à faire revivre devant ses compatriotes « l'homme et l'artiste d'une originalité savoureuse » que fut le statuaire cherbourgeois » (*Petit Journal*, 17 janvier 1924).

La Société a repris ses travaux : un nouveau volume de Mémoires est à l'impression, me disait en octobre 1922 le très respecté président de l'Académie, M. Legrin.

Il existe encore à Cherbourg une *Académie poétique* analogue aux Jeux floraux et dont l'âme est un avocat spirituel, M. Sallé. Nous trouvons ce renseignement dans les *Nouvelles Littéraires* du 1er décembre 1923 : La *Société Normande Littéraire et Artistique de Cherbourg* vient de faire paraître son Bulletin trimestriel fort bien présenté. On peut y lire : *La Légende du Bonhomme Misère*, de Gallien; *Le Pouère à Mélie*, du patoisant P. Guéroult, et *Le Berceau*, sonnet du poète Raymond Laure.

Nous sommes malheureusement assez mal renseignés sur les autres villes de la Manche, n'ayant pu les visiter par suite de circonstances indépendantes de notre volonté. Etienne Deville, l'érudit conservateur de la Bibliothèque de Lisieux, qui renseigne de façon si précise les lecteurs du *Journal de Rouen* et de la *Revue Catholique de Normandie* sur la Basse-Normandie, analysait dans le *Journal de Rouen* du 3 décembre 1922 la publication trimestrielle de la Société d'Archéologie Littéraire, Sciences et Arts d'Avranches qui porte le nom de *Revue de l'Avranchin;* ce numéro ne contient que des travaux historiques.

VI. — Mayenne

M. Laurain, archiviste du département, a bien voulu nous donner les quelques renseignements suivants :

Il n'y a que la *Commission Historique et Archéologique de la Mayenne* qui ait continué à publier un Bulletin trimestriel pendant la guerre, mais réduit.

Mayenne-Sciences (président : M. Labbé, pharmacien, rue des Serruriers) n'a repris que l'an dernier ses publications.

Les Arts Réunis (président : M. le Dr Aubouin, rue de Bretagne) ont repris en 1922 la série de conférences qu'ils avaient inaugurés quelques années avant la guerre.

Mayenne-Photo (président : M. Lacoulouche, boulevard de Tours) a inauguré en 1920 une série de conférences avec projections.

VII. — ORNE

Société Historique et Archéologique de l'Orne.

Dans le fascicule de janvier 1914 (p. 167) : *Une Correspondance inédite de Béranger avec Charles Marchand* d'Alençon (1830-1855). Marchand, ex saint-simonien redevenu chrétien, adressa ses chants religieux à Béranger et s'efforce de le convertir et communie même à son intention. Béranger se défend d'être un impie pour avoir chanté l'amour et le vin. Il conserve toujours le regret d'être sorti de la foi commune sans pouvoir y faire retour, mais, homme évangélique, il se scandalise d'une pièce de son correspondant *Le Corsaire*, et ajoute malicieusement : « Les catholiques de votre pays sont bien peu chrétiens s'ils vous ont passé cette incartade. Au reste, vous autres Normands, vous êtes sujets à caution, même en affaires de foi. Prenez-y garde : Saint Pierre en sait plus long que vous sur le chapitre des oui et des non » (2 août 1850).

Le premier Bulletin de 1916 (p. 12) contient les *Souvenirs* d'un vieil ami, du Dr F. Beaudouin, sur *Charles-Florentin Loriot*, souvenirs anecdotiques et variés. Le portrait du poète bégayant transformé en orateur de club, « cherchant en vain pendant un petit quart d'heure une lettre de Jésus-Christ au roi d'Arménie », le récit des dîners et des soirées politiques, l'exposé du système religieux social et politique de Loriot se résumant en un mot : Liberté; le récit de ses voyages, de ses démêlés avec ses concitoyens, de ses naïvetés ou excentricités de toute sorte, tout cela constitue une contribution pleine d'agrément et de vie à la biographie de F. Loriot.

Dans le même fascicule (p. 61), René Gobillot analyse les *Poèmes Mystiques et Champêtres*, de Paul Harel. Après avoir rapproché certaines strophes des Faucheurs de toiles fameuses de Millet, il conclut que « de l'œuvre du peintre comme de celle du poète, se dégage la même impression de religieuse grandeur et de beauté terrestre ».

Du bon poète d'Echauffour, nous trouvons un conte en vers dialogué : *Un Mariage au XVIIIe siècle*, dans le deuxième Bulletin de 1917 (p. 166). Il s'agit d'enlever à l'église le jeune Louis-Jean Ducastel et d'en faire « un herbager ». L'amour y tâchera sous les traits de Françoise de Thiville; mais une vieille tante, damoiselle Eudoxie-Ange de la Palu, méprise les roturiers. Heureusement, un vieux coffre, bien retourné, livre un papier adressé au baron Ducastel des Aubiers, et le mariage se fera. Cette aimable bluette est contée, dialoguée, développée sous forme épistolaire ou dramatique tour à tour, en vers faciles qui rappellent la manière de l'Herbager.

Le jeudi 23 octobre 1919, les membres de la Société étaient convoqués à Argentan pour y célébrer dans l'intimité le centenaire de leur deuxième président-fondateur : le poète Gustave Le Vavasseur, né le 9 novembre 1819. Le *Bulletin* de janvier 1920 publie les discours et les vers lus en cette circonstance solennelle par les autorités et les membres de la Société. Sous ce titre : « *Monsieur de la Lande et Monsieur de Saint-Santin* » (p. 56), l'érudit M. H. Tournoüer montra quel commerce délicat, quelle amitié inaltérable « éclose au berceau entre deux âmes faites l'une pour l'autre, basée sur des aspirations et des convictions identiques, cimentée par l'amour du pays natal », unit Philippe de Chennevières à Gustave Le Vavasseur.

Une étude fort substantielle de M. le baron des Rotours (p. 72), nous fait désirer avec lui qu'un recueil intitulé : « *Prose normande*, fasse mieux connaître G. Le Vavasseur, prosateur : elle nous permet de relire de belles pages consacrées à P. Corneille et à Antoine de Montchrestien, de savoureux fragments de contes, de nouvelles, surtout du volume : *Dans les Herbages*, qui peint au naturel le sacristain Placide et de goûter le charme des souvenirs et des anecdotes recueillies sur l'auteur.

M. le vicomte du Motey a recherché et indique avec soin *Les Sources normandes* de G. Le *Vavasseur;* Dudon pour *La Justice de Rollon;* Orderic Vital pour *La Blanche Nef*, par exemple.

N'oublions pas les sonnets de Paul Harel, hommage de poète à poète.

Les Bulletins contiennent aussi et plus encore peut-être d'importantes contributions à l'histoire locale ou de pittoresques comptes rendus richement illustrés des excursions faites par la Société, En septembre 1922, c'est à la *Société des Sciences, Arts et Belles-Lettres de Bayeux* qu'elle faisait visite, ce qui fut le prétexte d'un échange de savantes communications entre les deux Sociétés.

Au lendemain de la guerre, son président, après avoir résumé l'activité à peine ralentie des années 1914-1919, exposait la très belle « tâche d'après-guerre » (avril 1919, p. 115). Relevons dans ce programme l'institution de conférences publiées d'ailleurs dans les Bulletins. Les deux jolies études que contient le Bulletin de juillet 1922 : *La Chanson populaire et les Fêtes annuelles au Val d'Orne*, par M. Joseph Lechevrel et *Wilfrid Challemel*, par M. le baron J.-A. des Rotours, prouvent l'activité littéraire d'une Société qui tient à honneur de célébrer tout ce qui se rapporte au groupe que l'on appelle l'Ecole de l'Orne.

En fermant ces Bulletins, regrettons que chaque Société Savantes n'institue pas une chronique dans le genre de l'excellente et précieuse *Chronique Ornaise*, de M. René Gobillot.

Le 22 février 1924, nous avons eu la joie d'être l'invité de la Société, d'assister à la réunion de l'après-midi et d'entendre une causerie remarquablement vivante et érudite de M. le vicomte du Motey sur la famille de Jacques de Silly, évêque de Séez (1511-1539).

M. Tournoüer a bien voulu nous communiquer la liste des conférences faites sous les auspices de la Société :

1920. — *Desgenettes, médecin en chef de l'expédition d'Egypte*, par le Dr Beaudouin.
1921. — *Jeux et Divertissements à Alençon sous l'Ancien Régime*, par M. Jouanne.
— *Les Initiatives d'un Curé alençonnais, l'abbé Coulombet, au* XVIIIe *siècle*, par M. l'abbé Germain Beaupré.
— *Elisabeth d'Orléans, duchesse de Guise, d'Alençon et d'Angoulême*, par M. Tournoüer.
— *Un Poète Normand, Wilfrid Challemel*, par le baron des Rotours.
— *Le Centenaire de Napoléon Ier; Bonaparte consul*, par M. Engerand, député.
— *Les Châteaux de la région à l'époque féodale* (XIe-XVe *siècles*), par M. R. Triger.
— *Le troisième Centenaire de la Fontaine et les Médecins*, par le Dr Beaudouin.
— *Causeries sur Marguerite de Lorraine*, par MM. Tournoüer, Boulard et Jouanne.
— *Godard d'Alençon, graveur sur bois*, par M. Dimier.
1922. — *La Sculpture religieuse à travers les âges, au pays d'Alençon, du* XIIe *au* XVIIIe siècles, par M. l'abbé Tabourier.
— *Les différentes origines et diverses formes du Point et de la Dentelle d'Alençon*, par M. Boulard.
— *Le Folk Lore du Bocage Normand*, berceuses, rondes, chansons d'amour, par M. Lechevrel.
— *Notre Sénatorerie bas normande; Souvenirs d'hier, Vues d'avenir*, par M. le baron des Rotours.
— *Olivier Basselin et les Vaux de Vire*, par M. Eon.
— *Livres, Auteurs et Lecteurs*, par M. Geoffroy de Grandmaison, président de la Société Bibliographique.
1923. — *La Finlande*, par M. Reverd.
— *Pour la Terre française; le Retour à la terre; l'Attachement au sol; la Main-d'Œuvre agricole*, par le comte Ph. de Las-Cases.
— *Les Fêtes révolutionnaires à Alençon*, par M. Jouanne.
— *Le Vote familial et la Natalité Ornaise*, par M. Roulleaux-Dugage, député.
— *Les Poètes et la Musique*, par M. Martineau, directeur du *Divan*.
— *Festival Gabriel Dupont; Quelques mots sur la musique normande*, par M. Maurice Emmanuel, professeur au Conservatoire de Paris.
— *La Société d'après Robert de Flers*, par M. R. Sciama.
— *Le beau Parler de France*, par M. Pierre Préteux, directeur de la *Revue Normande*.
— *Le Maroc*, par le duc d'Audiffret-Pasquier, député.
1924. — *Boieldieu*, par M. Paul-Louis Robert.

VIII. — Sarthe

M. R. Triger, qui fut toujours la providence des Rapporteurs aux Assises a renseigné M. Labrosse sur les travaux historiques du département. Relevons seulement ce qui intéresse le Mouvement littéraire.

Société d'Agriculture, Sciences et Arts de la Sarthe.

Avant de commencer le dépouillement chronologique des Bulletins de cette Société, nous analyserons une étude de M. Ad. Renard : *La Poésie et la Guerre* (premier fascicule, 1917-18, p. 19), qui offre une vue d'ensemble des poésies de guerre produites par des Manceaux. L'auteur rappelle que si le Maine n'est pas la province des poètes, M. Daguet a pu cependant publier un très bon livre sur *Les Poètes contemporains du Maine*, puis il passe en revue les poètes de guerre de sa province : M. Marcel Graffin, sergent-major de zouaves, dont il cite une ballade : *Ceux du Premier*, parue dans « La Chéchia et Moulins à vent »; Mme Pascaud-Regnier, auteur de l'*Aube nouvelle;* M. Georges Bouvier, avocat, écrivain plein de verve et de savoir, qui a dédié un beau sonnet à la mémoire de son beau-frère, mort au Champ d'honneur; M. H. Daguet, dont les *Sonnets de guerre, Vers d'actualité, Nouvelles Poésies de guerre* sont publiés dans les Bulletins et dont il loue la vigueur et la clarté; M. Louis Richard, ancien Instituteur, dont un petit livre : *Pour la France*, inspiré par la guerre de 1870, a sa place dans toutes les bibliothèques scolaires de la Sarthe, met au jour à nouveau des chansons et des poèmes; M. Julien L'Hermitte, archiviste départemental, en des vers beaux et larges, a laissé passer son émotion d'archiviste et d'archéologue, ami de nos monuments devant la grande mutilée, la Basilique de Reims, chef-d'œuvre lumineux d'art et de piété; M. Gaston Simon, avocat, flagelle l'Allemagne avec une haute énergie dans *Un Rêve* et dans *Hommage à Miss Cavel*; M. le Dr Persy, disparu auteur de sonnets impeccables; MM. G. de Gayffier, Henri Girard, Eugène Desgranges, Prosper Bouvier, Louis Saillant, J. Corrard, sans parler des inconnus. C'est une heureuse chance pour les Rapporteurs et les lecteurs d'un rapport de rencontrer des travaux de ce genre qui constituent des fragments du rapport idéal et impossible à établir.

Les Bulletins contiennent surtout des travaux sur l'Histoire du Département : comme ceux de MM. R. Triger, Rozé, Roquet, Deschamps de la Rivière, L. Calendini; d'importantes contributions à l'Histoire de la Médecine dues à M. le Dr Paul Delannay, qui a dédigé aussi des *Croquis du Front;* des travaux sur la flore locale de M. Gerbault; de Mgr Leveillé; de M. Gentil; de M. l'abbé Letacq.

Le premier fascicule des année 1915-16 contient comme poèmes : *Vision de Guerre*, de M. Schwingrouber, et les aimables *Sonnets d'Italie*, de M. H. Daguet. M. Gentil apporte une importante contribution à l'histoire des Sociétés savantes avec ses *Notes sur la Société des Arts du Mans (1801-1825) et sur la Société d'Agriculture, Science et Arts de la Sarthe (de 1825 à 1915)* (p. 47 à 112). Cette même année, *Gloire aux Sarthois* et *Vers d'actualité*, de M. Daguet; *Hymne à la France*, de Jacques Tahureau et M. Renard; *Antoine*, nouvelle de M. Deschamps de la Rivière.

En 1917-1918 : nouvelles poésies sur la guerre, nouveau sonnets de M. Daguet, *Au Kaiser*, par M. Carrard; *Vieux-Châteaux*, par M. Simon; *Les Soirs*, par M. Graffin; *Bonjour les Vieux*, de M. Renard.

En 1919-1920 : *Le 75*, de M. Renard; *Chopin*, par M. Bouvier.

En 1921-1922 : *La Guerre de 1870 à Marolles-les-Braux, Souvenirs et Impressions d'un gamin de cinq ans* et *Visite du général Mangin à Auvours*, poésie de M. Ad. Renard.

L'activité de la Société s'exerça surtout dans le domaine de l'Histoire ou des Sciences naturelles, comme le montre cette rapide nomenclature.

IX. — Seine-Inférieure

Le Havre

Société Havraise d'Etudes diverses.

Des Recueils annuels de 350 à 400 pages témoignent de l'activité de la Société et de la diversité de ses travaux.

Grâce à la générosité de M. Folloppe, elle décerne chaque année des prix de poésie et tous les dix ans publie sous le titre de l'*Abeille Havraise* le recueil des poésies couronnées. La *Troisième Abeille Havraise* publiée en 1920, réunit en une élégante plaquette de 112 pages les noms des lauréats dont un certain nombre de Havrais bien connus dans les Lettres normandes : Robert de la Villehervé, Louis Poisil, Marcel Toussaint, Jean Aubry, Charles Lemercier, Mme Procope-Leroux, Ch. Infortuné, R. de la Villehervé, Bessereau, Ed. Letourmy, Augely Andrien, Paul Demouth, R. de la Villehervé, Maurice Renard, Paul Hauchecorne, Marcel Toussaint, Laurent-Cernières, Léon Berthaut, Fernand Bérard, Juliette Portron, Paul-Antoine Morgins, Paul Hauchecorne, Jacques Nanteuil.

Le Rapport présenté au nom de la Commission d'examen analyse et cite largement les œuvres présentées. Celui de 1913, confié à M. l'abbé E. Julien, depuis évêque d'Arras, est une œuvre vraiment littéraire et les concurrents peuvent se louer de la publicité qui leur est faite ainsi par les Rapporteurs successifs : MM. Buchard, Ch. Gonet, Hauchecorne, M. Henriet, E. Visconti, Ch. Alleaume et M. Le Sicutre. Ce prix vient d'être attribué, pour 1923, à Laurent-Cernières et à Mme Suzanne Plécéla (une mention honorable est accordée à Mlle Céline Lhotte.

En 1913, la Société inaugure un buste de l'abbé Cochet, une plaque commémorative en l'honneur d'Alphonse Karr, elle rend un dernier hommage à l'un de ses membres, Gabriel Monmert, lauréat du prix Folloppe avec la *Flûte de Saule.*

Dans ses *Souvenirs de chasse et de séjours sur la frontière d'Ecosse* (p. 17), M. Maurice Taconet évoque les mœurs du Northumberland, leur antique histoire, toute bruyante de cliquetis d'épées et la belle figure de leur chantre : Walter Scott.

Jacques Delille jugé par ses Contemporains, tel est le titre du premier mémoire de M. Maurice Henriet, dont nous allons trouver tant d'études remarquablement documentées, riches d'inédit, d'un vif intérêt littéraire, M. Henriet a eu la bonne fortune de puiser dans les archives de la famille de l'académicien Thomas, il a dépouillé un millier de lettres inédites signées Thomas, Barthe, Ducis, Watelet, Delille. Elles nous font mieux connaître le tempérament, le caractère et aussi les aventures du poète. Elles renferment des jugements que la postérité peut retenir comme celui-ci de Ducis, sur le poème des *Jardins.* « Il me rappelle un bouquet admirable de fleurs artificielles que j'ai vu sous verre dans la chambre du Roi... ce qui ôte à ses fleurs leur parfum, c'est l'esprit, c'est cette odeur d'esprit qui est toujours-là. Otez-moi, ôtez-moi, tout cet esprit qui fait mourir le sujet ».

Le 20 janvier 1914, lendemain du centième anniversaire de la mort de Bernardin de Saint-Pierre, répondant à l'invitation de la Société, M. Maurice Souriau, qui a retrouvé le véritable Bernardin dans ses remarquables ouvrages, prononçait une magistrale Conférence sur la vie, le caractère de l'œuvre du grand écrivain havrais (p. 27). Les Mémoires de ce Recueil ne traitent pas de sujets littéraires. A mentionner seulement la *Vengeance de Jeanne*, poésie de Hauchecorne.

Le rapport sur les travaux de la quatre-vingt-deuxième année (1915), fut confié à M. Hauchecorne qui commença en cette année la lecture de ses *Contes et Croquis havrais;*

Pendant la Guerre[e] : « Journal d'un bourgeois du Havre, pendant les premières semaines de la guerre », qui s'efforce d'être « le reflet aussi exact que possible des événements ». Encore est-il que le conteur peut et sait les raconter avec humour.

La guerre inspire également à M. Buchard deux poésies : *Conquérants* et *Le Sergent* (p. 39).

M. Maurice Henriet, lui, poursuit ses études d'histoire littéraire havraise. Dans ses *Notes sur quelques poésies de jeunesse de Casimir et Germain Delavigne* (p. 119), il publie la *Ronde pour le Vendredi-Saint*, du premier; le *Coup de Minuit* et *Epître à celle qui doit être mon épouse*, du second. Il reproduit un manuscrit qui doit être la copie déposée au Ministère de l'Intérieur, avec les variantes des diverses éditions, du *Dithyrambe*, rimé par Casimir pour célébrer la naissance du Roi de Rome, en vue du concours officiel. Le *Moniteur* en reproduisit un long fragment et l'Empereur daigna lire la pièce tout entière.

On voudrait trouver dans les collections des Sociétés Savantes beaucoup d'études aussi complètes, aussi agréables que le *Jules Lemaître au Havre*, de M. Henriet (p. 203 à 280). J. Lemaître arrive au Lycée du Havre en octobre 1875, « pas beaucoup plus âgé que ses élèves, en réalité plus jeune encore que son âge ». Ses lectures, ses corrections de devoirs, les souvenirs de ses élèves montrent un professeur très original, adoré de ses lycéens et des jeunes filles de ses cours. A citer parmi les mieux doués de ses élèves : J. Tellier, Hugues Le Roux, Henri Fauvel, Jules-Philippe Heuzey (nom masculinisé). Le discours des prix le 5 août 1876, un *Eloge de la Musique*, plaît vivement au public et aux élèves. La carrière brillante du conférencier commence par une première série consacrée aux Moralistes, une seconde à la Poésie du XIXe siècle agrémentées de sonnets, parfois de boutades, et qui esquissent déjà bien des idées reprises plus tard. Le poète, qui collaborait avec le conférencier, a réuni tous ses essais de cette période dans ses *Médaillons*, médaillons, indiscrets parfois semble-t-il bien et inspirés par des élèves; telle figure touchante *Phtisica* réapparaîtra dans *Myrrha* et dans le *Mariage blanc*. D'autres médaillons sont effigies de poètes, et M. Henriet, par des rapprochements précieux, manifeste le développement des préférences ou des antipathies littéraires de J. Lemaître. *Femina* et *La Vengeance de Vulcain* annoncent l'auteur d'*En marge des vieux livres*. Ainsi commentés, les *Médaillons* permettent de deviner ce que sera Jules Lemaître.

Relevons encore une terza-rima (inédite), sur le départ de Sarah-Bernhard, une liste de relations littéraires de J. Lemaître au Havre : G. Monod, Ch. de Pomairols, Baret, R. de la Villehervé, sans parler de G. Flaubert et de G. Maupassant.

J. Lemaître revint au Havre, le 2 avril 1893, prononcer l'éloge de C. Delavigne, qui concluait par cette boutade : « Je ne veux pas, moi, qu'on blague Casimir »; puis, le 29 avril 1894, faire une conférence sur le *Cosmopolitisme en littérature*, dont il tira l'article célèbre de la *Revue des Deux Mondes*, du 15 décembre 1894.

En 1916, la Société publie surtout des travaux historiques. M. P. Hauchecorne poursuit son « *Pendant la guerre* ». Elle prépare la commémoration du quatrième Centenaire de la fondation du Havre, auquel elle consacrera d'ailleurs un fascicule spécial, contenant des études approfondies de M. Ph. Barrey, archiviste; le discours magistral de Mgr Julien, président; ceux de M. l'abbé Ch. Allcaume; de M. Morgand, maire; de S. E. le cardinal Dubois; une *Ode à François-I*[er], de M. P. Hauchecorne; une *Notice Musicale* de M. H.-Woolett. L'éclat de cette solennité est dû surtout à la Société et à ses membres, et, dans son Rapport, M. Ch. Gonet pouvait écrire que l'année 1917 serait pour la Société l'année de la Commémoration du quatrième Centenaire de la fondation du Havre.

Cette relation de 150 pages s'ajoute aux 450 pages du Recueil de l'année 1917 où nous retrouvons l'infatigable M. Henriet avec une étude sur *Thomas à l'Académie de Rouen* (p. 195), qui montre le rôle très actif des Académies provinciales dont Thomas fut tout à tour le lauréat et l'associé, et le *Rapport sur le Concours Folloppe*, ainsi que M. Paul Hauchecorne (p. 63), avec son analyse des *Fragments d'un livre brisé*, où M. Laurent-Cernières « a su exprimer avec ses dons de poète exquis le roman intime de toute jeunesse sensible et réfléchie », et ses *Contes et Croquis havrais*.

En 1918, c'est encore un poète oublié du XVIIIe siècle, Nicolas Barthe (1734-1785), que fait revivre M. Henriet (p. 81), profitant de la reprise à l'Odéon des *Fausses infidélités;* étude très riche de documents comme toutes celles de M. Henriet, qui publie d'ailleurs dans la *Revue d'Histoire littéraire de France* la correspondance de Barthe et Thomas. M. Philippe Barrey, l'érudit archiviste, démontre le curieux rôle de l'auteur de *Figaro*, comme armateur dévoué à la cause de la liberté américaine dans son étude si documentée sur *Beaumarchais et ses Armements havrais* (p. 219). Notons encore du doyen de la Société, M. Ambroise Joly : *Mon vieux Rolleville*, charmant monument d'histoire locale.

Les 484 pages de 1919 se trouvent occupées surtout par des travaux historiques, économiques ou militaires : Citons : M. l'abbé Anthiaume. La littérature se fait une toute petite place avec les notes de M. Maurice Le Sieutre sur une *Société badine au Havre sous le Directoire* (p. 381), et son *Rapport sur la quatre-vingt-sixième année* (p. 435).

En 1920, M. Ambroise Joly continue à égrener ses aimables souvenirs. Les questions sociales, maritimes, économiques se trouvent de plus en plus à l'ordre du jour et M. Henriet n'a pas ouvert ses riches dossiers.

Souhaitons que l'histoire littéraire comme la poésie reste en honneur à la Société Havraise d'Etudes diverses.

Rouen

Société libre d'Emulation.

Ayant eu le grand honneur de présider la Société à la veille et au lendemain de la guerre, nous éprouvons quelque gêne à louer son activité comme il le faudrait; et cependant, par ses Cours publics, par son Musée Commercial, par ses prix, par son Bulletin, la Société libre d'Emulation tient une grande place dans la vie rouennaise. Nous nous sommes efforcés, d'ailleurs, pendant notre présidence, et depuis, d'obtenir la plus large part pour la littérature et les arts. En 1913, le prix Bouctot était décerné à Francis Yard; en 1921, à G. Dubosc, à Ed. Bourgine, à G. Morel. En 1922, la Société voulait bien l'attribuer à son ancien Président pour ses travaux sur Flaubert. Grâce à l'appui financier qui nous fut prêté, nous avions pu en l'année du centenaire consacrer une série de vingt conférences à l'œuvre de G. Flaubert, conférences répétées en totalité ou en partie dans de nombreuses villes et atteindre le chiffre de cent-dix conférences. Les conférences de l'hiver 1922-1923 furent tout naturellement réservées à L. Bouilhet et Guy de Maupassant, et aussi à Bernardin de Saint-Pierre et Géricault. Celles de 1923-1924 seront consacrées à Jean Revel et à Glatigny. Qu'ils nous soit permis d'exprimer toute notre gratitude à la Société libre d'Emulation, sans laquelle nous n'aurions pu sans doute rendre un hommage aussi complet aux grands Normands du XIXe siècle.

Le prix Gossier (1920), fut partagé entre plusieurs poètes de guerre, sur un Rapport très remarqué de M. l'abbé Gilles.

Le Cahier de la Revanche écrit par notre beau-frère le capitaine Charles Engelhard, pendant la dernière année de sa vie, est resté et restera malheureusement inédit, sauf les deux pièces parues dans le Bulletin de la Société de 1915 : *Reims* et *Victoires françaises.* « Deux parties : la première, poèmes de 1870 à 1914. Regrets du passé, Espoirs de l'avenir ; la seconde partie commence le 4 août 1914. Les pièces se succèdent tous les jours, formant un véritable journal de guerre, nous donnant les impressions d'un français, d'un alsacien, d'un soldat, ressenties à la lecture soit du communiqué, soit de tel article de journal, et quelles impressions ! La haine de l'ennemi séculaire, l'oppression de la petite patrie, l'amour du sol natal, l'admiration pour le poilu qui défend le patrimoine des aïeux, le regret du vaillant officier, cloué chez lui par la douleur et se sentant incapable de servir et de tomber au champ d'honneur... » M. l'abbé Gilles conclut : « Nous donnons le prix Gossier au poète qui a su exprimer dans des vers, que nous avons lus avec un souverain respect, les plus beaux sentiments qui aient fait battre un cœur d'homme et, profondément émus par ce remarquable talent, par cette longue souffrance, par ce fier courage, nous saluons cette noble et pure mémoire ».

La Société avait publié son *Agonie du Géant*, long poème dédié aux héroïques musiciens du *Titanic.* Cette œuvre qu'il aimait montre bien la conception traditionnelle et haute qu'il se faisait de la poésie. Les circonstances furent défavorables au capitaine Engelhard et ceux qui l'ont connu regretteront que de son œuvre abondante, il n'ait paru que des fragments presque introuvables.

M. l'abbé Henri Bourgeois, alors directeur de la Maîtrise Saint-Evode, avait présenté un Recueil de poèmes intitulés : *La Cathédrale de Rouen, ses pensées, ses sentiments, 1914-1918.* Après avoir passé en revue les principales pièces, M. l'abbé Gilles concluait : « Les vers de M. Bourgeois ont un caractère si personnel qu'ils portent en eux-mêmes le nom de leur auteur. Mais les vers sur ses chers enfants de la Maîtrise (*Vox in Rama*), M. l'abbé Bourgeois les a signés de son cœur ». Ces poèmes ont paru dans la nouvelle édition de *Notre Cathédrale.*

Comme toutes les Sociétés Savantes, la nôtre a été fort éprouvée par la guerre. Le Bulletin de 1913 comptait près de 700 pages, celui de 1920 n'atteint pas 200. Nous ne pouvons publier toutes les communications : par discrétion même, certains membres ne les rédigent pas. On regrette vivement de trouver un si mince souvenir de causeries fort goûtées comme celles de M. l'abbé Gilles sur le *Procès de Jeanne d'Arc.*

Nous avions pu publier une œuvre inédite de notre Secrétaire de Bureau, M. Daniel Lenoir, disparu trop tôt en 1920, qui fit preuve d'un zèle exemplaire pendant les seize années qu'il occupa ces délicates fonctions. Ses rapports donnaient l'idée la plus précise de l'activité de notre Société. On a pu dire de ses *Leroux*, mis en vente au profit des œuvres de guerre, que c'était « le livre d'un penseur, d'un philosophe, d'un homme de science et d'un poète aussi ». La guerre lui avait inspiré de généreux accents dans sa *Marseillaise des Alliés.*

L'histoire, l'archéologie, les beaux-arts, la jurisprudence, les sciences appliquées comptent plus de fervents que la littérature dans notre Société, d'ailleurs si curieuse de « tous les progrès », selon l'esprit du testament de notre bienfaiteur Narcisse Cartier. Le regretté Léon de Vesly, MM. l'abbé Gilles, R. Quenedey, M. Allinne, P. Chirol, R. Coulon, Poussier, Charpentier, R. Charlier, G. Cauchois et d'autres, nous apportèrent de savantes études qu'il ne nous appartient pas de passer en revue. Nos poètes sont disparus. L'histoire littéraire possède en M. Dedessuslamare, un aimable avocat, érudit et fin, qui nous montra les influences subies par E. Rostand avec une grande ingéniosité. Nous avons nous-mêmes beaucoup trop parlé du romantisme et des auteurs Normands.

Le Rapport de 1908 qualifiait un peu injustement la Société de « belle endormie ». Elle reste très active, et si cette activité offre un caractère éclectique, point exclusivement littéraire, n'est-ce pas là le trait commun à toutes les Sociétés Savantes, même aux Académies ?

Académie des Sciences, Belles-Lettres et Arts de Rouen.

Le Bulletin de 1913 fait une place exceptionnelle à la poésie avec *Marie-Antoinette*, un drame historique en quatre actes, en vers, de M. Edward Montier, où s'affirme le talent délicat du poète rouennais. « En quatre tableaux saisissants — écrit M Chardon — il a retracé les derniers jours de Trianon, attristés par les premières violences révolutionnaires, l'arrestation de la famille royale à Varennes, la dernière journée du Roi et les dernières heures de la Reine. Ces quatre tableaux sont reliés l'un à l'autre par une délicate histoire d'amour qui se poursuit entre Marion, jeune jardinière de la Reine, et Guillaume, d'abord traître à la cause royale, puis converti par la grandeur d'âme de ceux qu'il a vendus ». Le Rapport de M. Chardon, analyse *Socrate*, que M. Montier lut à ses confrères, mais qui n'est pas publié dans le Bulletin.

Une Lecture chez Mme Geoffrin en 1715, de M. R. Homais, inspirée par le tableau de Lemonnier, évoque tout un milieu littéraire avec beaucoup d'agrément.

Le Bulletin de 1914-1915, où les discours et les rapports tiennent la plus grande place, mentionne l'ouvrage ingénieux de vulgarisation littéraire que M. E. Montier a intitulé : *Les Amis célèbres de la Fable et de l'Histoire*, ainsi que des *Causeries* de M. Paulme, sur Paul Delesque et M. Joseph L'Hôpital.

En 1916, M. Samuel Frère commence une longue *Etude sur Charles-Nicolas Cochin le fils*, qui appartient au Rapport sur les beaux-arts; elle renferme de nombreux extraits de lettres précieusement conservées dans les archives de l'Académie, lettres écrites par Cochin au peintre Deschamps. Louons au moins le tour très littéraire de cet important travail. On ne pouvait rendre mieux hommage à la mémoire du capitaine Robert Homais, ancien président de l'Académie, que le fit M. S. Frère dans sa notice.

Dans une excellente et précise étude, M. le Dr L. Boucher analyse les romans et les œuvres dramatiques de M. Gustave Genevoix (1847-1915), combattant de 1870, mort héroïquement en 1915. Ce sont : *Le Vicomte de l'Aubette* (1880) ; *Amour d'épouse* (1891) ; *Duel féminin* (1892) ; *Ce qu'elles font*, roman; *En Appel; Articles de Paris*, pièces représentées à Rouen et à Paris.

En 1917, l'Académie recevait la romancière Colette Yver, un des plus solides talents rouennais. Elle eut la coquetterie de traiter un sujet économique et actuel, celui du Crédit aux Démobilisés. M. le chanoine Prudent, président, dans sa réponse, montra l'autorité et la sagesse de la romancière, en exprimant le vœu et la certitude que par d'autres leçons encore Mme Colette Yver aide aux rénovations qui s'imposent.

Ce Bulletin de 630 pages contient de nombreuses études scientifiques, historiques, archéologiques ou sociales. M. E. Montier, en réponse à M. Deleau, plaide une cause qu'il a bien servie, celle de l'*intégrité de la poésie française*. M. le chanoine Vacandard, l'éminent historien, présente la notice sur un autre historien distingué, M. Paul Allard, le collaborateur de Ch. Lenepveu pour l'oratorio de *Jeanne d'Arc*.

Un Bulletin de 800 pages pour 1918 prouve que la guerre n'a pas ralenti l'activité de l'Académie. Elle reçoit M. Lehucher qui présente une solide et minutieuse étude des *Plaidoyers dans l'œuvre de Corneille;* M. Lafosse, qui se fait l'historien de Pouyer-Quertier; son Eminence le Cardinal Dubois, qui évoqua la grande figure du Cardinal de la Rochefoucauld; M. Albert Dupré, qui s'attache à son orgue et aux organistes de Saint-Ouen. Les réponses de MM. H. Lafosse, L. Deschamps, L. Valin, Neveu montrent l'éclectisme des travaux de l'Académie dont ce volumineux Bulletin apporte la preuve. Notons, parmi tant de communications : *Trois jours de bataille*, souvenirs émouvants de Verdun du commandant Quenedey, l'historien érudit des maisons de bois; *La Vie bourgeoise de Pierre Corneille*, par M. G.-A. Prevost, étude documentée et pleine de rapprochements intéressants; la fin de l'étude si complète de M. S. Frère sur Ch.-N. Cochin le fils; *Aperçu pris d'une réalité grâce à une fiction*, où M. E. Layer (qui a consacré tant d'aimables pages à l'Algérie) étudie ce qui a trait dans les *Misérables* à Pierre Maurin et à Mgr de Miollis, évêque de Digne, sous les noms supposés de Jean Valjean et de Mgr Myriel. L'Académie ne dédaigne même pas les sujets légers, puisque M. Ed. Delabarre parle des *Nénettes et Rintintins*, après avoir étudié *L'Ame gauloise au temps de l'occupation romaine* et que M. Ch. Deleau lit quelques fables. Les Motions patriotiques et Hommages à nos Morts occupent les dernières pages.

Le Bulletin de 1919 ne compte plus que 356 pages et ne contient aucun mémoire imprimé. Un seul Rapport sur un sujet littéraire, celui de M. H. Paulme, très vivant sur Auguste Dorchain, membre correspondant, dont M. le chanoine Vacandard avait étudié le Pierre Corneille.

236 pages seulement en 1920. Même en modifiant les caractères et la composition, cela ne permet plus d'imprimer beaucoup de travaux. Il faut lire l'excellent Rapport de M. Chirol pour suivre dans le détail l'activité de l'Académie. M. S. Frère, le doyen de l'Académie, donne une suite à ses *Lettres de Normandie* de 1908, d'une plume toujour alerte.

300 pages en 1921, occupées en très grande partie par les discours, rapports, notices nécrologiques. Mgr Prudent consacre à M. l'abbé Charles Lemercier, l'auteur de *Nos Mères, Paysages et Tableaux, Le Livre d'Heures*, une étude délicate et pénétrante, riche de citation heureuses.

Condamnés à une brièveté excessive, nous n'avons pu donner qu'une idée sommaire du rôle, joué par l'Académie de Rouen pendant les années de guerre et d'après-guerre, rôle qui se trouve retracé dans les rapports annuels du secrétaire. Un grand nombre de communications consacrées à des sujets scientifiques ou historiques devraient d'ailleurs trouver place dans les autres rapports. Souhaitons que des temps meilleurs lui permettent de donner à ses Bulletins toute l'importance que méritent les travaux de ses Membres.

Société des Bibliophiles Normands.

1912-13. — *Recueil manuscrit de Poésies*, exécuté pour Jacques Le Lieur (vers 1520), reproduit en phototypie, accompagné d'une introduction par M. Emile Picot.

1915. — *La Passion de N.-S. Jésus-Christ*, par Jacques Le Lieur. Reproduction photographique d'un manuscrit du Musée Condé, précédé d'une notice par Emile Picot.

1919. — *Apologie pour Guillaume-le-Conquérant*, par D. Mathieu de la Dangie de Renchi, précédée d'une introduction par R.-N. Sauvage.

1920. — *Le Puy du Souverain Amour*, par Pierre du Val, précédé d'une introduction par P. Le Verdier.

1921. — *Les Fleurs de la Maison de la Ville de Rouen*. Introduction et notes par G.-A. Prevost.

1922. — *Poésies latines et françaises sur la convalescence de Louis XV* (1744), composées par les élèves de J.-J.-F. Godard, professeur au Collège des Arts de Caen, avec une introduction par R.-N. Sauvage.

Poésies dédiées à l'Intendant de la Briffe, par les rhétoriciens du Collège de Bourbon, à Caen, précédées d'une introduction par Tony Genty.

Société Rouennaise de Bibliophiles.

1913. — *Règlements ou Statuts de la Communauté de Saint-Patrice de Rouen*, publiés avec introduction par Joseph de Beaurepaire.

1920. — *Querelle entre Marot et Sagon*. Introduction par G. Dubosc.

1921. — *Troisième Voyage aérien de Blanchard*. Introduction posthume par Ch. Lefebvre.

Sociétés diverses.

Rouen compte d'autres Sociétés fort actives, comme les *Amis des Monuments Rouennais*, dont le magnifique Bulletin reparaît depuis 1921 ; la *Société de l'Histoire de Normandie;* la *Société des Amis de Flaubert*, qui organisa les fêtes du Centenaire; les *Philippins*, où revit le *Puy des Palinods.*

En dehors de Rouen, il faut au moins signaler : *Les Amys du Vieux Dieppe*, qui eurent la primeur des jolies Causeries de l'abbé Gilles, des travaux de l'incomparable chercheur qu'est notre ami Poussier, et *Les Amis du Vieux Fécamp*, qui groupent de bons historiens de leur cité, Gustave Vasse, président de la Chambre de Commerce et René Legros, vice-président des *Amis du Vieux Fécamp*, deux hommes charmants, qui ont consacré de jolies pages à leur ville dans le numéro spécial de l'*Illustration économique et financière* consacré à la Seine-Inférieure. Mais, d'une façon générale, beaucoup de Sociétés Savantes se trouvent par la force des choses spécialisées dans le domaine de l'histoire.

Une *Fédération des Sociétés régionalistes de Normandie* s'est constituée qui tint un premier Congrès à Honfleur en 1923. Voici le programme du second qui se tiendra à Fécamp le 24 juillet 1924 :

« Pour mieux saisir toute l'importance des travaux actuellement à l'étude, il convient de souligner les grandes lignes du programme arrêté par le Comité d'organisation.

« Maintenir ou améliorer l'esthétique des Villes; conserver et entretenir les Monuments légués par le passé; rechercher le caractère de l'architecture régionale; respecter les dispositifs commandés par les exigences du climat; utiliser les matériaux fournis par le sol ou l'industrie locale; protéger les sites naturels et d'intérêt artistique; conserver aux rues les vieux noms d'autrefois; restaurer les édifices; dénoncer et combattre les actes de vandalisme; organiser le tourisme tant étranger que national; créer dans les centres de villégiature des hôtels ou restaurants présentant les attraits pittoresques d'un caractère local particulier; remettre en honneur les spécialités gastronomiques, organiser la vente des produits locaux; maintenir les traditions : port du costume normand à certaines fêtes.

« En outre, une Exposition sera organisée dans la salle du Collège des garçons. Celle-ci sera consacrée : 1° à la *Typographie* et à la *Vie régionale d'autrefois; 2° à l'Art manuel et populaire régional de nos jours.* »

P.-S. — Signalons à l'actif des Sociétés Savantes les manifestations régionalistes du printemps 1924.

La *Société des Antiquaires de Normandie* et la *Société Linnéenne* célèbrent leur centenaire (voir *Journal des Débats*, 1er juin; Etienne Deville : *Journal de Rouen*, 1er juin).

Le deuxième Millénaire de la Normandie célébré à Bayeux donne à MM. Prentout, professeur d'histoire à la Faculté de Caen, et à M. Anquetil, président de la *Société des Sciences, Arts et Belles-Lettres de Bayeux*, l'occasion de prononcer d'excellents discours (voir Etienne Deville : *Journal de Rouen*, 11 et 12 juin).

Vendôme célèbre le quatrième centenaire de Ronsard (voir Hubert Morand : *Journal des Débats;* 11 juin et *Figaro* du samedi 7 juin; fragments d'un ouvrage posthume de l'érudit vendômois Jean Martellière sur *Les Ascendants de Pierre de Ronsard*) : Robert de Flers représentait l'Académie Française.

Sociétés de Conférences.

Le salon d'une Normande, Mme Aurel, est un temple où elle élève pieusement des statues à tous les bons poètes de France. Parmi les conférenciers des *Annales*, le spirituel et brillant Robert de Flers; l'abondant G. Rageot, représentent nos provinces. Camille Le Senne suit l'histoire du mouvement dramatique dans son feuilleton parlé sur le grand Répertoire théâtral à la *Ligue française de l'Enseignement.*

Au *Caméléon*, sous la présidence de R. Thoumyre, président des *Normands de Paris*, Pierre Préteux célébra la Normandie cet hiver.

Plusieurs Sociétés Savantes — nous l'avons dit — organisent des séries de Conférences. Elles préfèrent les sujets d'un intérêt régional et les Conférenciers de leur province aux vedettes parisiennes qui promènent à travers toute la France les mêmes conférences, ce dont Arcisse de Caumont les eût assurément félicitées. Nous avons eu l'honneur d'être invité par la plupart d'entre elles et nous gardons de ce contact avec des publics d'élite un souvenir précieux. A côté de la *Société libre de l'Eure* et de la *Société Historique et Archéologique de l'Orne*, qui donnent cet excellent exemple de régionalisme; d'autres groupements suivent la même ligne de conduite : *Les Amis de l'Université de Caen; La Société des Amis de la Bibliothèque et la Société des Conférences de Cherbourg; Le Cercle artistique du Mans; La Société d'Enseignement scientifique par l'aspect du Havre*, par exemple.

A Rouen, l'on a vu disparaître avec regret les mardis littéraires si attrayants d'E. Montier, Jean Lafond, P. Chirol, P. Macqueron, ainsi que *La Société Concordia* qui donna deux séries remarquables de Conférences sur la littérature anglaise avec MM. Brulé et C. Chemin (C. Cé). E. Montier vient de faire cet hiver une série de Causeries : *Grandes Dames des Temps passés.* L'*Université populaire* poursuit son œuvre utile et ne laisse pas passer l'occasion de célébrer les centenaires, ceux de Molière ou de Pascal, par exemple. Elbeuf a l'Ecole Fénelon, le Cercle Montalembert et possède aussi son Université populaire. Dans certaines villes, l'*Alliance Française* organise des Conférences. A Rouen, à Angers, au Havre, les Sociétés de Géographie ont repris leur activité.

Pour avoir donné des Conférences dans plus de vingt villes de ces neuf départements, nous savons qu'il y existe un public d'élite, très curieux de littérature ou d'art.

N'oublions pas — ce sera la flèche du Parthe — de mentionner le succès inattendu remporté par un conférencier en état manifeste d'ébriété devant un public avec lequel des conférenciers pourtant connus en général en prennent souvent à leur aise.

LES REVUES

Si les Sociétés Savantes ne groupent pas exclusivement des hommes d'âge canonique et si leurs travaux ne se confinent pas dans l'étude du passé, peut-être toutefois, pourrait-on leur reprocher de dédaigner quelque peu les jeunes et la littérature. Les Revues groupent de préférence les activités juvéniles et s'alourdissent parfois d'essais littéraires dont la publication ne semblait pas indispensable. Cette division du travail présente d'ailleurs ses avantages, mais il en résulte des heurts que l'on pourrait sans doute éviter par un effort mutuel de compréhension. Il nous souvient avoir lu dans une Revue volontiers combative des attaques un peu vives contre une estimable Société Savante qui ne méprise pas cependant les genres littéraires proprement dits. Polémiques inutiles sans doute. Et ne vaudrait-il pas mieux s'entr'aider ou collaborer au lieu de se combattre, réaliser une sorte d' « union sacrée littéraire » ? Mais ce vœu correspond-il bien aux désirs secrets du « *genus irritabile vatum ?* »

L'après guerre se montre, en effet, aussi peu favorable à l'expansion des Revues qu'à la prospérité des Sociétés Savantes. Nous pourrions commencer cette rapide Revue par une nécrologie des Revues disparues. A quoi bon ? Parlons plutôt de celles qui réussissent à vivre dans des conditions souvent difficiles. Nous avons pu constater que l'existence d'une Revue sérieuse, un peu spéciale, sans doute, mais utile comme instrument de travail, Revue qui maintient avec peine un tirage très restreint, était ignorée de la plupart des intellectuels dans la ville où elle s'imprime ? N'est-ce pas affligeant !

Nous nous sommes laissés dire d'ailleurs que la la plupart des Revues publiées à Paris coûtaient, à l'heure présente, fort cher à leurs Mécènes. Le Mécène est rare en province. Aussi trop de Revues meurent-elles après quelques années d'existence. Les éditeurs ou les directeurs de ces Revues devraient, ce nous semble, s'efforcer de réaliser un type de Revue plus vivante, dans le genre du *Feu*, par exemple, revue méridionale. Des numéros consacrés à une ville contiennent un ensemble d'articles littéraires, artistiques, archéologiques, anthologiques, économiques, susceptibles d'attirer des catégories assez diverses de lecteurs. La partie publicité n'est pas négligée et assure le succès du numéro et la vie de la Revue. D'autres fascicules sont consacrés à un artiste. Régionaliste au sens complet du mot, le *Feu*, d'après les quelques spécimens que nous avons pu voir, pourrait servir de modèle à la plupart des Revues provinciales.

BLÉSOIS : *Blois et le Loir-et-Cher.*

La *Revue blésoise*, dont M. Hubert-Fillay est le « héros-hérault », l'animateur, a trouvé cette formule heureuse qui doit lui assurer le succès. M. Hubert-Fillay nous a témoigné la plus active sympathie lors de l'organisation d'un Festival Berlioz à Blois, nous prouvant ainsi que sa foi esthétique ne pratiquait pas le culte exclusif des divinités régionales. Félicitons-le. Mais il s'affirme régionaliste, au meilleur sens du mot dans son programme de l'*Ecole de la Loire* (1). « Forts de notre origine et des enseignements que la lumière, le sol, les saisons nous offrent ; élevés sur une terre où le miracle de l'Art a édifié des merveilles impérissables pour la mémoire des hommes ; fils de ce « Jardin de la France » et de ce « Val de la Loire », où la mesure, l'intelligence et la raison se mêlent à l'air qu'on respire, nous réclamons, nous, les artisans de l'*Ecole de la Loire*, le droit de produire librement sous le contrôle amical de nos compagnons — de nos frères de lutte pour la Beauté ».

« Coopérative intellectuelle » ou corporation, selon que vous préférerez le vocable ancien ou la terminologie actuelle, l'*Ecole de la Loire*, œuvre avec ferveur. *Blois et le Loir-et-Cher* reproduit l'aspect pittoresque et riant du Blésois en d'évocatrices études artistiques et archéologiques ; tirages à part de la Revue : *Mon Blois à moi*, Victor Hugo, par Hubert-Fillay, avec des notes de Louis Belton et Pierre Dufay, illustrations par E. Gaudet ; *Menneton-sur-Cher*, étude par Marcel Aubert et Hubert-Fillay ; le Dr F. Lesueur, aimable et érudit archéologue et lettré, consacre de savantes études à sa ville, aux châteaux ; il décrit minutieusement le *Cimetière de Saint-Saturnin à Blois* : que de jolies études d'art illustrées dans cette Revue ! que de notices vivantes sur les artistes ou les poètes comme celle de Louis Vaunois sur *Paul Renouard*.

Organe des Poètes de la Loire, *Blois et le Loir-et-Cher* publie leurs vers ; elle a eu l'heureuse idée de leur proposer à tous un thème commun : *Les Etangs de Sologne vus par les Artistes de la Sologne*, poèmes par Paul Besnard, Louis Chollet, Roger Desvelles, Marthe Dupuy, A. Foulon de Vaulx, Hubert-Fillay, Jacques-Marie Rougé, Louis Vaunois. Illustrations par Paul Besnard, Pierre Chauvallon, Etienne Gaudet, Roger Reboussin, C.-J. Rivet. Il en est résulté une harmonieuse et évocatrice plaquette

(1) Numéro du 1er avril 1922, p. 89.

où des sensibilités et des inspirations nuancées s'unissent dans l'harmonie d'un décor poétique.

« Reprenant une des plus anciennes traditions du régionalisme, celle de la Pléiade, l'*Ecole de la Loire* poursuit une œuvre de résurrection, de groupement, de création dans tous les domaines de l'Art », écrit excellemment *Le Bon Plaisir.* C'est elle qui provoqua et organisa avec tant de succès la « Grande Semaine de Blois (17-25 juin 1922) », publiant à cette occasion un élégant numéro dont nous donnerons le sommaire, afin de préciser l'intérêt de cette Revue :

Blois, par Hubert-Fillay; *A travers le Vieux-Blois*, par L. Trottignon; *La Grande Semaine de Blois : Vue d'ensemble* (Horticulture, Agriculture, Viticulture, Sylviculture, Aviculture, Apiculture) ; *L'Exposition des Beaux-Arts : Ecole de la Loire* et Paul Renouard au château de Blois; Paul Renouard, étude par Louis Vaunois (illustrations de Paul Renouard) ; *Le Cimetière de Saint-Saturnin à Blois*, par le Dr Lesueur illustrations par Sauvage et C.-J. Rivet) ; *Pantagruel en Loir-et-Cher*, d'Hubert-Fillay; Trois crus, trois sonnets, de J. Vaunois, etc...

Voilà de l'excellent régionalisme et nous ne doutons pas qu'Arcisse de Caumont eût applaudi à la rayonnante activité de l'*Ecole de la Loire.* Il eût mis en bonne place parmi les Revues provinciales *Blois et le Loir-et-Cher*, tant pour son texte que pour ses illustrations. Faites de même, croyez-m'en, et vous ne regretterez pas ce geste de solidarité inter-provinciale.

ANJOU : *Revue de l'Anjou.*

Sans sortir du Jardin de la France, nous trouvons en Anjou l'*Anjou historique*, de M. l'abbé Uzureau, qui ne nous appartient pas. Lors de notre passage rapide à Angers, nous avons feuilleté *La Revue de l'Anjou*, dont l'éditeur nous avait promis l'envoi. Nous l'avons reçue, ce rapport terminé, « depuis novembre dernier, il n'en a pas paru un fascicule », nous écrivait au début de 1923 l'aimable chanoine Urseau, que nous avons déjà cité au chapitre des Sociétés Savantes.

Parmi les articles publiés depuis 1913, il nous cite :

Recherches pour servir à l'Histoire de l'Industrie textile en Anjou, par M. V. Dauphin (ce sont des notes, mais fort intéressantes) ; *Impressions de Montagnes : Saint-Point et la Haute Vallée du Doubs*, par M. Dufour; *Artistes angevins* (complément au livre de C. Port sur les Artistes Angevins), par Et. Port; *Anatole France, ses origines angevines*, par H. Casset; *Note sur les étrangers en Anjou sous l'ancien régime*, par Mathory; *Notes sur le rempart romain d'Angers*, par M. P. Pinier; *Etudes sur les sons du langage dans les Mauges*, par M. H. Cormeau; *Les « Fillettes » de Louis XI et le Château d'Angers*, par M. Saché; *Neutres et Internés*, par M. Dufour; *Joseph Denais*, esquisse biographique par M. Ledos; *Nos Internés en Suisse*, par M. Dufour; *La Peinture décorative en Anjou*, par M. le chanoine Urseau; *Courteline et Joachim du Bellay*, par M. H. Coutant; *Angers et l'Anjou pendant la guerre*, par M. Grassin (ces notes formeraient aujourd'hui quatre gros volumes) ; *Comptes rendus des Concerts populaires*, par M. Dufour; *Notices historiques sur de nombreux Angevins tués pendant la guerre; Poésies*, de Henri Tilleul, Paul Pionis, A. Métérié.

La *Revue de l'Anjou* — autant que nous avons pu en juger en quelques heures — gagnerait à s'alléger de certains poids-morts. Il faut souhaiter qu'elle revive en se modernisant. Les écrivains et artistes angevins sont légion, comme on le pourra voir par les renseignements que nous a fournis M. M. Leclerc. Le public ne doit pas manquer. Angevins faites l'effort régionaliste nécessaire pour conserver votre Revue.

La *Revue des Facultés Catholiques de l'Ouest* est malheureusement disparue.

Si les pages n'étaient pas si rigoureusement comptées aux Rapporteurs et si ce Rapport pouvait prendre la forme peu académique de l'interview, nous aurions plaisir à rapporter tout ce que nous ont appris sur le Mouvement littéraire angevin M. le chanoine Urseau (1) et MM. Marc Leclerc, H. Coutant, Maurice Brillant, Mgr Pasquier, Mlle Alanic... On en trouvera d'ailleurs la substance dans ce Rapport. Qu'ils soient remerciés de nous avoir orienté et que les curieux de la vie angevine fassent, plus à loisir, ce que nous n'avons pu faire qu'en courant : qu'ils s'adressent à ces guides aimables et avertis.

Normandie

Les départements normands ont vu naître et mourir souvent trop jeunes un certain nombre de Revues depuis la fondation des Assises. La *Province* de R. de la Villehervé appartient au passé. Le *Donjon*, dirigé par l'aimable Alexandre Etienne, offrait sous son grand format une éclectique hospitalité aux écrivains normands, la guerre l'a tué. *Normandie* défendait surtout les intérêts économiques de la Normandie, toutefois une partie littéraire importante était confiée à la direction de M. Georges Normandy. A Caen, le *Carillon* et le *Cocorico* parurent avec une certaine fantaisie : l'érudit M. Sauvage, si soucieux de tout ce qui se publie en Normandie, n'a pu même en constituer une collection complète. *La Vie Caennaise* s'annonçait en juillet 1922 comme Revue mensuelle illustrée : le numéro 2 offrait une jolie vue d'ensemble de l'Exposition des Arts normands au Lycée Malherbe. Des Caennais lettrés se plaignent à bon droit de ne pas posséder la Revue littéraire digne d'une ville d'Université. On nous a signalé aussi *Le Pays Virois*, dirigé par M. René Picard.

Dans un article de la *Minerve Française*, du 15 février 1920, auquel nous ferons quelques emprunts; M. Raymond Postal écrit sous la rubrique : *Les Lettres et les Arts en Province : Normandie*.

« La Revue *Les Pionniers de Normandie* devait à son titre d'être un organe d'avant-garde. Elle l'est. Elle paraît quand elle peut, et nous déplorons qu'elle ne le puisse pas plus souvent. Elle dédaigne les parrains officiels. L'art obscur et compliqué des petites chapelles modernistes y a quelques bons défenseurs : M. Paul-Napoléon Roinard est un de ses plus éminents collaborateurs. On y rencontre encore MM. Phileas Lebesgue, Aug. Bunoust, Han Ryner, A.-M. Gossez. Nous savons gré aux Pionniers d'avoir révélé, avant la parution de l'*Arc d'Ulysse*, de Ch.-Th. Féret, quelques-uns des plus purs poèmes de ce livre. Gaston le Révérend donne dans cette Revue, dont M. Marcel Lebarbier est le directeur, une remarquable critique des livres. »

A Evreux, la *Revue Catholique de Normandie* poursuit son œuvre érudite, un peu spéciale : c'est une Revue d'histoire religieuse. Elle constitue un instrument de travail précieux pour tous les travailleurs normands, par la bibliographie dont nous avons parlé. Elle vient de confier la chronique des livres à Maurice d'Hartoy.

La *Revue Normande*, fondée à Rouen en 1916, publiée à Paris, 32, rue Madame, groupe la plupart des écrivains normands. Paul Favre, Aristide Frétigny, trop tôt disparus, furent les ouvriers de la première heure. Le bon poète Pierre Préteux la dirige « avec un éclectisme intelligent et heureux ». La bibliographie et les échos permettent de suivre le Mouvement régionaliste. Des études littéraires très soignées présentent les œuvres importantes. Citons entre autres celles de Georges Prévôt (1917-1919) sur *Rémy de Gourmont;* de M. Maurice Souriau sur la *Poésie en Normandie* (mai-juin 1921), consacrée à Ch.-Th. Féret et à son *Anthologie des Poètes normands, les Livres, le Théâtre et les Idées* (1919-1921) où M. Raymond Postal passe en revue

(1) Edmond Epariand dans l'*Eclair* du 27 mars 1924, a rendu un hommage infiniment mérité au chanoine Urseau dans son article : *Le plus beau Musée de Tapisseries de France coûte 300 francs par an.*

Ch.-Th. Féret, Albert-Emile Sorel, Mme L. Delarue-Mardrus, René Fauchois, Jean Gaument et Camille Cé, André Maurois, A.-P. Garnier, Jean d'Armor, H. Dutheil, J. Rostand; *Adolphe Vard, inédit* (1922), de Jean d'Armor, etc...

Le *Bon gros Saint-Aimand*, de Pierre Varenne, parut dans la *Revue Normande*. Le numéro de décembre 1921 fut consacré au Centenaire de G. Flaubert et de L. Bouilhet.

M. Henri Prentout parle avec autorité de l'*Art gallo-romain de la Région Normande* (1922); Henri Defontaine consacre une longue étude documentaire aux *Gardes d'honneur locales en Normandie* (1922).

La critique d'art, le folklore, le régionaliste ont leurs défenseurs à la *Revue Normande*. Nos conteurs normands Jean Revel (*Les Capotes bleues*), Joseph l'Hôpital (*Le Coup de langue*), etc... y donnent des pages savoureuses.

Des fragments d'œuvres, le *Saint-Amand*, d'Amédée Bocheux; *La Maria de Magdala*, de Wilfrid Lucas; un acte en vers de J.-M. Renard : *Tombelaine*, donnent une idée du mouvement dramatique.

Il n'est point de numéro qui ne contienne plusieurs pièces de vers, de courtes pièces en général. Nous ne citerons pas de noms, car ils sont légion les bons poètes de Normandie et nous les retrouvons plus loin. On pourrait souhaiter toutefois trouver de temps à autre des poèmes de plus long souffle. « *La Revue Normande* s'honore d'avoir fait connaître un poète qui est parmi les mieux doués de sa génération : Auguste Bunoust, de qui l'Académie Française devait, par un choix judicieux, couronner le premier livre (*Les Nonnes au jardin*) », écrivait R. Postal.

La *Revue Normande* a pris d'ailleurs l'initiative de Dimanches poétiques à Paris; de ferventes Conférences s'ornent de la lecture des poèmes. Camille Cé présenta, dans une jolie et poétique causerie, le bon poète Francis Yard; Paul Harel, Wilfrid Lucas furent célébrés par Alfred Poizat, René Gobillot, Jules Truffier. Excellente initiative qui mérite un succès complet, qui ne peut que contribuer au développement de la Revue et au bon renom des lettres normandes.

L'hiver 1923-1924, A. Dorchain parla de Corneille; Martial Douël de Gabriel Dupont; M. Souriau de Jean Revel (voir *Dépêche de Rouen*, 28 février 1924, l'article de J. Gaument et Camille Cé).

Notre Ville de Rouen qui vit naître *La Revue Normande* trouvera-t-elle dans *Par chez Nous* la revue littéraire qu'elle se doit de faire vivre ? Après dix numéros échelonnés d'octobre 1920 à mars 1922, on attend avec inquiétude la suite de cette publication vraiment artistique : elle se présentait luxueusement comme tout ce qui sort des presses de la maison Wolf. Sur la couverture : Jean Revel, Paul Baudouin, Marcel Dupré, Colette Yver, Charles Angrand, Paul Paray, l'immortel G. Flaubert, G. Dubosc, P.-N. Roinard, André Maurois s'offraient à l'admiration de leur province natale, présentés par de substantielles notices. L'illustration de la Revue était supérieure à celle des Revues provinciales que nous avons pu feuilleter. Son programme s'inspirait d'un large éclectisme : poésie, musique, critique d'art, contes, nouvelles, critique littéraire se succédaient pour satisfaire toutes les curiosités. G. Dubosc y évoqua quelques petits Romantiques; Ch.-Th. Féret, A.-M. Gossez, Philéas Lebesgue et d'autres y parlèrent en poètes de la poésie; signalons surtout les pages émues consacrées à Auguste Bunoust par Ch.-Th. Féret, dont la chronique des livres manifestait les enthousiasmes et les indignations et l'étude intéressante au point de vue régionaliste d'A.-M. Gossez : *La Normandie célébrée par les Poètes Septentrionaux*. Au lendemain de la mort de P. Nebout, la Revue publia une belle scène de son *Tristan et Yseult*, et elle a donné *Le Mariage de Karen*, conte en vers en trois actes, par Marthe Frontard.

Le numéro de mai 1921 restera comme un souvenir du Centenaire de G. Flaubert et L. Bouilhet : articles de René Dumesnil, abbé Letellier, P.-L. Robert, G. Dubosc,

P. Mérat, consacrés aux deux grands Normands; portraits, poésies inédites de L. Bouilhet et encore des articles de G. Dubosc, Ch.-Th. Féret, Pierre Wolf, André Engammare.

Il appartient aux fils de l'éditeur Wolf, trop tôt disparu, d'assurer la continuité d'une œuvre pleine de promesses. Plusieurs jeudis littéraires organisés par la Revue furent pour ses collaborateurs l'occasion de célébrer quelques écrivains ou artistes normands. M. Paul Mérat a repris sous une forme beaucoup plus modeste dans *Les Primaires* (La Revue des Provinces. Ed. régionales des Primaires) l'effort régionaliste interrompu.

Une tentative du même genre avait été faite par *Les Tablettes*, qui eurent leur cercle à Rouen et publièrent quelques chroniques sur le Mouvement littéraire ou artistique en Normandie.

Fondée par Albert Hayet et dirigée par Cany-Renoult, *La Chaumière* paraît florissante. Elle paraît sur 32 pages depuis plus d'un an. Elle compte des collaborateurs de marque à côté d'autres moins connus; le premier numéro de *La Chaumière*, embellie et agrandie, groupait les noms de Mmes L. Delarue-Mardrus et Jeanne Longfier-Chartier, MM. R. Fauchois, F. Yard, Ch. Boulen, G.-U. Langé, J. Hébertot, G. Demongé, E. Spalikowski, E. Bion, B. Nebout, H. Allorge, R. Millot et Cany-Renoult. Souhaitons-lui de devenir la maison normande sous le toit de laquelle s'abriteront les talents normands, trop souvent logés à la belle étoile.

Les anciens élèves du Lycée de Rouen ont leur périodique, *Notre Vieux Lycée*, où l'on ne trouve pas seulement des notices nécrologiques, des discours, des comptes rendus et des échos fort utiles pour suivre la carrière d'anciens camarades, mais un choix très heureux de pages inédites dues aux plus connus d'entre eux.

Au Havre, deux revues : *La Cloche* et *La Mouette*, la première humoristique, la seconde surtout littéraire, toutes deux d'ailleurs assez agressives.

> Soufflez les vents! Hurlez les flots!
> La mouette rit de vos complots.

lisait-on sur la couverture de *La Mouette*, revue idéaliste de littérature et d'art fondée en 1917, au Havre, volontiers combative, ouvrant ses colonnes à des polémiques littéraires ou personnelles. Julien Guillemard qui l'a fondée, qui la dirige et qui la fit paraître avec une régularité méritoire en des temps difficiles est un vaillant. « Une terrible maladie de huit ans, dont cinq d'hôpital, où sombrèrent sa jeunesse et sa santé, le foyer qu'il avait créé, toute espérance de bonheur, mais non son courage, l'a ployé effroyablement — mais il a eu un redressement de géant foudroyé sous le mont qui l'écrase — écrit Ch.-Th. Féret. Certainement, c'est la poésie qui l'arracha de la tombe entr'ouverte. Il a publié, en 1913, chez Jouve, *Les Voix de l'Ame*, des vers écrits la nuit sur un lit d'hôpital, sous l'aile sinistre de la mort dont le vent cinglant sa face blême faisait jaillir du cerveau l'inspiration douloureuse ». *La Mouette* fait une assez large place à la critique : Poésie : Raoul Gain; Littérature : George Aster, Suzanne et Marcel Plécéla, Julien Guillemard; Musique : C. Linelle; Peinture . Smaragdus, Jacques Tournebroche. Des études littéraires honorent les œuvres régionalistes. Citons celles de MM. Gossez et Ch.-Th. Féret entre autres. Les pièces de vers courtes en général, parfois suites de sonnets ou de petits poèmes, et les contes normands occupent le plus grand nombre de pages; ainsi l'agréable série de *Brise normande*, de J. Guillemard. Henri Dutheil y égrène les chapitres de : *Avec la 5e Division; Le Roman comique d'un Etat-Major*. J. Guillemard a, le premier, pris la très heureuse initiative d'un *Salon des Poètes Normands*. En janvier 1922, M. Gaston Demongé (*Maît' Arsène*) fit une Causerie sur le patois dans la littérature; en juin 1922, Mme Lucie Delarue-Mardrus, en quelques mots sur la Normandie, définit avec un rare bonheur le sentiment d'être une race à part qu'ont tous les Normands. En novembre 1922, Charles-Théophile Féret évoque quelques Poètes qu'il a connus en poète vibrant et passionné ; en avril 1923, quelques Poètes de l'amour que la guerre tua : Roger Eng, Georges More, Gustave Valmont sont étudiés par C. Cé. Un Salon d'Automne offrira une gerbe plus abondante de la flore poétique normande. Puisse le succès de ces Salons amener aux poètes normands un public qui réserve trop souvent sa faveur aux productions médiocres du roman et de l'opérette. Puissent la ferveur de J. Guillemard et de ses collaborateurs se communiquer au public havrais.

Les groupements normands parisiens donnent dans leurs Bulletins quantité de renseignements sur notre vie provinciale. Ainsi, *La Pomme* publie un petit fascicule mensuel, *Les Normands de Paris*, un Bulletin trimestriel. Cette très vivante Société organise de fréquentes Conférences ; le mercredi 25 janvier 1922, elle célébrait le Centenaire de Flaubert en une soirée présidée par M. Louis Bertrand, Flaubertiste éminent ; M. Pierre Leroy fit un exposé plein de verve du *Procès Flaubert ;* Gaston Rageot parla des petites filles de Mme Bovary. En évoquant l'immortelle Mme Bovary, nous nous efforçâmes de montrer la vérité profonde du mot que l'on prête à G. Flaubert : « La Bovary, c'est moi ».

La Revue parisienne *Belles-Lettres*, dirigée par Maurice Landau, se montre particulièrement accueillante aux écrivains normands ; elle a attribué des prix à trois d'entre eux, Ch.-Th. Féret, C. Cé et J. Gaument ! L'éditeur normand A.-P. Garnier n'édite pas seulement les poètes normands, il leur ouvre la Revue poétique qu'il a créée, *La Muse Française*, dont le numéro de février 1924 est un bel hommage à Ronsard.

Dans les grandes Revues, nous rencontrons plusieurs des nôtres : Maurice Brillant, secrétaire de rédaction du *Correspondant*, dans sa rubrique mensuelle : *Les Œuvres et les Hommes*, enchante par la solidité de son érudition et la vivacité de ses sensations esthétiques ; l'abbé Vincent y traite des questions littéraires avec autorité et Jean-Aubry, qui connaît parfaitement l'Angleterre, nous renseigne sur les lettres et la musique anglaises ; François Le Grix, un elbeuvien, longtemps secrétaire de rédaction, dirige avec distinction *La Revue Hebdomadaire ;* Paul Heuzé, du Havre, à l'*Opinion*, passionne tout un public par ses enquêtes sur le spiritisme ; J. Rivain, un angevin, dirige *La Revue critique ;* Jean de Gourmont se partage avec E. Magne au *Mercure* la chronique des livres. Dans la grande presse, Robert de Flers, directeur littéraire du *Figaro*, s'affirme critique dramatique et chroniqueur des plus brillants. Paul Souday, dont certains partis-pris semblent dater à notre génération, conserve à son feuilleton du *Temps* un sérieux et une distinction de normalien ; Pierre Varenne dépense beaucoup d'esprit dans *Bonsoir ;* G. Rageot, chronique au *Temps* et au *Gaulois*. Mentionnons tout de même des Normands de fortune que nous voudrions nôtres : H. de Regnier et M. Levaillant, par exemple. Et excusons-nous de tant d'oublis certains.

La presse provinciale (1), moins connue sans doute, absorbe bien des talents anonymes. Nous avons pu, au cours de nos Conférences, nous entretenir avec la plupart de nos confrères des neuf départements. Que de bonne confraternité, quelle ouverture d'esprit et quelle excellente culture chez presque tous. La presse parisienne compte-t-elle beaucoup de G. Dubosc, en vérité ? Mais le journal de province n'atteint qu'un public restreint. Que peut dire de précis sur les journaux d'Angers, de Caen ou même du Havre, un Rouennais qui les a lus trois ou quatre fois au plus en dix ans ? Nous sommes d'autant plus désolés de notre ignorance que nous avons à l'égard de beaucoup d'entre nos confrères une vive gratitude pour l'amabilité qu'ils nous ont témoignée dans leurs comptes rendus de nos Conférences, surtout nous admirons leur dévouement de

(1) Nos journaux locaux font une large place aux romanciers et conteurs indigènes. Le *Journal de Rouen*, par exemple, a publié *L'Absence*, de R. Dumesnil ; *Les Ailes Rompues*, de H. Hollænder et reproduit *Villevieille*, de J. L'Hôpital, *La Cavée Mahcurt*, de J. Fid et *Les deux Amanz à l'Opéra*, de J. Vautier (Ed. Bourgine).

travailleurs intellectuels pour qui la diminution des heures de travail et l'augmentation des salaires restent insignifiantes et qui n'en servent pas moins avec ferveur la noble cause de l'intelligence et gardent le respect du métier.

CHAPITRE II

MOUVEMENT LITTERAIRE EN DEHORS DES SOCIETES SAVANTES

I. — Poésie

Publiés souvent à un petit nombre d'exemplaires, les volumes ou les plaquettes de vers risquent d'échapper à la curiosité du lecteur. Aussi les Poètes font-ils par trop figure de parents pauvres dans les rapports ou les études sur le Mouvement littéraire.

Mais voici qu'animés d'un heureux esprit de solidarité régionaliste, nos Poètes se sont groupés ; un banquet réunit même ceux de Normandie. Salons des Poètes, Dimanches poétiques, les rapprochent et les imposent au public lettré. Trois anthologies présentent en ordre serré ceux de nos provinces ; Ecole de la Loire : *Les Poètes de la Loire* (édition du *Jardin de France*, 9, Mail Clos-Haut, Blois, 1922) ; Marc Leclerc : *Poètes angevins d'aujourd'hui. Essais anthologiques* (Société des Artistes angevins, 1922, Paris, Paul Lefebvre, 77, rue de Rennes) ; *Anthologie critique des Poètes Normands de 1900 à 1920 ; Poèmes choisis, Introduction, Notices et Analyses*, par Charles-Théophile Féret, Raymond Postal et divers auteurs (Librairie Garnier frères, 1920). Heureuse fortune pour le rapporteur qui sera moins incomplet comme pour les curieux de lettres qui sauront où découvrir les trésors d'inspiration poétique souvent cachés dans les revues ou dans quelques bibliothèques de choix. La bibliographie que nous pouvons ainsi ajouter est extraite de ces trois précieux volumes que nous suivrons, en leur faisant de larges emprunts. Grâces soient rendus à MM. Hubert-Fillay, M. Leclerc, Ch.-Th. Féret d'avoir lié pieusement la gerbe poétique de leur province.

Ecole de la Loire.

Arcisse de Caumont n'ayant annexé que le Maine-et-Loire et le Loir-et-Cher à son domaine littéraire, la plupart des poètes de ce groupe ne nous appartiennent pas. Nous avons au moins voulu mentionner les noms des poètes de cette Ecole en feuilletant la jolie plaquette : *Les Etangs de Sologne*. Invitation au voyage, à un voyage que le lecteur sera tenté de poursuivre au Val de Loire, décrit ou chanté par ses artistes.

C'est *A mon Pays*, précisément, que Mlle Marthe Dupuy adresse sa plus chère oraison : « O pays qui m'étreins quand la lune se lève... » Dans une pièce des *Nuits rouges*, dédiée aux Mères, elle les adjure de ne pas pleurer sur Eux, « car, désormais, c'est d'Eux que la lumière tombe ».

Hubert-Fillay, dont nous avons dit le rôle très actif, demande lui aussi à *Notre Terre* ses inspirations : « O terre ! tu m'as fait tel que je suis... ». Il en a exprimé la beauté, célébré les anniversaires, chanté l'épopée. Elle allume à sa flamme cette *Lanterne des Morts* (1922) qu'éclaire la pensée du poète. Dans ces poèmes, écrit excellemment J.-M. Rougé, « le poète nous dit d'abord l'étrange impression des cimetières où s'élève le fanal mortuaire, puis il nous initie à des pensées personnelles, que la lueur du souvenir allume au repos de ses méditations. Il dit, en ses vers, la beauté du terroir, le charme mélancolique de l'étang songeur. Il plaint l'ami qui dort le sommeil dernier loin du sol qu'il cultivait. Et d'autres morts se lèvent dans son rêve. Il revoit ceux qui sont tombés durant la longue et terrible guerre. Le poète pense aussi aux morts anonymes, aux « soldats inconnus ». Il dit la Marne et l'Yser, Verdun et Dormans. Et la *Lanterne des Morts* éclaire de sa flamme de veilleuse, pareille aux colchiques d'automne piquées dans les prés assombris. Elle éclaire les mémoires de deux soldats tombés au Champ d'honneur... Que dire des pensées hautaines, fortes et graves, qui semblent errer aux jardins des oublis et des souvenances où monte la *Lanterne des Morts* ?... Les vers d'Hubert-Fillay se ressentent des impressions initiales du poète. Ils sont vigoureusement martelés. Ils vibrent à la moindre lecture. Ils projettent des lueurs. On dirait que le souffle de l'inspiration fait osciller en les ravivant les flammèches de la *Lanterne des Morts* ». *Les Années rouges* (1918), vibrent d'une indignation éloquente et d'un large souffle.

« Je te dirai, mon Loir, en langue vendômoise ». Ainsi Edmond Rocher entonne son *Chant du Loir*, tout émaillé de termes du terroir, paru dans *Blois et le Loir-et-Cher*, ainsi que de jolies pages évocatrices de Vendôme empruntées à son roman *L'Ame en friche*. Les quelques pièces du recueil et de l'anthologie manifestent un talent descriptif, soucieux de la couleur et du mot propre.

Poètes Angevins.

Paul Pionis (1848), depuis son volume des *Coiffes angevines* qui le classe parmi les meilleurs poètes du terroir, a donné, çà et là, d'alertes poésies qu'il n'a pas encore réunies. Romancier célèbre, René Bazin (1853) n'en a pas moins écrit de jolis vers; on aura plaisir à découvrir le *Portrait inachevé* où il met en scène son grand-père, le peintre Nicolas Bazin. Dans les *Epaves*, le comte Olivier de Rongé exprime sa douleur de père inconsolable de la perte de ses *Deux Lys*. A ses *Poèmes du temps de guerre* (1917), M. M. Leclerc préfère les *Pages romaines* (1920) où il a voulu « marquer les heures principales de Rome au cours de ses évolutions, à chacune de ces heures demander un épisode qui fixe les mœurs et le caractère de l'époque ». Pour Auguste Pinguet (1863), écrit le comte Louis de Romain de *La Chanson de l'Anjou*, « tout ce que la terre angevine offre à ses regards est précieux... il célèbre tout ce que produit notre sol... en sonnets, rondeaux, ballades, villanelles, triolets d'une habile facture ». Dès le temps de la première édition d'ailleurs, il remit son livre sur le métier et l'y maintint de longues années. Il vient d'en donner une nouvelle édition. « Dans ce poème, écrit-il, tout ce qui n'a pas la forme du sonnet est inédit, et a été écrit dans la pensée de dégager soit de la lumière, soit de la couleur, soit un arome. Puisse *La Chanson de l'Anjou*, ainsi parée et parfumée, être plus digne de la noble terre d'où elle sortit, refléter mieux le ciel qui l'inspira ». Le *Poème* (1920) est d'une inspiration plus grave, « c'est bien le poème de la vie, la vie d'une âme en lutte avec les contingences terrestres et avec ses propres rêves », nous dit Mlle M. Alanic. Emile Marchand (1863), auteur de plusieurs plaquettes : *Douceur d'aimer; Il faut aimer; Les Eglantines* nous confie sa douleur de père dans *Pour sa fête*. Henry Cormeau (1866), un des talents les plus personnels de l'Anjou, se révèle poète jusque dans sa prose. Maurice Couallier (1869), l'auteur de *Don Quichotte* et du *Tombeau de Virgile*, laisse ses autres œuvres se couvrir lentement d'une humble poussière dans un cartonnier ». Regrettons le silence de ce poète qui fit chanter délicieusement Du Bellay : « C'est toute la douceur du doux pays de France ». Eugène Roussel (1871), virtuose du vers, parolier recherché des compositeurs, manie élégamment la strophe pimpante et légère, il excelle à broder, à enjoliver... Guillaume Carantec (1872), angevin d'élection, s'est fait le serviteur fidèle du Roi René dans ses *Gestes et Dires du Bon Roi René* (1914) « véritable Chanson de geste où un poète très moderne a si puissamment retrouvé une âme médiévale ». « J'ai voulu, nous dit l'auteur, faire un pastiche heureux et plaisant d'une fin de moyen-âge adaptée au goût de ce temps... le véritable objet d'une épopée moderne étant de faire revivre dans un cadre lyriquement approprié son héros historiquement conçu ». Cette épopée s'achève par *Le Roi mort, Vitrail* où nous voyons la fin douloureuse et sereine à la fois du bon Roi, et par le *Jeu du bon Roi René ou de Prudence et Folie*, moralité en un acte et en vers. Alfred Coupel, lauréat de l'Institut par trois fois avec E. Roussel pour leurs cantates, prépare dans son manoir de La Haie-Longue un nouveau volume de vers : les deux sonnets cités dans l'anthologie sont d'une grâce exquise.

Le nom glorieux de Romain est porté par les deux filles du Comte Louis de Romain, Mme Yvonne de Romain, l'auteur des *Dieux Eternels* et des *Destins éminents de la France*, dont une belle page consacrée à la Province française fut inspirée par l'Anjou, et Mme Aida de Romain. Quelques amis ont recueilli trente de ses poèmes dans une plaquette *Ailleurs et Autrement*, poèmes où elle célèbre le culte et les cultes de la Grèce immortelle, mais elle décrit aussi les purs contours de *La Colline* d'Anjou, « éclose sous un geste du divin amour ».

Angevin déraciné, dont les vers évoquent souvent la Loire et ses peupliers, R. Christian-Frogé (1880), poète, romancier, auteur dramatique, a publié quatre volumes dont deux de poésies, au cours de la guerre, dont il revint capitaine et la main mutilée. Dans la *Petite Ville* (1918), il stigmatise les mufles de chef-lieu de canton (*Le Pur*), puis chante l'âme des ruines — « On peut soutenir (à condition de le bien entendre) que le sens même d'une pièce de vers, ou du moins son « idée claire et distincte », importe moins que la musique évocatrice et mystérieuse des mots. Elle constitue son principal moyen d'expression et qui lui appartient en propre », écrit Maurice Brillant (1881), dans la préface de son dernier Recueil. *Musique sacrée, Musique profane, Hymnes d'Eglise* et *Chansons d'Ionie; Rhapsodie mystique; Pièces pour clavier; Cantate spirituelle en forme de thème varié*, toutes ces musiques au rythme souple sont excellemment caractérisées par M. Jean des Cognets : « Nourrie des plus subtiles essences de l'hellénisme et du mysticisme chrétien, la poésie de Maurice Brillant s'exprime sur le mode de la modernité la plus aiguë... Son vrai maître est Debussy; sa forme favorite, la plus libre et la plus sinueuse arabesque... » Poète original, érudit auteur des *Mystères d'Eleusis* (1920), romancier exquis et que nous retrouverons, Maurice Brillant est un des littérateurs d'avenir de la génération actuelle. L'Anjou est fier de lui, nous pouvons en témoigner pour avoir entendu faire son éloge par tous les Angevins lettrés que nous avons pu rencontrer.

Novateur aussi le fondateur de la *Renaissance Contemporaine*, Robert Veyssié (1883), « vise à la mission très haute et très belle d'être un semeur d'idées universelles. Il a publié un immense poème : *Les Tressaillements*, fresque épique dont le but est : « la Synthèse de la Vie ». De 1912 à 1915, trois livres en paraissent; cette symphonie poétique et philosophique s'exprime en une forme qui, tout en restant fidèle à la tradition classique, s'assouplit néanmoins et de plus en plus, au gré de l'inspiration; en 1918, à la parution du quatrième livre, l'évolution est complète. La technique de M. Veyssié, qui fait de la strophe et non du vers, l'unité de mesure poétique semble dominée par un sens décoratif. « Ses vers peuvent plaire ou ne pas plaire, mais on ne peut nier la haute portée morale de toute son œuvre ».

Charles Berjole (1884), « peintre au talent délicat, peint en poète et il écrit en peintre », comme le montrent tant de petites pièces aux titres descriptifs éparses dans les Revues angevines : *L'Eglise campagnarde; Soir de Fête-Dieu.*

Alphonse Métérié (1887), pour avoir habité l'Anjou qu'il appelle « sa grande sœur mélancolique », pour avoir dédié des stances à J. du Bellay et paraphrasé de façon heureuse l'immortel sonnet, a conquis droit de cité. Ses poèmes étaient presque introuvables, mais la publication du *Livre des Sœurs* (1922) que nous regrettons de n'avoir pas reçu et dont on nous a fait à Angers le plus vif éloge fera mieux connaître ce poète qui unit la délicatesse de sentiments à la délicatesse de la forme (*Pressentiments*). Alfred Machard, l'historiographe épique des mômes du faubourg parisien les avait chantés dans *Frimousses*, poèmes (1909). Tels de ces contes de guerre en prose comme le *Massacre des Innocents* est « bel et bien de la plus douce poésie ».

Jacques Baguenier-Desormeaux (1888-22 août 1914), tombé glorieusement en Belgique, n'a laissé, avec beaucoup d'articles, de revues de salon, de poésies, qu'un petit recueil *Marjolaine* (1914). Il s'y montrait exquisement doué dans le sonnet pieusement angevin *Le Retour* ou dans ces vers tout pleins, semble-t-il, d'un mélancolique pressentiment : Novembre.

J. Chasles-Pavie (1863) annonce un nouveau livre de poèmes « qui paraîtra sous le titre de *Douceur angevine* pour le sens d'humanisme que comporte ce souvenir du poète angevin, Du Bellay ». Nous avons déjà rencontré comme lauréat du Concours Dallière, le normand Henri Tilleul (Sainte Marie-des-Champs, 1876), professeur à l'Ecole primaire supérieure d'Angers, auteur des *Poèmes d'Outre-Mer* (1915), transposés des auteurs anglais qui prouvent une connaissance précieuse de la rime et du rythme et du délicat *Florilège* (1921), couronné par la Société Nationale d'Angers (en même temps que les *Chants de la Pierre et du Feu*, de Jean Gaultier. Voir le rapport de M. le comte du Plessis de Grenédan). Quoique lorrain, le comte Charles d'Ollonne (1865-1918), s'est acquis droit de cité comme directeur des Concerts populaires d'Angers. Un recueil posthume, *Dernières Heures Chantantes* (1919), dit la foi de ce gentilhomme artiste : « Tout un amour l'étreint, un seul — pour la Patrie ».

En publiant ce volume, Marc Leclerc ne s'y était pas compris. Les éditeurs ont réparé cet oubli, heureusement. Marc Leclerc n'est pas seulement un de ceux qui connaissent le mieux sa province; il prépare le volume sur l'*Anjou* de la collection Michaud et l'*Anthologie du Sacavin*, recueil de morceaux choisis, inspirés par le vin d'Anjou depuis les premiers siècles de notre ère, fantaisie formidable à mettre sur pied. Sa bibliothèque réunit presque tous les livres des Angevins de Paris et d'Anjou; son fichier offre un répertoire complet du Mouvement littéraire. Mais surtout ses *Rimiaux* d'Anjou (1913) : Rabateries, Images, Rigourdaines, Chansons : Quatre Brassées auxquelles s'ajoute un *Par sus l' Marché*, l'ont classé parmi les meilleurs poètes du terroir. A côté des ouvrages de science et de documentation des H. Cormeau, P. Pionis, R. Onillon, A.-J. Verrier, G. Fraysse, F. Simon, M. Leclerc « a pensé qu'un peu de fantaisie ne messiérait pas qui mettrait en scène nos gars et nos marraines avec leurs us et leur parler ». Il en a été récompensé : des pièces exquises ou émouvantes comme *Les Coëffes s'en vont; Ma Vieille Ormoère*, avec la faveur des Lettrés et des Artistes, ont connu la vraie popularité près des masses.

« M. Leclerc s'est affirmé un des meilleurs poètes de la guerre », déclarait Jean des Vignes Rouges. Ecrits dans les tranchées, avec nos frères les Poilus (c'est le titre de l'une de ces plaquettes), dans ce même parler pittoresque et savoureux qui fait le charme des *Rimiaux*, ces petits poèmes sont d'une vérité d'accent qui en fait la beauté.

Le passage de la Boue, dans *Quant' sonn'ront les Cloches*, inspirait à Laurent Tailhade cette juste appréciation : « La Terre qui se venge du meurtre dont elle est ensanglantée, inspire au poète, né dans la douceur angevine des accents dignes de Lucrèce. La Muse rustique lutte ici de grandeur et de magnificence avec la divine Erato ».

La *Passion de notre Frère le Poilu* (prix Jean Revel, 1916, Société des Gens de Lettres) (1), par sa tendresse secrète, par sa pitié, par la noblesse de son dénouement

(1) M. Leclerc a publié aussi : *Souvenirs de tranchées d'un Poilu* (1917) ; *En lâchant l'Barda* (1920) : *Avec nos Frères les Poilus: Poèmes sur Jeanne d'Arc* (1921) et *Sur l'Artois* (1920). *L'Offrande à Cygnos* (1924). En préparation : *L'Anjou qui chante*, étude et recueil de chansons populaires du pays d'Anjou.

tourne au grand poème, dit R. Bazin. Epopée naïve et sublime du Poilu, elle a fait le tour du monde, comme ces trois couleurs que le Poilu, après avoir raconté son histoire coupée par les réflexions des Saints, montre au Bon-Dieu « *Le Manteau bleu d' la Vierge Mère; La Grand' barbe blanche à Diéu l' Père*, et la *Rob' rouge à Not' Seigneur* :

Les trois couleurs de ma Patrie
Pour qui j'm'ai fait trouer la peau;
C'est pour ell' qu'j'ai perdu la vie,
Et c'est pour ell' que j'sés d'vant vous,
Père Eternel, sûs mes deux g'noux! »
Et voilà que l'Bon Gnieu sourit,
Et qu'darrièr' lui le Ciel s'ouvrit.

Poètes Normands.

Il pourrait sembler facile à un Normand d'établir l'armorial poétique de Normandie. Illusion : les bibliothèques ne reçoivent guère les volumes de vers. Les poètes dédaignent répondre aux circulaires. Nous resterions bien incomplets sans l'aide de la précieuse *Anthologie critique des Poètes Normands de 1900 à 1920* que nous suivrons en la résumant le plus souvent. Une *Introduction* de Ch.-Th. Féret, riche d'idées et de faits, offre une large vue d'ensemble de l'Histoire littéraire Normande. Une première partie est réservée aux Morts; plusieurs n'appartiennent pas à la période qui nous occupe, ainsi Paul Blier, Adolphe Vard, Charles Frémine, Ch. Florentin-Loriot, Jean Lorrain, Robert de Cantelou, Albert-Thomas-Wilfrid Challemel (1846-1916), reste l'auteur du *Promenoir* (1903), Féret écrit dans sa savoureuse notice : « C'est pour être de nous seuls goûté qu'il agença sa peinture anecdotique et vernaculaire, très averti des choses normandes, de celles qu'on ne voit pas de la gare, qui ne se devinent pas de la table d'hôte ». Robert de la Villehervé (1849-1919), dont le buste se dresse dans le jardin Saint-Roch, n'a guère publié, dans ses dernières années endeuillées par la perte de son fils, que *Petite Ville* (1914). « De la province, le poète a vu le curé, le maire, le vieux prêtre, la vieille fille, le juge de paix, le médecin, le notaire, l'aubergiste du « Soleil d'Or », sans attendrissement; mais il en fait la caricature sans malice. Comme de tous les sujets qu'il élit, il s'en amuse et tire d'éblouissantes fusées ». Après avoir étudié la virtuosité de ce disciple de Bamille, dont l'esthétique offre un contraste frappant avec la sienne, Féret conclut : « Le nom ne périra point... Il eut le cœur sec, comme Malherbe, mais, comme lui, triompha par la puissance du travail et la « vertu » des beaux modèles. Honneur donc à celui qui, contre les assassins de la langue et du grand vers héréditaire, a dressé son œuvre froide et pure ». Du grand écrivain Remy de Gourmont (1858-1915), nous parlerons ailleurs : son dernier recueil de poèmes *Divertissements* date de 1912. Le lexovien Henri Beauclair (1860-1919), l'auteur avec Gabriel Vicaire du retentissant et délicieux pamphlet : *Les Déliquescences d'Adoré Floupette* n'avait rien publié depuis 1903. Nous avons signalé l'hommage rendu par la Société Havraise d'Etudes diverses à Gabriel Montmert (1871-1913), dont elle avait couronné la *Flûte de Saule* : « Je suis le fils lointain qui te garde son âme », chantait dans *A la Blonde Attique* celui qui fut un petit pâtre en son enfance, porta toute sa courte vie la nostalgie de l'Hellade ou du Midi et « chanta dans nos guérets comme une cigale ». Plus jeune encore disparut Ch.-Th. Argentin (1897-1919), laissant un seul recueil de *Poèmes* (1919), en exhalant le douloureux désir de vivre : « Car je veux, ô Soleil, vivre encore, vivre, vivre! » Trop tôt disparu de même Amédée Bocheux, dont la *Revue Normande* publia les *Lettres à Lison* (1917), une scène d'un *Saint-Amant* et dont le *Bouffon du Roy d'Yvetot* connut le succès dans sa ville natale. « Il était à coup sûr doué. Ses trouvailles d'expression et de rimes, sa vision fantaisiste et sa facilité de travail lui permettaient de beaux espoirs ».

Nous avons tous un lys dans le milieu du cœur.

pouvait dire Auguste Bunoust (1888-1921), trop tôt fauché par l'impitoyable phtisie à l'hôpital de Lisieux le 15 février. « Je suis poète depuis toujours — écrivait-il à Ch.-Th. Féret — dans mes premières émotions mystiques aux « Messes de Minuit » de la paroisse Saint-François du Havre... depuis la mort de Maman me laissant à neuf ans plié sur son cercueil... depuis la mort de mon Père survenue un an après... depuis mes épouvantables années de solitude dans le café-débit de mon oncle et tuteur, où les femmes du b... voisin venaient danser; depuis mes savoureuses années d'études au Petit-Séminaire du Mont-aux-Malades où je me suis gavé d'orgue et d'encens... » Il revit par ses lettres dans cette étude parue dans *Par chez Nous*, où se déroule sa pauvre destinée. Et l'on comprend les bizarreries de ses *Nonnes au Jardin* (1918), couronnées par l'Académie, « œuvre de choix qui veut beaucoup d'amour », influencée, sans doute, par Samain, par Baudelaire et par quelques autres, mais expression « d'une vie intérieure aux profondes et étranges sensibilités ». S'il a pu craindre, non sans quelque raison, « d'y paraître un sacrilège à l'égard de son cher passé de candeur et de lin blanc », ses confidences amoureuses (amours imaginées peut-être), traduisent son platonisme écœuré des brutalités animales. Il a chanté les angoisses ou les ferveurs de son enfance, la beauté de sa terre et de sa ville natale, le mystère des cathédrales :

Nous allons voir la grande main
De l'Infini qui se décide,
De ces fins arc-boutants d'abside,
A rechercher nos doigts humains.

« C'était un être supérieur et exquis ». On ne saurait trop déplorer sa perte. Avec Pierre Nebout (1856-1920), professeur au Lycée Corneille, « un vrai poète disparaissait — écrivait C. Cé dans la *Revue Normande* (janvier-février 1921) — un poète que seul un groupe d'amis fervents a vraiment connu ». Son œuvre publiée est belle : *Poème de la Jeunesse*, 1882; *La Mort de Corneille*, 1884; *Etudes et Poèmes*, 1888; mais, son œuvre inédite est la plus belle. Comme poète lyrique, il restait disciple des Parnassiens et surtout de Hugo... Son génie était dans le théâtre, et son théâtre n'a pas été publié, sauf *France et Belgique* (1915) qui, inspiré par la guerre tragique, a une envolée d'ailes héroïques dans un ciel sanglant et *La Conquête*... Ce Normand, où survivait une âme grecque, puisa dans Eschyle et Euripide l'inspiration de drames magnifiques qu'il savait soulever d'un souffle personnel et rajeunir avec de la pensée moderne : *Alkestis ou Héraklès, marchand d'esclaves;* une adaptation des *Perses;* un *Ulysse*, dont il n'a écrit que le premier acte... Son plus beau titre à la gloire c'est, sans conteste, *Tristan et Yseult*, drame vivant sur lequel planait une musique de rêve, dont les vers avaient des prolongements mystérieux, des résonnances d'au-delà » qu'il faudra représenter. P. Nebout fut mieux qu'un professeur, un animateur et la dernière année de sa vie, il put exprimer ses idées sur l'Art et les Lettres dans *La Démocratie Nouvelle*. Cet artiste méconnu fut aussi un peintre et un sculpteur, à l'âme et à la main frémissantes. Saluons sa mémoire.

Le dernier *Salon des Poètes* du Havre était consacré aux trois jeunes Poètes que l'Anthologie de Féret avait déjà groupés : *Les Morts de la Guerre*. La belle causerie de Camille Cé, riche de citations choisies, a paru dans le numéro de mai 1923 de *La Mouette*. L'*Anthologie des Ecrivains morts au Champ d'honneur* contient de pieuses notices sur G. Valmont et G. More, signées E. Bourgine et Maurice d'Hartoy. Gustave Valmont (1881-1914), fut tué au cours d'une reconnaissance dont il avait réclamé le périlleux honneur. Diplômé de l'Ecole des Chartes, historien de Caudebec, il avait publié, en 1911, un seul volume de vers *L'Aile de l'Amour*, dont une très belle pièce *Les Aïeux*, fut citée dans un acte en vers représenté à la Comédie-Française, le 27 décembre 1917, *Les Morts immortels*. E. Montier et Féret ont analysé en poètes ce drame qui se joue entre « la raison la plus fière et le plus beau malaise ». « Il devait être le poète d'un livre et l'homme de peu de jours — écrit Ch.-Th. Féret. — Il fallait que les jours fussent pleins et le livre accompli. Après l'éducation de sa délicatesse par la mère, l'exaltation de sa sensibilité par la maîtresse romantique. Tout a concouru à l'éclosion de ces poèmes sensuels. L'amour y est fonction de poésie. L'orgueil de Valmont n'a pas souffert de son amie, ce qu'a subi sans dignité Properce de la sienne. Mais ce qui les rapproche, c'est qu'on peut dire de lui comme du poète latin, qu'il a chanté ses sensations plutôt que sa maîtresse et que sa fougue fut plutôt dans son imagination que dans son cœur ».

Roger Eng (1892-1916) « est mort en héros du devoir qu'il avait nié ». Quelques jours avant la guerre, il provoquait une réunion de protestation. Le lendemain, il s'engage; il succombera brûlé vif en première ligne. Son œuvre : *Les Amies Oubliées* (1913) ; *Le Voyage* (1913) ; *Les Plourants de Saint-Michel* (posthume 1917), offre aussi quelques contradictions. « Quand il sut le métier parnassien — écrit Féret — il l'abandonna et adopta le vers libre : Ni Dieu, ni mètre », voici pour la forme et pour le fond, « comme la Normandie sage et pondérée, résolue, a triomphé en lui de l'Internationalisme, et comme de l'ennemie du militarisme elle a fait un officier loyal, le vieux Vire de son enfance l'a rendu pieux — encore qu'à sa façon — au provincial décor, aux tours et aux flèches des aiguilles, aux rides des façades, aux croulants colombages, aux crépis barbouillés d'ocre ».

Georges More (1891-1915), dont la jeunesse méditative fut consacrée aux lettres et à la peinture et qui devait tomber glorieusement à Berry-au-Bac, avait confié ses proses et ses vers à celui dont il fut un des élèves les mieux doués. Le poète A.-M. Gossez publia ces *Reliques* avec une préface que G. Dubosc a résumée dans son feuilleton du 18 avril 1922. « Les essais que A.-M. Gossez vient de publier ont été certainement choisis parmi des études déjà fort nombreuses, des contes en prose comme *La Ronde des Morts; Les Etapes; Quand le Printemps renaît; Nous n'irons plus au Bois*, ou des œuvrettes théâtrales : *Ceux qui pardonnent; Nuages; Feuilles mortes*. En poète et en critique, A.-M. Gossez a surtout réuni ces petits poèmes ironiques, sincères, subtils et tendres, désenchantés, sans amertume le plus souvent, parfois plus âpres et plus désabusés. Il y a joint quelques strophes légères qui datent un peu les vers du poète, ces pierrotades que Th. de Banville, puis M. H. Delorme et Willette avaient mises à la mode des « japoneries » fantaisistes qui sont d'une verve délicate, fine. Toute cette gerbe, nouée d'un ruban de deuil, ne laisse-t-elle pas prévoir ce qu'aurait pu être dans quelques années la moisson du poète ? »

« Seul, dans la forêt triste et nue, comme le ramasseur de bois », le poète normand Paul Labbé (1855-1923), rassemble « tout ce qui reste d'autrefois... rien qu'un triste et pesant bagage de rêves morts, d'espoirs brisés » dans *L'Oubli de l'Heure* (1922), souvent d'une mélancolie rêveuse et attendrie, mais d' « une sagesse heureuse » que vante Gaston Le Révérend, G. Dubosc loue « la forme sobre, mais ferme, de souche bien française, avec un choix juste de mots et d'usages, sans effort d'art apparent » de ce dernier volume du poète de Thiberville. Paul Labbé a été fêté par la *Revue Normande* (octobre-novembre 1923 : Conférence de Jules Truffier). Président de la Société Libre de l'Eure; il vient de disparaître en décembre 1923, estimé et regretté de tous.

Les Vivants.

Achille Paysant (1841) a eu les honneurs du premier dimanche Poétique de la *Revue Normande* : le numéro de janvier-février 1923 publie les passages essentiels de la conférence d'Ernest Prévost. Le doyen des poètes normands possède une réserve inédite considérable. Il n'a publié que deux livres : *En Famille* (1888), *et vers Dieu* (1912). « La Nature, l'Amour, la Douleur, la Foi; telles sont les quatre parties de son œuvre... La technique du poète relève de la plus pure tradition française; les ancêtres qu'il vénère c'est Ronsard, La Fontaine, Chénier... et cependant il affirme : Point d'école, le seul précepte est d'être soi. « Albert Mérat goûtait surtout dans son œuvre la beauté dans la lumière, et l'idéaliste Emile Trolliet déclarait : « L'œuvre de Paysant est harmonieuse; elle fait de la sérénité ». Souhaitons que son prochain volume paraisse bientôt.

Stanilas Millet (1842), de l'Orne, depuis de longues années enraciné en Bretagne, professeur honoraire au Lycée de Lorient qui « s'était classé parmi les meilleurs Parnassiens — nous dit le *Nouvelliste* — vient de publier *Pax*, un livre de vers tout à fait exquis où il chante la Bretagne ». « Il passe à travers ces vers une grandeur quasi-biblique, une largeur d'apaisement — écrit C. Cé dans la *Revue Normande* (n° 72) — et il cite *La Forêt;* l'*Eglise abandonnée;* la *Lampe d'Argile*, de belles pièces dédicacées à des Normands et à des Bretons, vivants ou morts. « Sur tout ce beau livre j'admire cette lumière de crépuscule qui plane avec ses larges ailes sereines ». Paul Collin (1843), a écrit surtout des poésies destinées à s'adapter aux œuvres musicales de grands compositeurs.

Nous avons déjà rencontré le bon poète d'Echauffour, Paul Harel (1854), à la Société libre de l'Eure qu'il a présidée en 1917, comme à la Société Historique et Archéologique de l'Orne. S'il quitte son auberge, il ne l'oublie pas : *Souvenirs d'Auberge* (1923), l'attestèrent, dont Joseph L'Hôpital nous dit dans la *Revue Normande*. « Goûtez un peu... qu'en dites-vous ? N'est-ce pas comparable à ces mousses légères et pétillantes qui fondent dans la bouche et s'évanouissent en laissant sur la langue la surprise d'un parfum!... » P. Harel n'oublie pas non plus qu'il est poète; avec les *Poèmes Mystiques et Champêtres* loués par R. Gobillot, il donne des poèmes de guerre sous le titre : *Debout les Morts*, un volume de sonnets *La Vie et le Mystère*, d'une inspiration tour à tour religieuse ou familière. Figure complexe dont J. L'Hôpital a peint les traits avec la plus large sympathie dans le Recueil de 1915 de la Société libre de l'Eure et que l'anthologie dessine avec quelque malice dans un portrait signé Wilfrid Fleury.

Féret indique la ressemblance avec Flaubert de P.-N. Roinard (1856), dont le portrait orne le *Par chez Nous* de janvier 1922. Gaston Le Révérend s'efforce, dans une notice fervente, de « dégager le sens et l'esprit » de l'œuvre : *La Mort du Rêve* (1902); *Les Miroirs* (1908); *Le Donneur d'Illusions* (1920). « Le devenir meilleur a sa possibilité en nous-mêmes. En nous, au *Carrefour du Bien et du Mal*, apparaît le *Donneur d'Illusions*, le génie lumineux, qui vaincra, à force d'amour, le génie de l'ombre. Et quand, dans le drame symbolique, Orphir et Jeannille ont, grâce à lui, triomphé de toutes les embûches que leur tendit Hyrcanior; quand il ne reste d'eux, ici-bas, que leur *Souvenir*, et que Hyrcanior vaincu enfin par la seule force de sa bonté, implore sa grâce, et que ses anciennes victimes, sans rancune, la demandent aussi, Lysiane, la bonne enchanteresse, meurt de s'ériger en justicière et d'avoir voulu punir. Car la loi est absolue, et le *Donneur d'Illusions* la redit sans lassitude :

Aimez! Montez
Toujours! toujours vers plus d'amour! La haine tue!

Tout le drame est en nous-mêmes, dans l'*Ile Bienheureuse* ou dans les *Palais enchantés de la Conscience*, et il salue « l'œuvre de Roinard, pure et hautaine, éclaboussée de nulle réclame et de nulle gloire, belle et attachante comme le rêve éternel de l'humanité ».

Jean Bertot (1856), le très lettré rédacteur du *Lexovien*, publie en octobre 1923 *Comédies de Salon* (Lisieux-Morière), dont nous parlerons plus loin.

Edouard Dujardin (1862), le fondateur de la *Revue Wagnérienne*, rassemblait tous ses poèmes en 1913 dans un volume publié au *Mercure* : *La Comédie des Amours*, *Le Délassement du Guerrier*, *pièces anciennes;* on en trouvera d'aimables citations dans l'*Anthologie*. « Dans la préface — écrit P. Morisse — il exprimait la résolution de ne plus écrire en vers; mais 1914 bouleversa l'Europe, créa un monde nouveau d'émotions et d'idées, et l'âme du poète devait s'en trouver renouvelée; et quoique l'âge du sens critique fût venu, le poète se réveilla plus vibrant, plus « voyant » que jadis. Plus précise et plus forte, sa pensée trouva son expression directe. La forme de ses vers se modifia elle aussi; au lieu de revenir, comme maint poète symbolique, à l'alexandrin, Dujardin emploiera le verset, au goût duquel le ramenèrent ses études bibliques. Les poèmes qu'il publie, depuis deux ans, et où sa sincérité semble se répéter le mot de Shakespeare : « Sois vrai à toi-même », nous font apparaître leur auteur comme un vrai « Norse », incessamment prêt à s'embarquer vers des terres inconnues, le cœur et l'esprit chaque jour plus purs.

G. Lebas (1862), n'a publié que des œuvres en prose depuis 1913. « Ami du poète Vard, son confident et l'exécuteur de ses dernières volontés littéraires », Jean d'Armor (1863), qui pourrait signer Jean de Neustrie, a pratiqué dans son ermitage, au seuil d'une forêt, le culte de Ronsard. Nos revues normandes publient souvent ses gracieux vers. R. Postal écrivait dans la *Revue Normande* (janvier-février 1921), « les deux suites de poèmes *Les Jumeaux* et *Hélène et Phryné*, aveux, bavardages, coquetteries d'amants, variations sur de vieux thèmes et de vieux airs, quel cœur simple n'en sentirait la vérité ? Quelle oreille n'en estimerait la musique ? » Albert Boissière (1864), abandonna la poésie symbolique pour le roman. Il garde un volume de vers inédit : *La Ferme au gué*. André Fontaine n'a rien publié depuis *Le Livre d'Espoir* (1905). Nul ne savait mieux que le lexovien Robert Campion (1865) parler de la ferme et des fermiers du Lieuvin. Aussi faut-il regretter avec Féret qu'il ne chante plus.

Faut-il que nous soyons amoureux de la terre.

s'est écrié Charles Boulen (1868), le poète cultivateur de Saint-Maclou-de-Folleville, l'auteur des *Voyages à travers la Couleur locale* et des *Sonnets pour la Servante*, dont Ch.-Th. Féret édifia le porche, « un pur ou impur chef-d'œuvre de gauloiserie, d'érudition, de fine analyse et, semble-t-il, à l'endroit du lecteur, de paradoxe savoureux et libertin », écrit justement R. Postal. Plus encore que Didine, la servante maîtresse qui part, un jour, avec le valet en emportant l'enfant qui est né des amours de son maître, et — ce qu'il regrette plus encore sans doute — ses billets volés, plus que cette cauchoise, près de laquelle « par nos nuits sans sommeil et de ruse obsédées, la chicane nous flaire et nous retourne au lit », l'amour de la terre normande, avec ses rudes travaux, son intimité, ses réalités tyranniques, inspire ce recueil savoureux et coloré. « L'Hélicon, c'est pour Boulen un tas de fumier : le magique purin plus noir que le café ». « Il faut considérer *Les Sonnets pour la Servante* comme un document sur la vie paysanne, en même temps que comme une confession, non une confession d'amour, mais la confession racique d'un Normand qui explique l'*Art d'être Normand*.

L'âme des vieux Cauchois songe au fond du tiroir.

Ouvrez le tiroir de Boulen et vous y trouverez autre chose que des écus.

Maurice Canu (1869), n'a pas réuni ses poésies en volume. « Il a publié en 1914, sous la forme d'un élégant album illustré, une série d'épigrammes de caractère local intitulée *Croquis d'Escrimeurs* ».

Edward Montier s'est voué à l'apostolat social. Le théâtre religieux — comme nous le verrons — est devenu le genre poétique qu'il préfère. Chez l'excellent éditeur H. Defontaine sont reparues ses *Fontaines de Rouen*. Rappelant les *Inscriptions* du fameux abbé Guyot-Desfontaine, G. Dubosc écrivait dans le *Journal de Rouen* (13 décembre 1922). « E. Montier s'est contenté de célébrer nos jolies fontaines rouennaise en bon français, en usant du reste, avec adresse, de tous les rythmes et de toutes les coupes de la prosodie française... Il a fait preuve d'un goût plus fin en consacrant, à quinze fontaines seulement, ses strophes fluides et sonores ».

Mentionnons *Jules de Clairfontaine* (1870) ; Georges Tis (1871) ; F. Le Gonidec de Peulan (1872) ; Daniel de Venancourt (1873) ; Laurent Cernières (1873), qui prépare *La Source qui chanta jadis*.

L'An de la Terre avait révélé le talent de Francis Yard il y a une vingtaine d'années. Il en a redonné une nouvelle édition avec quarante-deux ornements dessinés et gravés sur bois par l'auteur chez H. Defontaine en 1922. G. Dubosc, dans sa chronique du 11 juin, marquait excellemment le caractère de cette seconde édition.

« Quand on compare les deux versions de l'*An de la Terre*, on se rend compte, en effet, qu'on est en présence d'une œuvre, sinon nouvelle dans son jaillissement primitif, tout au moins dans sa forme métamorphosée magiquement. Quelques poèmes ont été placés en un ordre plus logique ; d'autres, trop longs, ont été sobrement condensés ou divisés en petits tableaux plus expressifs. Enfin, partout, au cours du volume, par des substitutions de mots plus colorés, par le choix et le remplacement de quelques adjectifs, par la suppression d'un terme impropre ou d'un néologisme inutile, la forme a été serré plus strictement, avec une vigueur intense qui épouse l'idée, sans que le livre ne perde rien toutefois de son ample mouvement poétique. Les vers y sont toujours précis et puissants, suscitant l'émotion malgré leur sobriété éloquente ; les images toujours neuves, frémissantes, et le lyrisme de l'ouvrage émondé de quelques jeux illusoires gagne encore en nuance et en profondeur... »

F. Yard a publié deux recueils nouveaux : *La Chanson des Cloches* et *Les Goëlands*. « Cette chanson des cloches, écrivait G. Dubosc, le 10 juillet 1921, dans son « Par ci, par là », était à l'unisson de l'âme contemplative du petit pâtre de Boissay. Elle domine ce livre ». Elle réveille des souvenirs, des impressions d'enfance. F. Yard est bien et il reste bien « gardien des amours morts et des vieux souvenirs ». Cette perdurance nostalgique des visions d'autrefois, cette faculté de revivescence du passé, un peu idéalisée parfois, c'est la marque même du talent très visuel de F. Yard. Elle soutient, domine toute la première partie de sa *Chanson des Cloches*, mais il en est une autre. F. Yard est riche de bonté humble, de tendresse, de pitié pour les pauvres et les ignorants. Il a gardé de son enfance chrétienne une misécorde qui le fait encore se pencher vers les douleurs humaines, vers les tristesses exaspérées par les guerres et les révolutions. Cette influence, ce reflet d'amour on le sent surtout dans la partie finale de son volume, dans *Paroles à la Nuit*, dans *Nocturne*. Parfois même le poète s'exalte et son mépris humain gronde dans *Horoscope* et dans une pièce qui termine par une évocation si tragique le volume, *La Charrue aux Morts*, rappelant un peu la facture saccadée, rytmique et violente de Verhaeren qui a exercé tant d'emprise sur l'esprit de F. Yard... » La forme montre une originalité nouvelle et affirme la maîtrise du poète. « Tout cela est forgé et fondu dans une langue forte, sensible, sans outrance ni enflure, mais sur une profusion de rythmes et de mètres nouveaux... »

« *Les Coëlands* (G. D. « Par ci, par là », *Journal de Rouen*, 1er juillet 1923) marquera comme un repos, comme une halte heureuse, à l'ombre des pins de Varengeville, en face de la mer normande. Du haut de la falaise, aux heures des vacances, il a laissé errer sa pensée sur tous les spectacles qu'il apercevait, avec une liberté et une joie quasi-sensuelles, comme celle qu'éprouvent les Goëlands, ces oiseaux de libres espaces, qui volent à tire d'ailes, selon leurs fantaisies « ivres, disait Mallarmé, d'être parmi l'écume inconnue et les cieux ».

Citons Jean de Gourmont (1878), qui a de Remy « la fine sensibilité, le bel instinct sexuel, la philosophie amusée, la cordialité franche, aussi l'érudition »; Georges Clerget (1877), musicien et poète; Banville d'Hostel (1877), avec une dizaine de volumes inédits qui concluait dès 1912 « au devoir de rompre avec le protocole impertinent des maîtres de jadis et s'échappait de l'ergastule »; Camille Cé (1878), romancier notoire, critique ardent et qui sait parler des autres poètes fraternellement, donne trop rarement de belles pièces de vers à nos revues; Jean de Beaulieu (1879), s'était efforcé en ses *Libres Poèmes* « d'introduire le debussysme dans la littérature ». Il est revenu à l'ordre classique dans le *Cadran d'ivoire*, recueil à paraître, « d'une inspiration volontiers philosophique, mais le plus souvent lyrique ou descriptive ». Léon Hiélard (1879), a publié trois volumes : *Images et Fétus* (1914), « d'une intimité douce et triste »; *En marge du Livre rouge* (1919), notes d'un territorial, journal de guerre qui « révèle dans sa simplicité, une observation précise et émue »; *Au Calvaire des Femmes*, dont il dit « tous les petits ennuis et tous les grands chagrins » avec « l'indulgence de ceux qui l'ont beaucoup aimée ». Maurice Le Sieutre (1879), graveur sur bois, poète, chansonnier patoisant, a rapporté de son exploration du vieux pays de France : *Chansons et Cantilènes* (1913). « Ses poésies françaises, pour la plupart inédites, constituent la vraie richesse de son bagage : Son art rappelle parfois l'art véhément, expressif et haut en couleurs de Tristan Corbière ». Louis Foisil (1880), allait réunir en un volume intitulé : *Pommiers-sur-Orne*, bon nombre de pièces d'un normannysme authentique, lorsque la guerre fut déclarée. Il a publié, écrit en marge de la victoire : *Le Beau jour de la Saint-Martin* (1919).

Eléonor Daubrée (1881), a été présenté aux lecteurs de la *Revue Normande* (juillet-septembre 1921), par G. Lemazurier. Poète régionaliste, il affirme « qu'aimer son clocher, c'est toujours aimer la France ». Ses deux premiers recueils : *Les Fleurs de mon Pays; A l'ombre des Pommiers* (1914), reflètent les images de la terre natale, ainsi qu'un troisième inédit : *La Terre des Ancêtres*. Pendant la guerre « il a vu la navrance infinie des pères et des mères, des sœurs et des épouses », et son livre *Un regard sur la Vie* (1918), l'a dite « avec une compassion qui éclate à chaque page. Dans un volume dédié *A tous nos Morts sublimes* et qui est surtout un long cri de douleur, de piété et d'indignation, il y a maints poèmes de belle envolée qui ont d'ailleurs valu au poète un prix de l'Académie Française ».

Eugène Crespel (1882), de la Manche; le Rouennais René Fauchois (1882); Wilfrid Lucas (1882), se sont tournés vers le théâtre en vers.

Georges Laisney (1883), de Coutances, professeur au Lycée de Rouen, appartient au groupe du *Pou qui grimpe*. En préparant *Le Rose et le Gris*, il a donné une amusante petite plaquette : *La Noce devant le Photographe* (1923), quinze ballades avec quinze images divertissantes.

Nous avons parlé au chapitre des Revues du vaillant fondateur de *La Mouette*, Julien Guillemard (1883), « toujours debout » en dépit de son corps et de son âme meurtrie. S'il garde encore beaucoup d'œuvres inédites, il a publié depuis *Les Voix de l'Ame* (1913); *Vers pour mon Frère* (1919), mort pour la France; *Fariboles* (1920): *Les Réflexions de Maître Aliboron* (prose, 1919), « offert aux méditations de tous ceux qui ont douté de tout et qui ont connu l'horreur de la désespérance ». Guillemard est un poète de sentiment. Féret note dans tel de ses vers pieux à la Vierge Marie « un peu de la suavité du pauvre Lelian ». Dans la préface de *Fariboles*, il déclare qu'il a fait « du triomphe de la Pensée le but de sa vie et que tout ce qui n'est pas la Pensée n'est que fariboles ». Quant à la forme, après avoir loué ce nouveau mode d'expression, le verset consacré par Mlle H. Charasson, il se dit « convaincu que le véritable poète ne peut pas être l'esclave d'un genre... J'ai employé pour traduire en beauté tout ce qui est en cet ouvrage les différents modes d'expression que l'Inspiration m'a imposés... » et son volume présente la plus grande variété de formes.

Fernand Fleuret (1884), semble bien « avoir laissé étouffer les roses délicates de la poésie sous la végétation d'une érudition vigoureuse ». Nous le retrouverons au chapitre de la critique. Il faut lire la savoureuse et amicale notice où Féret le compare à Ovide. Gabriel-Ursin Langé (1884), est né près de la Cathédrale de Rouen, ses yeux se sont ouverts sur la splendeur surgie des tours et des flèches de la Primatiale. Puis il a grandi dans les Flandres et appris à écrire d'Huysmans, sans pour cela détester Homère. Il est resté le fervent des vieilles abbayes dont il chante la beauté.

Auguste-Pierre Garnier (1885), ne se contente pas d'être l'éditeur intelligent de l'*Anthologie des Poètes Normands;* son œuvre le classe en excellent rang dans la troupe sacrée. Ame tendre et idéaliste, il a rapproché les plus belles de nos légendes religieuses et nationales en un triptyque : *La Geste de Jehanne d'Arc* (1914) ; *Le Mystère de Sainte Geneviève* (1916), « mystère très humble qui n'aspire qu'à demeurer le geste de piété d'une âme dans la foule »; le *Dict de Sainte Odile* (1919) ; *La Gloire de la Terre* (1917), « écrit à la Closerie des Orges, en la douce terre de Normandie » est « l'hommage attendri d'un fils reconnaissant qui sait tout ce qu'il doit au pays natal ». Aux souffrances de la guerre, A. Garnier a consacré les *Angoisses* (1918), le plus émouvant de ses poèmes, dont les plus belles pièces sont celles qu'inspire la pitié, surtout la poésie intitulé *Les Aveugles.* Dans *Les Corneilles sur la Tour* (1920), le poète nous traîne d'abord au ras du sol et nous fait entendre des propos bavards, puis il nous enlève à vol d'oiseau pour nous emporter vers les cimes d'où l'on ne devine plus la laideur caricaturale de la vie, d'où l'univers nous apparaît en beauté et en bonté, à l'idéaliste qu'il reste. « A ma Femme très aimée, à celle qui demeure la gardienne du Foyer et l'honneur de ma Maison, je dédie sous le signe de l'amour ce livre », lisons-nous en tête du *Jardin d'Amour* (1913-1923), poèmes très purs, très intimes où se recueille, se souvient et se confie une âme loyale et fervente. « Jamais, disait avec raison Mlle Charasson, M. Garnier n'est mieux inspiré que par sa compréhension de la nature ou quelque tendresse familiale ».

Après avoir sacrifié aux mythologies, gémi sous les flèches d'Eros, Roger Allard (1885), a demandé à ses souvenirs d'aviateur, plusieurs fois grièvement blessé, l'inspiration de ses *Elégies martiales* (1917) et de ses *Avionneries.* Un recueil très différent de ton s'intitule l'*Appartement des Jeunes Filles* (1919). « Après les rauques coups de clairon de *Sous la bannière aux trois lions;* les airs de flûte des *Epîtres* didactiques, Gaston Le Révérend a publié *Le Chemin délaissé* (1919), où l'on perçoit délicieusement un regret nostalgique du beau passé aboli. Il a d'autres œuvres en préparation. Il reste — nous dit Jean d'Armor — un des espoirs de la poésie normande, traditionnaliste et moderne à la fois, qui relie le passé au présent, un Malherbe à un Le Vavasseur, un Corneille à un Féret. Le Révérend vient de publier *Fables et Poèmes* (1923). « C'est dans les fables — écrit M. Lebarbier — qu'il a trouvé son genre ». A l'y voir si joliment sinuer de la satire presque féroce à la poésie presque poétique, on retrouve le parfait écrivain, souple, nuancé, précis des *Divertissements littéraires.*

Nous avons parlé des contes et croquis havrais de Paul Hauchecorne (1889), publiés par la *Société Havraise d'Etudes diverses.* « Dans ses vers colorés, drus, pittoresques, sincères, il a surtout chanté le pays de Caux..., c'est un fervent de notre tradition normande ». Pierre Varenne (1892), fils de Mme Annie de Pene, la romancière de l'*Evadée* et de *Sœur Véronique,* a publié *La Cité intérieure* et fait représenter quelques piécettes. « Il faut signaler particulièrement la campagne qu'il mena pour l'érection d'une statue à Saint-Amand. Le *Mercure de France* a pu dire de son volume : « le Bon Gros Saint-Amand » qu'il vaut tous les monuments du monde. » *Les*

Roses-Sang, d'Henri Dutheil (M. Mignet, 1892), ont été éditées par le *Pou qui grimpe* en 1920. « L'amour et le souvenir de Lelia forment la trame du livre, écrit R. Postal (*Revue Normande*, mars-avril 1921). La conclusion est fixée par le retour du poète à la maison de l'aimée ». Le critique admire surtout certaines confessions émouvantes comme *Carême 1916* de ce livre pour lequel il espère « une place de choix dans la littérature inspirée par la tourmente. Le livre de notre gloire n'est pas écrit encore. Mais Dutheil, soldat et poète français, a fixé pour ses frères d'armes les plus aigus et les plus chers de leurs souvenirs. Les *Roses-Sang* contiennent quelques pages du livre de la guerre et de l'amour ». Marcel Lebarbier (1894), un des fondateurs des *Pionniers de Normandie*, a publié *Poussières* (1917), préfacées par A.-M. Gossez, « un peu de poussières irisées, petit amas de grands projets, reste de vraies douleurs, souvenirs des ans après l'envol ». Il collabore à l'*Almanach des Saisons* que Joseph Quesnel (1897) édite dans sa venelle du *Pou qui grimpe* (1), à Coutances, où s'est formé un groupe intéressant de peintres, de sculpteurs, de musiciens, de poètes qui prirent entre autres initiatives celle des fêtes en l'honneur de Remy de Gourmont. « Poète par le pinceau et le crayon », J. Quesnel écrivait « des *Poèmes tout blancs* pour la première communion de la fille de Pierrot Willette et *Les Choses m'ont dit*, fantaisies rimées sur les livres, les bibelots, la palette, les tubes, les toiles, etc... » Il a publié de jolis petits volumes : *La Harpe aux sept cordes; Chantefable de Sainte Cécile; Mystiques litanies de Sainte-Jeanne-d'Arc* à côté de ses Almanachs : celui des *Saisons* et celui de *La Destinée la Rose au bois*.

L'Anthologie mentionne ensuite dix-huit poètes ne figurant pas dans les précédentes notices; on trouvera leurs noms à la bibliographie. Nous connaissons l'abbé H. Bourgeois comme lauréat de la Société libre d'Emulation. Sur l'œuvre de l'abbé Ch. Lemercier on pourra lire le rapport de M. le chanoine Prudent, que nous avons signalé dans le Bulletin de l'Académie de Rouen. « Poète religieux d'âme, poète français de style, Ch. Lemercier réalise le type du poète spiritualiste sans mièvrerie, sans pseudo-naïveté, sans balbutiements d'idées, incohérences d'images et dislocation de métrique », écrit E. Montier dans un excellent article du *Journal de Rouen* du 12 mars 1922.

Pierre Preteux n'est pas normand, mais il a fait toutes ses études à Evreux, où son père était professeur au Lycée. Il a pris pendant la guerre la direction de la *Revue Normande* qu'il oriente de plus en plus vers le régionalisme. Il y a publié de nombreux poèmes recueillis en plusieurs volumes, la plupart inspirés par la guerre et d'un souffle généreux : *Au-dessus du Sillon; Reflets d'Epée; Les Etincelles de l'Enclume; Les Ailes du silence*.

Galamment, l'anthologie réserve une place d'honneur à trois poétesses, sans indiquer leur âge. On peut regretter de ne pas trouver en cette place Mlle Antonine Coullet, dont M. Souriau disait en 1902 les débuts pleins de promesses; l'enfant-poète a cessé de chanter. D'autres peut-être seront l'objet d'un involontaire oubli. Nous parlerons plus loin d'une Rouennaise, Mlle Suzanne Toutain.

Mlle Marguerite George, en littérature « George Aster », secrétaire de rédaction de *La Mouette* à laquelle elle apporte une active collaboration, préparait *Sans fard ni voile*. Mme Henriette Charasson, qui écrit dans de nombreuses revues, nous apporte *Attente* (1914-1917), composé à Montivilliers, dans le deuil de son frère. Féret le loue en ces termes : « Attente, c'est de la poésie, mais ce ne sont pas des vers, seu-

(1) M. G. Laisney nous a signalé aussi les trois représentations à Coutances en 1922, d'une adaptation de l'*Ensorcelée*, de Barbey-d'Aurevilly, suite de tableaux. — L. Beuve, absorbé par la rédaction du *Courrier de la Manche* n'a rien écrit depuis *La Petite Epicerie* et *Les traînes à bouais du Marché de Coutances*. Il donne dans son journal un roman *La Lettre à la Morte* qui contient de belles pages descriptives sur Coutances. Un autre patoisan, Ch. Leboulanger, recueille les chansons en patois de Coutances sous le titre de *Siz nous* (Chez nous).

lement des versets... L'amour d'un frère et l'amour de l'amour emplissent ce petit livre de leur double déception, de leur adieu déchirant. Cela est antique par la netteté et la pureté du contour. Et quoique la forme soit hybride, ni vers ni prose, ici du discours pédestre par la simplicité, ailleurs alexandrin strictement mesuré, rien de plus classique. C'est une belle Muse qui ramène sur ses larmes un pli de chlamyde ».

Comme une oraison s'achève, l'étude consacrée à Mme Lucie Delarue-Mardrus par un Salut de Féret à la « Duchesse de la Normandie idéale », dont il disait en débutant « c'est Thoborge, reine de l'Anse et de la Dune, et c'est une pêcheuse d'Honfleur », comme le prouve d'ailleurs son beau roman l'*Ex-voto* (1922). *Souffles de Tempête* (1918) est sa dernière confidence poétique. « Après cinq volumes de vers, cette passionnée qui se donne toute en la sensualité des strophes, nous ouvre encore des coins inexplorés de son âme ». Mme Delarue-Mardrus a souffert « de la haine anonyme et de l'envie esclave »; et elle le crie *Aux anonymes* : « Moi, je peux monter et descendre, et vous ne pouvez pas monter ». Aux heures de révolte désespérée, elle souhaite même dans sa *Prière à Saint Georges* : « Mourir comme je dois, en selle et le front haut ». Comme une consolation et comme un défi, elle leur lance dans *Statue* « qu'alors s'élève ma statue — pour vous dire : Elle n'est plus là ». Ainsi grondent les souffles de tempête au travers de ces poèmes ainsi groupés : *L'Automne, A Cheval, Admirations, Le Sphinx, Chevaux de la mer, Arrières-Saisons, Prophétiques, La Guerre, Deuils rouges.* Mais elle s'apaise lorsqu'elle chante Honfleur et sa terre natale. Elle s'oublie pour pleurer sur nos morts, sur les siens. « Elle prête ce vers au deuil sororal : O France, salue-moi, je t'ai donné un fils; et de quel clairon elle pousse nos jeunes héros à la victoire! »

Des deux auteurs de l'*Anthologie* dont nous avons si largement cité les notices, l'un, Raymond Postal, est un jeune. La *Revue Normande* permet de le bien connaître; il y a donné de fort intéressantes critiques recueillies dans la brochure : *Feuillets d'Observation* que nous citerons souvent. Il y a édité ses *Voix héroïques* (1917). Les trois pièces présentées dans l'anthologie invitent à suivre le développement de cet écrivain qui s'est placé en fort bon rang parmi les auteurs normands.

L'autre, Charles-Théophile Féret, un des glorieux vétérans de cette phalange de cent-sept poètes, avait publié en 1902 sa *Normandie exaltée;* en 1903, avec Poinsot, une première *Anthologie des Poètes Normands contemporains.* Dans un excellent article : *La Poésie en Normandie*, paru dans la *Revue Normande* de mai-juin 1921, mon éminent prédécesseur M. M. Souriau écrivait : « Qu'un homme de lettres, au lieu de chercher à se faire valoir, veuille bien faire de la réclame à ses confrères et compatriotes, c'est un fait si rare que je le crois unique ». M. Féret nous a adressé plusieurs longues lettres où il ne nous parlait de lui que fort peu, et nous signalait avec une sympathie chaleureuse l'anthologie : *Ne te longis ambagibus morer;* elle vous éclairera sur les sentiments du poète qui songe à tous les méconnus, en même temps qu'à lui :

Mais, de silence et de solitude opprimé,
J'aurais été plus grand si l'on m'avait aimé.

Elle s'achève sur cette déclaration mélancolique et fière :

Que j'en ai vu passer de porteurs de flambeaux,
Dans ce Paris qui fut ou sera leur tombeau!
Combien portaient l'espoir magnifique d'un Livre,
Incapables d'écrire, hélas! ce qui fait vivre,
Incapables d'être valets, hères altiers,
Marqués d'une grandeur dont nul n'avait pitié.
C'est eux où mon exil va recruter sa bande.
Ensemble nous parlons du clos et de la lande.

ERRATA :

Entre les lignes 37 et 38, lire :

tous les Normands qui pouvaient nous échapper. Relisez d'ailleurs la dernière pièce de

Et quand il tombe en nous honorons le mort,
Car nous sommes ta conscience et ton remords,
O vieux Pays, nous les lointains, les sans-couronne.
Et ces lauriers qu'on nous refuse, je les donne.

Dans ses *Couronnes*, le poète décerne quelques-unes de ces couronnes de laurier et aussi celles de Cyprès, celles de Flore, celles de Minerve et « pour une petite Normande » une couronne d'Immortelle. Mais il ne nous laisse pas oublier qu'il « défend de houx serrés le verger de Parnasse ». Quelques couronnes de ronces se posent sur des fronts qui méritaient mieux et n'y aurait-il point quelque excès de critique dans le sonnet « Comment mourut dans son gueuloir le forçat de la prose » ? Qu'il nous soit permis de l'affirmer après une longue fréquentation du Maître de Croisset. C'est un de ces livres d'ailleurs comme l'*Arc d'Ulysse* qui nous révèlent un tempérament, qui restent les témoignages précieux d'une sensibilité « exaltée » en donnant au mot son sens actif, combatif même. Philéas Lebesgue (Chez nous, 1er octobre 1920), marquait ainsi l'originalité racique de l'*Arc d'Ulysse*. « En ce recueil d'inspiration à la fois riche et variée, comme une draperie d'autrefois, il a rassemblé les dons d'un grand poète dans l'expression d'un tempérament essentiellement normand... Ah! les vaniteux prétendants ne sauraient bander à leur caprice le grand Arc sacré, ni surtout conduire droit la sagette à son but idéal. Seul le peut faire celui que les dieux ont marqué. Chez Ch.-Th. Féret, comme chez Ulysse, l'âge n'y fait rien; l'œil reste aigu et le bras solide! Ses vers, tour à tour narquois, satiriques ou simplement malicieux, quand le poète déserte le genre sévère, font allusion très volontiers aux jeux d'Eros. Ah! comme le carquois de l'Archer est riche de flèches acérées! Il faut bien pour dégonfler la suffisance du Sort hostile décocher de joyeux traits. Et c'est toute la belle crânerie française d'oïl qui ressuscite. Il n'y a que l'auteur de la *Légende de Thyl Uleuspiegel*, le génial Ch. de Coster qui sache nous faire rire ainsi, qui sache rajeunir ainsi tout ce qui touche le moyen-âge de France... « Il n'est bon bec que de Normand », n'est-ce pas le refrain de *La Ballade* (avec un couplet de rabiot) *Aux Poètes de Normandie* ?

Dans l'Avertissement qui préface sa nouvelle édition de *La Normandie exaltée*, Ch.-Th. Féret nous dit : « Le livre, dont la première édition est de 1902, après dix-huit ans, s'est çà et là, décoloré à mes propres yeux. Sans doute qu'il n'était pas forgé de cet airain dont Théophile Gautier a dit « qu'il demeure ». Et c'est pour l'amender que je le réédite, *sed quantum mutatus!* L'ordre des matières est changé. Les illustrations inutiles ont disparu, notamment ces coiffes malencontreuses qui semblaient taillées dans le bois. J'ai retranché trente et un poèmes que remplacent des inédits. D'autres, conservés, ont subi des retouches. C'est un livre nouveau ». M. Souriau avait étudié la première édition dans son Rapport de 1902. Dans l'article cité de la *Revue Normande*, il critique certaines idées générales, politiques ou religieuses, du livre qui « lui semblent dangereuses, surtout parce qu'elles sont exprimées en d'excellents rythmes ». Il loue M. Féret « d'écrire des vers qui sont des vers », ne trouve à relever qu'une dizaine d'hiatus et quelque âpreté qui n'est pas déplaisante... « M. Féret aime les barbares à plein cœur. C'est peut-être ce sentiment profond, atavique, qui donne une valeur de premier ordre à son exaltation de la Normandie (Voyage à Caen)... Est-ce là le meilleur dans l'œuvre de Ch.-Th. Féret ? Je ne le crois pas. Les plus affables sourires sont ceux qui détendent une figure contractée. Quand le dur Malherbe s'attendrit, il est exquis. C'est la bonne fortune qui échoit à l'auteur de *La Normandie exaltée* quand il daigne s'adoucir; ainsi toute la série des pièces sur Quillebeuf et les morts du cimetière familial; ainsi le plaidoyer pour les *Vieilles Maisons de bois* menacées, que l'on peut comparer au chef-d'œuvre de Gustave Levavasseur; ainsi la complainte sur le déclin des fées normandes, oubliées des jeunes; mais, rassurons-nous : Si les fées sont mortes, la réalité reste, et vaut mieux que la légende; le Normand, relégué à Paris, cisèle, avec un amour nostalgique, la statuette de la Normande restée au pays..., et M. Souriau conclut : « Quand j'eux fini ce livre, il me sembla que je venais d'assister à une fête de reconstitution de la Normandie, que je venais d'admirer des dentelles d'Alençon ou de Bayeux, des poteries de Subles, des faïences de Rouen, etc... » *Petite Légende des Siècles Normands*, « beau monument de ferveur élevé à son pays », « l'œuvre d'un Leconte de Lisle pour nous tout seuls » avaient dit, dès 1902, Ch. Brun, C. Chemin, Lucie Delarue-Mardrus.

Dans son introduction, Ch. Féret écrivait : « J'ai renoncé à l'honneur de réclamer Henri de Regnier d'Honfleur et Gaston Syffert de Cherbourg, parce que leur naissance en Normandie est due au hasard. Il en fut de même des noms à consonance étrangère. Plusieurs m'accuseront d'avoir omis Hugues Delorme, mais plusieurs se trompent, il est du Midi; Allorge, mais il est de Magny, dans la Seine-et-Oise (M. Albert Dou-Doucerain, dans la *Revue Normande* de mars-avril 1921, sous ce titre : *Un Ecrivain Normand : Henri Allorge* insiste sur les ascendances normandes et sur l'inspiration normande de certaines œuvres du poète-romancier de Magny qui, depuis 1913, a surtout publié des romans : *Le Mal de la Gloire*, *Le Grand Cataclysme*, l'*Œuvre du Père* et les *Six Demoiselles de Clairséjour*) ; Le Mouël, que sa naissance à Villedieu-les-Poëles n'empêcha pas de se déclarer « exclusivement Breton comme son œuvre ». A chacun selon son droit et son vœu. Je ne regrette que Maurice Levaillant ». (Signalons au moins — puisque nous l'avons reçu — de ce poète qui obtint le prix national de poésie en 1910 et le prix Maillé-Latour-Landry en 1914, le recueil *Des Vers d'Amour*, poèmes d'une grâce descriptive et d'un sentiment poétique si distingués, d'une qualité vraiment remarquable.) Wilfrid Lucas a publié dans le numéro de novembre-décembre 1920 de la *Revue Normande*, une bonne étude d'ensemble sur l'*Œuvre du poète Auguste Dorchain*. On y trouvera quelques belles strophes inspirées par la guerre. M. Dorchain s'est consacré surtout pendant cette période à la glorification de Pierre Corneille.

Nous parlerons maintenant de quelques volumes qui nous ont été adressés et dont les auteurs habitent les départements choisis par M. Arcisse de Caumont.

M. l'abbé J. Lenfant (1), vicaire à Notre-Dame de Louviers, a recueilli ses inspirations de guerre sous ce titre : *Le Laurier sanglant*. Dans une lettre-préface, un Normand, qui est un remarquable lettré, Mgr Julien, Evêque d'Arras, écrit à l'auteur : « Votre *Laurier sanglant* est bien nommé. C'est de la gloire, de l'héroïsme, de l'idéal, mais c'est aussi de la souffrance, un long déchirement de la chair et de l'âme, du sang enfin. Et pour marier tout cela, le double amour de la double patrie; le ciel où l'espérance va pour jamais replier ses ailes, et la terre, la terre natale qui valait le prix d'un tel martyre... Vous suivez les inspirations de votre cœur ému et vous forcez le nôtre à s'émouvoir... Vos vers sont simples, mais ils ont des ailes ».

Du diocèse d'Evreux également, M. l'abbé Henri Thuillier, curé de la Neuve-Lyre, vient de publier *Lauriers de Lyre*, poèmes de guerre et d'après-guerre, analysés dans la *Revue Catholique de Normandie* de juillet 1923.

Raoul Racinet (de Saint-Romain-de-Colbosc), manifeste dans sa *Légende de la Muse* de vives désillusions, puisque son poète vieilli « envoie la poésie à tous les diables » (*sic*) dans l'argument en prose et plus poétiquement constate que « c'est un chemin de croix que le chemin de gloire ». Après avoir chanté en vers de forme pseudo-classique la conquête de l'air, la traversée de la Manche, *Le Titanic*, R. Racinet ajoute quelques

(1) Du même auteur : *Notes d'un Prêtre mobilisé : I. A l'Hôpital* (couronné par l'Académie Française) ; *II. Sur le Front. — Notre-Dame de Louviers pendant la guerre; Quelques Portraits; Notre-Dame de Louviers après la guerre; Les Grandes Journées d'Octobre 1921.* — En préparation : *En campagne avec le 1er Groupe de 105.*

poèmes sur la guerre à sa *Légende de la Muse*. Dans la petite collection des greffiers-poètes, Jules Joly a donné sa biographie, précédée d'une préface de M. Emmanuel des Essarts et suivie d'une étude de M. Stanislas Millet.

Théodore Legrand, poète et romancier Caennais, obtenait, en 1913, le prix Jacques Normand de la Société des Gens de Lettres pour son volume de vers *Vibrations*, vibrations d'un cœur romantique dans les longs poèmes comme la *Lyre fêlée* où il s'écrie : « Oh! être Hernani, l'espace d'un moment!... — un autre Hernani que celui du poète... — un Hernani vainqueur et fier de sa conquête, sortant de son amour comme on sort d'une fête... », comme *Revanche*, où il invoque les grands Romantiques : « O Mânes de mes dieux, m'entendez-vous encore ? » Mais souvent, comme las de vibrer ainsi, Th. Legrand contemple, regarde plustôt la nature d'un œil d'observateur et fixe ses sensations en tableautins d'un excellent réalisme. C'est encore un poète que nous retrouverons dans le roman *Fouques le Berger*.

L'éditeur Jouan a publié deux volumes de vers : *Au Val d'Orne*, contes et poésies de Louis Gouget, mort récemment, agréable recueil, plaisant où l'auteur conte en malicieux patois des histoires de chez nous, où il chante poètes, légendes, souvenirs glorieux de sa province. « Je voudrais mettre dans mes vers toute ton âme, ô Normandie », s'écrie-t-il dans la pièce liminaire : *A la Suisse Normande*. Sous ce titre : *Au Fil de l'Orne*, Aimée Macé égrène une suite de petites pièces de caractère souvent normand : *Souvenirs*, *Arlette et le Diable*, *Départ*, *Chants du soir*, *Bêtes*.

Francis Eon, qui habite Alençon depuis de longues années, appartient à cette élite de magistrats lettrés qui taquinent la Muse. Il a groupé sous ce titre *La Vie continue* des poésies d'avant et d'après-guerre, écrites de 1909 à 1919, volume dédié à la mémoire de ses deux Frères, morts pour la France, qu'il invoque dans la dernière pièce : *Mes Frères, vous dormez*. Poète délicat et sensible, il peint des images familières, il exécute d'habiles variations il s'émeut dans ses feuillets de campagne.

Magistrat également, M. Félix Le Molt, fixé depuis de longues années à Rouen, disparu au lendemain de la publication de *La Vie qui passe*, volume de vers, excellemment présenté aux lecteurs du *Journal de Rouen* en ces termes par G. Dubosc : « C'est une suite d'impressions délicates, de tableaux intimes et subtils, d'une moralité fine, amenée habilement et dont l'optimisme et la bonté ont résisté à la vue quotidienne de tant de tares, de bassesses et de vilenies, qui défilent devant chaque tribunal. Tout se montre, en effet, dans ses poèmes, en tout discrets et harmonieux, avec des nuances et des variantes de teintes et de pensée, qui relèvent le style sans le dénaturer. Comme le dit fort bien M. Francis Mauriac dans sa préface, le poète chez M. Félix Le Molt se rattache à la plus saine tradition française ».

Dans le numéro de mars 1923 de *La Charrue*, édition régionale des *Primaires*, Paul Mérat réclame pour Edmond Spalikowski l'honneur d'être Normand, puisqu'il est né à Rouen et qu'il a pour cette ville l'affection d'un enfant pour sa mère. Il passe en revue son œuvre abondante et variée. « Sa prose est rythmée et son vers mélodieux. Il est le poète des humbles choses et des humbles gens à la manière de Coppée. D'autres, de chez nous, peuvent avoir mis sur le métier des strophes plus travaillées et forgé sur l'enclume d'Apollon plus de rimes sonores, aucun, je crois bien, ne vit plus véritablement en poète, c'est-à-dire en homme que tout ce qui est humain intéresse, et qui prête aux arbres du chemin, aux vieilles pierres grises, aux toits de chaume, aux murs moussus, aux fleurs des jardins, l'âme d'un pauvre homme ». Et c'est bien l'impression que laissent les poèmes en prose, les poèmes du *Pays de Caux* et les *Intimités* qui composent le recueil *Aux Vents de mon Pays*.

Saluons, enfin, la mémoire de quelques jeunes poètes tôt disparus, sans avoir pu, certes, donner toute leur mesure. René Bardet, du Mans, est mort le 24 juin 1913, âgé de vingt-neuf ans. A. Dorchain rappelle « le ravissement des héritiers littéraires de

Sully Prud'homme, chargés de décerner le prix fondé par le maître quand leur arriva le manuscrit de la *Vieille Maison* (1910) ». « Le Maine eut en lui un chantre ému et ingénieux. Il en loua avec amour les beautés naturelles et en évoqua éloquemment les souvenirs historiques et littéraires. Ceux de l'Anjou voisin et de la proche Touraine l'attiraient également. Ces trois provinces préférées, entre toutes, il les appelait les jardins de plaisance », écrivait Henri de Regnier dans la préface du *Jardin de Plaisance* et dans son feuilleton du *Figaro* du 13 février 1923, il déposait avec A. Dorchain sur la tombe du jeune poète « un rameau de perdurable laurier ». « Des mains pieuses ont groupé dans un *Dernier Bouquet* les poésies qui complètent l'œuvre interrompue. M. Auguste Dorchain, dans une préface justement émue, caractérise en termes exacts le talent si simplement harmonieux de René Bardet, chantre, finement nuancé de la vie familiale et provinciale, sachant allier l'observation à la rêverie, peintre habile de paysages, subtil analyste de sentiments et continuant la tradition psychologique et pittoresque des Sully Prudhomme et des François Coppée ». M. Robert Triger veut bien nous signaler que sur l'initiative d'un groupement amical et à l'occasion du dixième anniversaire de la mort de R. Bardet, il a été procédé à la pose d'une plaque commémorative sur la maison où le délicat poète manceau est mort à l'âge de vingt-neuf ans. (Voir *La Sarthe*, 25 juin 1923, discours de M. Simon et de M. le Proviseur du Lycée du Mans.) Le 18 novembre dernier une Conférence fut faite au Mans sur l'œuvre de R. Bardet.

Un de nos anciens élèves, Paul Verlet, le fils du sculpteur R. Verlet, grièvement blessé en Champagne d'une balle en pleine poitrine, est mort à trente-deux ans d'une double congestion pulmonaire l'automne dernier. Paul Bourget lui consacra un bel article dans l'*Echo de Paris* du 5 novembre 1922 : « P. Verlet avait donné un très remarquable recueil de vers intitulé *De la Boue sous le Ciel*. Tout son livre tient dans cette stance : Soldats, qu'un d'entre vous, ennemi de la phrase — n'y trouvant qu'une prose aux rythmes sans emphase — où bat le cœur blessé que je vous ai jeté — dise : « C'est *notre* guerre et de la vérité ». Notre guerre. De la vérité. Vous le feuilletez ce volume, et, de poème en poème, toute l'horreur grandiose de la sanglante croisade contre le barbare envahisseur se représente à vous, dans des vers dont les rimes ne sont pas toujours correctes, qui ne reculent pas plus devant les termes d'argot que devant la brutalité de l'image. Mais quel accent de sincérité! Comme le réel est là s'imposant à vous!... Cette littérature, je ne dirai même pas vécue, mais agie, mais soufferte, vous poursuit, le livre fermé, comme une hallucination. Il n'était pas seulement un poète réaliste et profond, il possédait une belle imagination de romancier. Il m'avait parlé d'un récit — entre autres — auquel il travaillait lentement, amoureusement : L'histoire d'un sculpteur devenu aveugle à la Marne. « Retour à l'atelier — dit le projet que l'ai là, ébauché par lui — où le mutilé s'efforce de poursuivre son rêve d'artiste. Il y est aidé d'abord par une muse consolatrice chez qui l'amour se mue bientôt en pitié. Désespoir de grand vaincu qui, dans la douleur et la nuit, enfante ce chef-d'œuvre ». Qu'elles sont émouvantes ces quelques lignes! Elles révèlent toute la noblesse de cette sensibilité meurtrie pour qui la terrible épreuve avait été un enseignement d'idéal et dont nous étions en droit d'attendre de hautes et fières créations ».

« O Nature... En mon cœur frémissant le souffle de ton verbe — fera s'épanouir les vers comme une gerbe — et je les cueillerai de ma faucille d'or », chantait Mlle Suzanne Toutain, la fille de Jean Revel, dans le sonnet liminaire de l'unique recueil de vers qu'elle ait laissé. Musicienne et lettrée, Mlle Suzanne Toutain était une nature d'élite. Qu'elle scrute le mystère de la destinée (Invocation), qu'elle s'incline à l'Eglise où la main de l'Eternel a courbé sa raison, qu'elle rêve de Tanit dans le Temple de la nef forestière, qu'elle médite devant l'Estuaire, qu'elle songe ou qu'elle contemple, sa pensée d'une noble inspiration s'exprime en images originales, en vers pleins et sonores, d'une belle ligne musicale. Et devant cette tombe si tôt ouverte on partage la douleur du Père qui s'épanche dans les seuls vers qu'il ait sans doute écrits : *Memor* en tête de cette *Faucille d'Or*.

« Date lilia plenis », répétera mélancoliquement le lecteur en fermant ces volumes de vers riches de promesses qui ne s'accompliront pas.

Relisons pour nous réconforter ces lignes de M. Souriau dans l'étude sur la *Poésie en Normandie*, déjà citée.

« Pour une raison secrète, mystérieuse même (car je n'en puis donner une explication raisonnable), la Normandie, terre du « gaignaige », est restée, depuis le XVIIIe siècle, le terroir de France le plus fécond en fait de poésie. A l'heure actuelle, les bons poètes abondent toujours dans la patrie de Malherbe, de Corneille, de C. Delavigne et de Louis Bouilhet. Je connais des livres en préparation qui surprendront. De simples chanteurs patoisants nous apparaissent tout à coup, avec un joli bouquet de fleurs de poésie française attaché à leur « blaude ». Des ouvriers qui ont à peine lu un rudiment de versification donnent, par une sorte d'instinct ancestral, une forme rythmée et rimée à des pensées hésitantes, sans doute, mais qui font effort vers la poésie. Puis nous avons la troupe des glorieux vétérans, tel Ch.-Th. Féret...

Quel beau pays ! Quelle abondance intellectuelle ! Quelle fertilité poétique ! Et comme on comprend cet appel de Barbey d'Aurevilly à Trébutien dans son premier *Memorandum*, appel sonore, qui fut un mot d'ordre et de ralliement, ce « cri de Normandie », comme dit Féret : « Quand ils disent partout que les nationalités décampent, plantons-nous hardiment comme des Termes sur la porte du pays d'où nous sommes, et n'en bougeons pas ».

Pour moi, modeste horsain, je trouve tout cela superbe. »

II. — ROMAN

Plus heureux que les poètes, romancières et romanciers trouvent de nombreux lecteurs. Romans de tous genres, romans psychologiques ou sociaux, romans d'analyse ou à thèse, romans d'aventures, nouvelles, contes tombent de la plume féconde des producteurs. Il serait bien difficile de grouper méthodiquement des œuvres aussi diverses et nous avons remanié bien des fois le plan de chapitre sans réussir à en établir un satisfaisant. Nous avons insisté sur les œuvres d'un caractère provincial qui méritent une place d'honneur dans ce rapport.

Bien des influences s'exercent sur les romanciers de nos provinces. Le souvenir de Flaubert ou de Maupassant s'impose à plus d'un auteur normand. Mais on découvrira sans peine un esprit nouveau et des tendances originales chez tels d'entre eux pour lesquels nous éprouvons une secrète préférence.

Ce qu'il faut louer chez la plupart de ces auteurs, c'est un souci de l'honnêteté et de la langue qui a bien son prix, surtout à l'heure présente. On ne trouvera guère dans leurs rangs, de ces amateurs de tranches de vie faisandées ou de style inintelligible, qui triomphent bruyamment dans de petits cénacles tapageurs. A ce point de vue, comme à beaucoup d'autres, la province française garde une supériorité morale et même littéraire sur Paris.

Mlle Mathilde Alanic, qui a déjà derrière elle une œuvre étendue et diverse, apporte une importante contribution au Mouvement littéraire angevin. L'Académie Française lui a décerné un prix Montyon et le prix Sobrier-Arnoult ; la Société des Gens de Lettres, le prix Barratin. Comme l'écrivait M. Chantavoine dans le *Journal des Débats*, à propos de l'*Essor des Colombes*, trois jeunes françaises, dont chacune prendra son essor vers le côté du ciel qui l'attire le plus : « On n'a pas un succès d'aussi bon aloi, solide et durable, on ne s'attache pas un public aussi fidèle, sans avoir de réelles qualités ». Mme Alanic est bien une romancière. « Raconter une histoire vraisemblable tour à tour émouvante et amusante; la situer dans un cadre provincial, simple et vrai; étudier et analyser en passant des sentiments humains et des caractères, où nous puissions retrouver « des connaissances, des reflets ou des visages de la vie »; voilà l'art, le but et le succès de la romancière modeste dont je parle ici. Mais, il y a un autre aspect du talent et du genre de Mme Alanic. Il lui répugnerait de prendre la plume pour ne raconter que des histoires imaginaires, amusantes ou non, ou ce qu'elle appelle quelque part des « niaiseries sentimentales », elle veut que ce qu'elle écrit serve à nourrir notre pensée, notre réflexion. Elle-même s'est expliquée avec nous sur ses intentions dans une courte préface; elle a voulu, dit-elle, écrire son dernier livre à la louange de la femme française qu'elle connaît très bien. Regardé par ce côté-là, le dernier livre de Mme Alanic est une des meilleures « études » de l'âme féminine française qui aient paru en ces derniers temps ». M. Chantavoine loue ensuite « le métier qui est de très bonne qualité », et le style « une manière d'écrire toujours ou presque toujours simple et naturelle, sans négligence et sans prétention, aussi éloignée de la platitude que de l'artifice ». On ne saurait mieux caractériser le talent de cette romancière idéaliste dont certains titres affirment déjà la noble conception de la vie et dont tous les livres nous montrent la jeune fille ou la jeune femme française telle qu'on la rencontre à des millions d'exemplaires. C'est son histoire que nous raconte la trilogie *Ma Cousine Nicolle; Nicole mariée; Nicole maman;* maman d'une grande fille Colinette qui offre un type nouveau de jeune fille. *Aime et tu renaîtras; Les Roses refleurissent; Rayonne,* ces titres n'affirment-ils pas clairement le credo de l'auteur qu'elle emprunte à Amiel : « La vie est courte et l'on n'a jamais trop de temps pour réjouir le cœur de ceux qui font avec nous la sombre traversée. *Hâtons-nous d'être bons!* » L'héroïne du premier roman « connaît la valeur du dévouement secret qui a su dissimuler sa passion sous le masque du devoir, et la vie continue, plus belle, rassérénée, comme la nature, après l'orage ». Dans le second, une jeune fille qui a accepté, par devoir, d'épouser un homme menacé de devenir aveugle le voit guérir; les roses refleurissent, leur amour s'épanouit et dans les dernières pages du roman nous refaisons avec Vincent « le chemin montant, parcouru, pas à pas, par l'âme bien-aimée ». Annie Le Goël, l'héroïne de *Rayonne,* n'aura pas la récompense d'un amour partagé. Aucune épreuve ne lui manque, mais le précepte moral de son maître Patrice Conau : « Fais de la joie : Rayonne! De tes expériences, de tes larmes fais de la lumière », l'élève vers cette sérénité active et bonne qu'elle conquiert douloureusement, et elle peut écrire au second anniversaire de sa mort : « Ainsi que l'a souhaité celui dont la volonté me guide, je *sers!* Humblement, mais certainement, j'atteins des âmes. Je m'efforce surtout d'animer les existences vides, stériles, délaissées — il en est tant! Je stimule les solitaires et les sacrifiés à chercher les sources de joie, où je puise moi-même : la constance, l'énergie, l'espoir ». Et vous devinez bien que c'est ici l'auteur qui parle, et qui vaut d'être écouté. Mme Alanic a recueilli aussi dans un volume intitulé *Au Soleil couchant,* plusieurs nouvelles longues ou brèves, assez variées, dont plusieurs méritent une mention toute spéciale : *La Soutane de l'abbé Constantin; Le Vagabond; A la Tombée du Soir.* C'est dans ce livre et dans *Rayonne* qu'apparaît le mieux la personnalité de l'auteur. Dans son rapport de 1902, M. Souriau souhaitait à Mme Alanic « beaucoup de lecteurs, non pas pour elle, mais pour eux ». Concluons avec lui : « On croirait, en fermant ces romans, qu'on vient de vivre... chez de braves gens, ayant des sentiments très fins, et estimant qu'il ne faut chercher le bonheur que dans le devoir ». Et nous aussi efforçons-nous de « rayonner ».

Mlle Jean de la Brète, une Angevine, avait conquis la grande notoriété par son exquis roman *Mon Oncle et mon Curé* (prix Montyon). De nombreux volumes sont sortis de sa plume : *Le Comte de Palène; Le Roman d'une Croyante; Un Vaincu* (prix Montyon) ; *Badinage; Vieilles gens, Vieux pays; Aimer quand même; Rêver et Vivre; Un Obstacle; Un Conte Bleu.*

L'Aile blessée (1914), nous raconte l'histoire d'une jeune fille Paula, victime d'un chagrin d'amour — l'aile blessée — qui se guérit et trouve le bonheur près de Manuel de Laloil, mais qui « raisonne son bonheur », alors que la sagesse est sans doute « de le vivre comme la source qui chante ou comme la fleur qui s'épanouit ».

En 1917, elle publiait *Un Caractère de Française.* « Le fond de cette histoire est vrai », a-t-elle raison de nous dire d'une donnée un peu romanesque : l'histoire d'un fils cédé par son père à un seigneur russe, compromis dans une liaison avec une nihiliste et envoyé à l'île de Sakhaline, d'où sa sœur saura le faire évader. Mlle de Kerdivo est une héroïne de roman, peut-être, mais qui provoque la sympathie et l'admiration par son caractère de Française.

Les Deux Sommets (1920), nous offrent le journal de guerre d'une jeune fille que la douleur élève vers « ce sommet de la bonté où tendent les Femmes, tandis que pour les hommes, lutter et mourir héroïquement est leur sommet ».

Romancière aimable et honnête, Mme Jean de la Brète nous offre de nobles exemples et nous apporte d'utiles leçons. Elle est, elle aussi, comme ses sœurs angevines, Mme Colette Yver, Mme M. Alanic, de ces auteurs que l'on peut mettre dans toutes les mains.

Antoinette de Bergevin est née à Segré, mais à cinq ans elle venait habiter Rouen, qui la revendique avec fierté. N'a-t-elle pas été la première Femme nommée, au titre résidant, Membre de l'Académie de Rouen ? En la recevant le jeudi 20 décembre 1917, M. le chanoine Prudent, Président, situait son œuvre parmi les catégories diverses du roman français. « Vos livres sont des livres de pensées. Ils provoquent à réfléchir. Ils entraînent sans doute par des affabulations mouvementées, ils captivent la curiosité et ils émeuvent, mais en instruisant. Un *sursum corda* sort de chacun d'eux ». Ainsi ce *Mystère des Béatitudes*, réquisitoire contre l'*auri sacra faures*, où les héros se lèvent pour nous donner la terreur des passions de l'argent, les uns troupe poussée à l'abîme par une cupidité folle, les autres pour nous prêcher la beauté du détachement, grands cœurs illuminés par l'abbé Naïm, en qui l'auteur « eut l'ambition magnifique de créer de pied en cap un saint, et un saint du XXe siècle, et un saint qui tienne tout à la fois de Vincent-de-Paul et de François d'Assises ». Livre bienfaisant qu'il y aura toujours profit à relire.

Vint la guerre, Colette Yver vécut cette période avec une épuisante intensité, nous dit la notice de *Par chez Nous* (janvier 1921). Elle fit au front des voyages qui la transportèrent d'enthousiasme et d'admiration. Elle écrivit pour nos soldats des articles, des nouvelles : *Au seuil de la Patrie; Noël en Belgique libre; Le Retour du Poilu; Ma Visite aux blessés;* la joyeuse *Pipe de Teddy Jackson*, variation délicieuse sur le thème « Souvenir »; la touchante *Nénette au Front;* la chevaleresque *Mirabelle de Pampelune* qui découvre « l'harmonie entre les siècles, que la France est une et toujours semblable à soi », et qu'en l'âme d'une fille et d'un commis de librairie du XXe siècle, il n'y a pas moins de noblesse et de courage qu'en celles des héros de romans; *Rouen pendant la guerre.*

« Depuis, effrayée des progrès que fait chez nous l'influence américaine, elle traduisit dans *Les Cousins riches*, son désir, son ardent espoir de voir, malgré tout, la France rester elle-même. Dans une série d'articles parus au *Correspondant*, réunis sous ce titre : *Dans le Jardin du Féminisme*, elle revient au thème qui lui est cher entre tous. La jeune fille, ignorante de son sort, doit être comme le jeune homme, armée pour la vie. Qu'elle reçoive donc une formation intellectuelle semblable, que les mêmes carrières lui soient ouvertes. Mais, si elle se marie, qu'elle abandonne sans regret une telle existence pour devenir ce pour quoi elle est faite : la compagne de l'homme, la gardienne du foyer ».

Vous serez comme des Dieux! dénonce l'orgueil, comme le *Mystère des Béatitudes* flétrissait la soif de l'or. Et nous y trouvons aussi un Prêtre, l'abbé Parochin, prédicateur illustre et qui subira au moins la tentation de l'orgueil, qui sentira gronder la révolte en lui parce que son livre n'obtient pas l'*imprimatur*, mais qui s'inclinera devant le Crucifix, et du fond du cœur se soumettra au grand étonnement de tous ceux « que l'austère humilité du prêtre entraînait malgré eux dans son ouragan : Oui, mais il faut être un saint », explique pour eux un des personnages du roman. Mais parce qu'Isabelle Sermanska, une « cerveline », préfère l'orgueil à l'amour et l'empereur des foules Florentin Zacharie à son camarade Blaise Carlavan, des cœurs seront brisés et l'orgueil châtié.

Ainsi Colette Yver développe la pensée évangélique dans des romans d'une haute inspiration, émouvants et vrais, d'une psychologie pénétrante et d'un style classique.

Seize volumes de prose, sept de vers représentaient en 1922 l'œuvre littéraire de Mme Lucie Delarue-Mardrus. L'un de ses romans, *Deux Amants*, unit à la dernière page les deux héros qu'une jalousie adverse a tenu séparés « en un premier baiser réel », dont « ils furent blessés comme d'un divin coup de couteau. Mais, ce coup de couteau n'était-il pas le premier de ceux qui assassinent le rêve ? » *Un Roman civil en 1914*, c'est le drame douloureux qui se joue entre le Docteur Malavent, son fils Francis et Mlle Clèves, dont la dernière scène au chevet du père aveugle et mourant, surprenant le secret de Francis et de celle qu'il aimait, ne manque pas de beauté; et c'est aussi la peinture parfois amère des civils en 1914, avec des aperçus profonds comme ceux-ci. « Quel beau socialisme la guerre aura fait vivre, tout le long de la France, dans les salle nacrées des hôpitaux » et cette formule si juste : « C'était désormais la monotonie dans l'effroyable ».

Dans l'*Apparition*, la romancière peint un petit normand, qui doit à un ancêtre italien des instincts sauvages. Le condottière apparaît, réapparaît dans son lointain descendant, dans ce petit humain déchaîné, aux terribles appétits — et nous assistons à sa déchéance. « A une autre époque, il aurait été un grand chef. Mais dévoyé dans un temps qui n'est pas le sien... je le plains! car ce n'est pas un vrai vivant, c'est un réapparu! »

Mais, ce que Mme Delarue-Madrus excelle à peindre ce sont « ces petites filles rêveuses, mystérieuses, hanteuses des vieux parcs, amies des fées, ces cœurs délicats de toute petites femmes dont elle a créé le type, et dont elle renouvelle les traits justes et fins, et souvent mélancoliques » (Ch.-Th. Féret). Nous les retrouvons dans *Les Trois Lys*, dans *Toutoune et son amour*. Toutoune pour qui « le merveilleux de son enfance, c'est maman. Ses visites sont des féeries. Elles vient, elle sent bon, elle est belle... », dans l'*Ame aux trois visages*, histoire de la petite Narcisse Babalt abandonnée par sa mère, conquise par sa grand'maman, de toute son âme adoptant sa petite cousine Marie-France. « Celle-là, c'était donc, encore une fois, sa pareille, sa paire, troisième visage d'une âme identique ».

Ludivine, l'héroïne de l'*ex-voto* est leur sœur, une sœur du terroir, fille de matelot ivrogne, quelque peu gouape, dans l'âme de qui soufflera le désir de relèvement. Elle a souhaité la mort de Le Herpe, et celui-ci est mort à la mer le lendemain. Elle adopte l'orphelin Delphin. L'amour naîtra de la reconnaissance entre les deux enfants. Delphin fait vœu de l'épouser et construit un ex-voto. Un obstacle surgit entre eux, mais Delphin sauve Ludivine presque miraculeusement et l'épouse.

Le succès de ce roman a dépassé la Normandie et pourtant s'il fut un livre normand, c'est bien celui-là. Il évoque toute la poésie, il ressuscite tout le décor, il peint tous les types de cette petite ville exquise d'Honfleur, où se survit le mieux la tradition normande. Œuvre de poète, de peintre, de psychologue, œuvre régionaliste avant tout, c'est l'offrande précieuse qu'une grande artiste normande déposa sur l'autel de Notre-Dame de la Grâce, vierge de l'estuaire.

Alice Decaen est le pseudonyme littéraire de la nièce de notre excellent et sympathique confrère A. Liégard, du *Moniteur du Calvados*. Encouragée par des maîtres du roman qui apprécient son talent, elle a publié plusieurs romans : *Gribiche aux bains de mer; Miss Poker et consorts; Le Roman d'un embusqué*, mais n'a pu nous envoyer que *Jacotte et son Cousin*, les autres étant épuisés. « Qu'ai-je écrit, au fait, conclut-elle modestement, sinon la banale, la vieille, l'éternelle histoire du banal, du vieux, de l'éternel roman ? Mais l'exemplaire nouveau que je viens d'écrire, avec toute mon inexpérience de petite oie blanche, de ce banal, de ce vieux, de cet éternel roman qui est toute la poésie du monde et rajeunit avec chaque génération nouvelle, puisse-t-il, aux petites oies blanches, mes sœurs, auxquelles je le destine, porter quelque chose du parfum rêveur et tendre qu'exhale tout ce qui parle d'amour! » Ce vœu sera exaucé et les jeunes filles goûteront le plaisir que donne une vieille, mais éternelle histoire délicatement contée à lire le roman de Jacotte et de son cousin qui tous deux échappent au mariage de raison pour s'unir par un mariage d'amour.

En tête de son dernier roman *Il était quatre petits enfants*, M. R. Bazin écrivait : « Enfants de nos écoles de France, terre légère, ouverte au vent porteur de graines, terre précieuse, où commence à germer l'avenir encore tremblant, j'ai écrit ce livre pour vous. Ayant connu bien des gens et plus d'un pays, j'ai choisi, pour les faire revivre devant vous, des parents et des enfants qui fussent mes amis. Je voudrais qu'ils devinssent les vôtres. Quel meilleur présent peut-on vous faire que de vous introduire dans une famille honorable, laborieuse et bien en équilibre, où l'on s'aime, où l'on est joyeux... » Et les petits Français liront avec émotion l'histoire de ces quatre petits enfants de la Genivière, « une ferme de chez nous, pareille à beaucoup d'autres »; le retour à la terre de l'un d'eux, les exploits d'un autre en terre africaine. Les enfants Fruytier deviendront leurs amis, des amis que l'on peut fréquenter en s'instruisant à leur exemple. Après les *Oberlé*, les *Nouveaux Oberlé* ne sont-ils pas devenus aussi des amis pour les enfants et pour les lecteurs de M. R. Bazin ? Qui n'a suivi avec angoisse les péripéties du grand drame qui se joue pour les deux frères Ehrsam déchirés par un devoir difficile ? Qui n'a lu avec émotion la dernière scène des fiançailles de Pierre et de Marie et écouté les derniers mots de Mme Ehrsam : « Que mes fils partent donc et que la France nous revienne! »

Par ses romans, comme par ses études, M. R. Bazin poursuit une œuvre moralisatrice et patriotique, saine entre toutes. Dans ses *Récits du temps de guerre*, il redit avec une émotion communicative de fort beaux épisodes de guerre qui sont presque tous des histoires vécues. A sa geste de Lorraine, il a voulu ajouter une geste d'Afrique en relatant l'admirable épopée de *Charles de Foucauld*, explorateur, puis missionnaire du désert africain, resté seul au milieu des Touaregs pour les convertir à la France et au christianisme, victime du fanatisme le 1er décembre 1916.

Et que d'autres livres, il faudrait citer : L'œuvre de René Bazin, qui tient à la Vendée angevine plus encore qu'à l'Anjou proprement dit, a été fort bien étudiée par M. Albert Chérel, ancien professeur au Lycée d'Angers, dans un volume de la collection Sansot : *Les Ecrivains d'aujourd'hui*. Détail assez plaisant : alors que M. Chérel estime que R. Bazin « n'est vraiment et délicieusement régionaliste dans ses descriptions que lorsqu'il parle de son propre pays ». René Bazin écrit à Marc Leclerc que s'il est extrêmement attaché à son pays natal, il ne croit pas cependant pouvoir être rangé parmi les écrivains régionaux. « L'écrivain régional est celui dont l'œuvre est entièrement ou presque entièrement consacrée à l'étude et, on peut le dire, à l'illustration d'une province. Si vous voulez bien vous en souvenir, les romans que j'ai écrits célèbrent au contraire les plus diverses provinces ». Lorsqu'il écrivit *Gingolph l'abandonné* (1914), R. Bazin poussa la conscience jusqu'à faire une expédition sur le chalutier de surveillance pour étudier sur place ses pêcheurs de hareng.

La province française et la France comptent en la personne de R. Bazin un de leurs plus dignes, de leurs plus loyaux serviteurs.

Avesnes (Comte Louis de Blois), obtenait en 1916 le grand prix du Roman de l'Académie Française avec *La Vocation*, publié dans la *Revue des Deux Mondes*. L'auteur s'attaque au mandarinisme, à une conception des examens qui tient compte uniquement des connaissances livresques des candidats, à l'exclusion de leur vocation. Avesnes qui connaît admirablement ce milieu, nous décrit de façon frappante le concours de l'Ecole Navale. Amédée Privaz, reçu premier, ne sera guère qu'un médiocre marin et d'ailleurs démissionnaire. Jean de Raimondis, au contraire, a la vocation. Un conflit amoureux mettra aux prises ces deux natures si différentes : Privaz épouse May du Pontournay qui a refusé Jean, moins fortuné. Mais, ils se retrouveront et s'aimeront. Ce sera le sujet de l'*Ile heureuse*, où se retrouvent presque tous les personnages de la vocation. Dans cette suite, Avesnes nous peint surtout des milieux politiques, qu'il connaît également bien.

Pierre Gourdon, lauréat de l'Académie Française, se présente comme un disciple de René Bazin. *Qui-rit le Paludier* « se meut dans un coin du pays qu'en l'admirable triptique de ses romans bretons il a si magistralement fait revivre — dit-il en sa dédicace. — Le marais du Bourg-de-Batz a la poésie prenante et triste de la côte rocheuse, des landes, des grèves décrites par R. Bazin ». P. Gourdon nous intéresse à la vie de ces Paludiers, isolés du monde comme le seront les Brierons de M. de Châteaubriant, et ne se mariant qu'entre eux. Parce que les fils de « Qui-rit le Paludier » ont violé cette loi, son petit-fils Michel n'épousera Marie-Rose Lescandrou qu'après divreses péripéties dont l'une dramatique arrache l'aveu de Marie-Rose, et grâce à la générosité d'Hervé Legal, un croisicais devenu parisien, sensible lui aussi au charme de Marie-Rose, mais trouvant dans ces traditions familiales, dans l'honneur de la race le courage de se sacrifier en assurant le bonheur de ces deux petits paludiers, faits l'un pour l'autre.

Dans la collection pour tous, chez Mame, P. Gourdon a publié *L'Autre guerre* et *Au Vieux Pays*, écrit pour les petits Canadiens et les petits Français. « Vous allez errer avec moi au vieux pays — leur dit l'auteur. — Vous serez les confidents muets de ma pensée. Au cours de ce voyage, chers petits compagnons, je vous dirai ce que je sais, ce que j'aime et ce que je crois. Et cela vous changera des livres neutres... »

Johanna Beaumont Sarrelouisienne (1922), nous conte l'histoire d'une jeune fille menacée d'épouser un allemand de cœur Nikolas Wollheim. Les intrigues du « bon Monsieur Schwarz » se trouvent heureusement déjouées, grâce à la complicité d'une bonne grand'mère qui poursuit l'enquête sur un fiancé français accusé par Schwarz d'être déjà marié. René Le Ménestrel, victime d'une similitude de noms, épousera Johanna pour le plus grand bien de l'influence française.

Romancier honnête et patriote, P. Gourdon trouvera certes de nombreux lecteurs, petits et grands, auxquels il fera mieux aimer nos provinces et notre France.

Voici, certes, un des plus exquis romans que notre fonction de Rapporteur nous ait amenés à lire, et dont la lecture dédommage de quelques autres qui ne s'imposaient pas. Les lettrés Angevins le tiennent pour un petit chef-d'œuvre; ils y découvrent toute sorte d'allusions qui nous échappent et vous nomment discrètement l'original du « Curé de Guinoiseau ». Ne les trahissons pas. Mais pour un normand *Les Années d'apprentissage de Sylvain Briollet* conserveraient-elles le même charme ? eh! bien, oui, je vous l'affirme. C'est un livre que l'on ne se contente pas de lire, mais qu'on relit, pour s'attarder en la compagnie de Sylvain Briollet et de son maître l'abbé Boisard. Joseph L'Hôpital a retracé de main de maître leur portrait dans la *Revue Normande* (mai-juin 1921). Permettez-moi de vous citer simplement celui du maître, à seul fin de vous obliger à faire vous-même connaissance du disciple.

« L'abbé Boisard, curé de Guinoiseau, est une figure tout à fait originale. Savant, artiste, dilettante, étranger à toute ambition, ne songeant qu'à rester dans son presbytère, il refuse une cure importante à la ville et prie son évêque d'en disposer en faveur d'un confrère qui en meurt d'envie, l'abbé Pestambille. Son plaisir est de promener dans le passé, et de préférence en Grèce, au travers des IVe et Ve siècles avant Jésus-Christ, ses études et ses rêveries, ce qui ne l'empêche pas d'avoir sur l'art et sur la littérature les idées les plus modernes. Ce curé délicieux et un peu compliqué, ce curé comme on n'en voit guère, habite un presbytère comme on n'en voit pas : une grande maison qui est un musée. Il a des vases, des coupes, des statuettes, des statues, des tableaux comme M. Brillant les aime. Sa servante est un cordon bleu qui lui produit des menus à rendre jaloux Paul Harel; en sorte que, lorsqu'on le voit si bien logé, si bien servi, on s'explique qu'il ne veuille pas bouger de là... C'est d'ailleurs le meilleur des hommes, remplissant tous les devoirs de son état avec une grande charité et une piété convaincue; car il croit fermement à la religion. Mais il doute volontiers de tout le reste. Il parcourt d'un regard amusé les œuvres et les hommes; de temps en temps, ses yeux rient, ses épaules se lèvent un peu; mais il ne se fâche, ni se s'indigne. Il trouve que la route de la vie, si elle est bordée d'épines, est également semée de fleurs exquises; et il s'arrête complaisamment pour les cueillir en rendant grâces à Dieu ».

Tel est le maître délicieux sous l'œil de qui se déroulent les années d'apprentissage de Sylvain Briollet, personnage aussi sympathique, dessiné avec le même art, fin et pénétrant.

Joseph L'Hôpital a mille fois raison d'écrire. « Ce livre est gai, aimable et mesuré; il a une allure toute française. Le style est d'une limpidité qui fait penser à Voltaire et à Anatole France, sans toutefois la sécheresse du premier, ni la malice provocante du second ».

La jolie histoire que ce *Fouques le berger*, contée par le père Sosthène à l'auteur sur le Mont-Joli et comme la critique eut raison de comparer M. Théodore Legrand, (de Caen), à Daudet. « Ah! Monsieur, c'est censément la vie de notre village dans les temps, notre jeunesse, à nous aussi — conte le père Sosthène — que de choses finies et si belles! faut-il que je r'mue tout çà! » Sur le Mont Joli, « une bosse chevelue que porte avec fierté le pays de Caumichon », Fouques le berger régnait, car il a été roi du pays durant des années et des années ». Dans sa jeunesse, il eut une bergère belle comme une princesse, et ils s'aimaient, monsieur, d'un amour quasiment surhumain. Cela dura le temps d'un rayon de soleil, la bergère blonde retourna chez le bon Dieu. Alors, comme il l'avait adorée, Fouques, le berger fidèle, adora son image et il ne quitta jamais plus le Mont-Joli où elle avait posé ses pieds ». Ces quelques lignes du prélude donnent le ton de ce récit exquisement poétique. Lisez-le et vous aimerez Caumichon, son pasteur le bon abbé Denise, son roi Fouques le berger. Vous reviendrez au Mont-Joli avec le fils de Fouques qui voulut épouser la fille du coquin Boucard, qui connut la honte et la misère, mais revint pour sauver la santé de sa fille Julia. « Le Mont-Joli tout entier chante... la nostalgie de leur berger malade fait doucement gémir les moutons : Mê... qui nous mènera dans la bruyère ? » Et Fouques le berger meurt réconcilié avec le Seigneur et avec ses enfants. Et vous resterez comme l'auteur « le cerveau plein d'images, les oreilles bourdonnantes, vous arrachant à regret à la griserie ensoleillée du Mont-Joli ».

Th. Legrand est un modeste et un laborieux. Son volume de vers *Vibrations* contenait plus que des promesses. Il a donné dans une collection populaire un touchant roman alsacien *Maria Munsch* où l'on voit vivre de belles âmes. Il prépare plusieurs romans.

Que sa province continue de l'inspirer et qu'il lui doive d'autres récits aussi évocateurs que Fouques le berger.

Joseph L'Hôpital, un des membres les plus distingués de la Société libre de l'Eure, lauréat de l'Académie Française, appartient à cette élite d'écrivains régionalistes qui s'attachent à peindre leur province, à évoquer son passé, à exprimer ses aspirations traditionnelles.

Ed. Bourgine a fort bien marqué dans le *Journal de Rouen*, qui le publia, le caractère de son roman : Dans *Un Clocher dans la Plaine*, écrit-il, M. Joseph L'Hôpital remet en scène « l'aristocratie de la charrue » et le « prolétariat de la glèbe » et la foule pittoresque et réjouissante des gens de foires et de marchés, frères de charité, rentiers, cabaretiers, libres-penseurs, qu'éclipse la vénérable figure du curé de Virouville, le seul habitant du village « qui ne pense pas qu'à la terre » et le personnage le plus sympathique du roman. Le clocher préside à toutes les disputes, transactions et rivalités de ces rustres matérialistes et alcooliques que l'argent fascinateur guide, à défaut de moralité, dans leurs plus importantes actions. Quel grisant parfum de terroir émane de ces chapitres-tableaux champêtres que relie une fraîche idylle d'un réalisme troublant. Ce qui donne, semble-t-il, tant de piquant et de solidité à cet ouvrage d'une grande actualité, c'est une remarquable compétence en matière agricole, politique et religieuse, jointe à l'habileté de l'artiste et à une sûreté qui en impose.

Sous le ciel du Vieux Pays, recueil de nouvelles joliment édité par la *Revue Normande*, nous peint des figures qui appartiennent presque toutes à ce même milieu rural; la Boisière, mystérieuse enfant de la forêt qui possède une passion unique, celle de la chasse, qui l'attache au Marquis de Gouville; des chasseurs, des paysans libres-penseurs qui se rabattent sur M. le Curé après avoir essayé, en vain, d'un baptême laïque des miséreux. La dernière, *Un Rêve*, nous montre le paysan « qui n'aime point les curés » tombé sur le champ de bataille auprès d'un prêtre « qui est d'attaque », réconcilié avec Dieu, mourant tous les deux pour le pays et le bon Dieu.

Villevieille ressuscite avec art Evreux sous le second empire. « Ce roman, dit très justement R. Gobillot dans la *Revue Normande*, où l'on voit défiler clergé, noblesse, tiers-état et menu peuple de Villevieille, est une jolie page d'histoire sociale et il est aussi un savoureux aperçu de géographie humaine, puisque cette bonne cité de jadis nous offre un tableau pittoresque de la vie provinciale au milieu du siècle dernier, avec ses coutumes, ses rites et ses routines...

Ces vieilles maisons qui semblent n'avoir été conservées que pour servir de témoins à un passé mort sont le cadre, plein de poésie surannée, où M. Joseph L'Hôpital a fait naître et se dérouler l'idylle que couronnera le mariage de Suzanne des Hautes-Landes avec le vicomte Guy de Clairmesnil. Conclusion habituelle, dira-t-on d'un roman sage et bien conduit. Sans doute! mais avant d'atteindre le dénouement, nous assistons à un poignant drame d'âme, car les héros de l'action, loin de ressembler à des natures quelconques, sont deux êtres bien nés qui, au prix de rudes combats intérieurs, conquièrent le droit de se donner l'un à l'autre. Suzanne aime Guy; toutefois, par un scrupule de délicatesse, elle craint de ne pas posséder tous les dons qui feront le bonheur de son fiancé; elle s'efface donc, par amour, afin qu'il soit heureux... avec une autre. Touchante abnégation qui triomphe des dernières difficultés de famille et lui mérite le bonheur! »

Qu'il se tourne vers le passé de sa province ou qu'il nous offre des tableaux du présent Joseph L'Hôpital s'affirme comme un de ces bons écrivains régionalistes dont Arcisse de Caumont a voulu que le talent fut honoré dans ces Assises.

Jean Revel reste le glorieux chef de file des romanciers et conteurs normands avec les deux volumes que nous allons analyser. *Au Pays d'Oïl* (1913). « Je l'ai lu avec amour — écrivait Rosny à l'auteur .— J'y ai retrouvé votre originalité vive, votre pouvoir d'évocation, une surprenante envergure de vision, une observation nette, subtile et exacte, et parfois la poésie éclairant la nature et les être ».

Et M. Souriau : « A chaque page, c'est un détail d'une saveur tout originale. J'ai surtout goûté p. 118 (dans *Au service... j'irai pas*), le petit discours de Séraphin (à Léonor Corbin), admirable de vérité. Puis, parmi les nouvelles, celles dont l'ensemble m'a le plus frappé, c'est *La Chose*. Depuis les *Histoires fantastiques; Pierrot; Au Téléphone*, je n'avais jamais rien lu qui m'eût donné un pareil frisson... »

Ch.-Th. Féret pense de même « *La Chose*, c'est le chef-d'œuvre. Nous sommes dans l'âge abstrait des cerveaux. Delsol, voyant et entendant le drame dans sa cervelle, c'est plus empoignant qu'un récit, plus dramatique pour les lecteurs las de drames. *Alphonsine* fait la part au rire et contentera un autre public... »

Voilà, en effet, la bonne veine gauloise, celle de Maupassant et des vieux conteurs. Du même cru, quelque peu rabelaisien, *Le Sesque*. « Le Sesque... pas moyen de lui faire entendre raison », gémit Maît' Alcide Heurtevaut en voyant dépérir et périr à la tâche son fils unique le frêle Armand dans les bras de l'insatiable Césarine, la robuste fille de ferme qu'il a dû accepter comme bru.

« Le regard avec vous se porte au haut et au loin », remarque encore Féret au sujet de l'*Expiation*, douloureuse histoire de la veuve Rosalie Giot qui résiste aux rudes attaques de son valet Cardon, et puis, un soir d'orage, s'oublie dans les bras de son goujard Valentin. Le chagrin, la honte minent la malheureuse, triste épave de la vie. En vain, elle prie la Vierge Marie, en vain elle s'agenouille sur la tombe de son Père. Toute à sa farouche résolution, elle va se jeter à l'eau.

« Ce qui ennoblit vos récits, ajoute Féret, c'est que le type humain ne vous cache jamais d'humanité. Vous regardez une vie et vous construisez une race. Un paysage n'est jamais qu'un point de la planète. J'aime les ailes qui vous emportent au-dessus du bornage, au-dessus du pâtre et des troupeaux... »

Même dans ses contes, J. Revel ne demeure-t-il pas poète et philosophe, l'auteur de *Chez nos Ancêtres* et des *Hôtes de l'Estuaire* ?

Récits vécus (1921). Jean Revel, en 1870, était étudiant en droit et vaguement secrétaire d'Henri de Pène. Orphelin, faible, d'une santé chancelante; malgré tout, il s'engagea volontairement dans les mobiles de l'Eure, où bientôt il devint sergent et fit toute la campagne, se battant dans tous les coins du pays normand. Il subit toutes les détresses d'un hiver de neige et de gelée véritablement atroce, faisant le coup de feu à Oissel, à Moulineaux, à la Maison brûlée. Jamais sa santé ne fut meilleure, du reste, que pendant cette période lointaine de sa vie. Quand après le traité de Francfort, la Commune survint, incendiant la moitié de Paris, Jean Revel suivit les pompiers de l'Eure et s'en vint dans la capitale ravagée, combattant les flammes qui embrasaient de tous côtés les monuments. Le désordre était partout. Pris, malgré sa bonne mine, pour un communard, le gars normand manqua bien alors d'être traduit devant un des conseils de guerre qui se tenaient dehors, dans la rue de Rivoli, et qui n'avaient point l'habitude de badiner...

C'est par deux faits de ces temps de guerre de 1870, que s'ouvre le volume que Jean Revel vient de publier à la librairie Henri Defontaine, sous le titre de *Récits vécus*. Dans un style sobre, ferme, imagé fortement, coupé de dialogues vrais, qui est la marque du grand romancier normand, se déroulent tout d'abord les péripéties des *Capotes bleues*, leurs marches, contremarches, feintes et retraites de la 5ᵉ compagnie du 2ᵉ bataillon de l'Eure, à travers la forêt de La Londe, pendant la nuit de Noël, et deux jours après l'assaut triomphal du Château-Robert. Autre récit du même temps, admirablement mis en scène, *En guerre*, la rencontre d'un boche et d'un soldat français, dans un coin de la côte de Bizy, que conte quarante ans après le soldat évoquant son souvenir. C'est dramatique et vibrant d'émotions et concentré comme du Mérimée.

Dans une note moins tragique, le nouveau livre de Jean Revel se poursuit par des pages, tour à tour amusantes, légères avec esprit, ou philosophiques et lyriques. *Mon Général*, c'est délicatement conté le caprice léger et éphémère d'une jolie comtesse pour un jeune général au nom, aux allures très plébéiens, une folie d'un instant qui disparaît quand, au bout d'une année, le général reparaît en... civil, avec un pardessus mastic. Fini, le charme est dissipé...

Dissipée aussi, hélas! l'allégresse qui nous poussait, en 1896, vers la Russie et ses souverains! Combien tristes, maintenant, apparaissent ces pages si remuantes, si vivantes, si observées, que Jean Revel — spectateur accouru — écrivait au lendemain de l'arrivée du Tzar à Paris. Malgré tout, le maître-romancier compte bien que « la « France, une fois de plus, s'affirmera toujours supérieure à tout, au milieu de l'Espace « du Temps, à la face du Destin... »

D'autres courtes études sociales, en une forme originale, personnelle, nourrie d'idées suggérées par des faits divers, soulèvent des questions philosophiques nouvelles, par exemple l'influence de la campagne et le retour à la Terre, que Jean Revel aime si profondément, et dont il a si souvent magnifié les rustres.

« Voici des moissonneurs, écrit-il, rustres magnifiques. Je regarde ces compagnons « de ma solitude matutinale. Quels solides gaillards, athlètes aux bras puissants, « aux cuisses bien musclées, au teint cuit, aux poitrines velues, découvertes! Je les vois « tel que fut le demi-dieu Hercule; celui-ci eut son rôle, certes, puisqu'il combattit « les fauves, les fléaux, les forces mauvaises, sa peau et sa massue demeurent des « symbole... Les paysans que voici ont un autre rôle, non moins divin; ils recueillent « les fruits de la féconde Cybèle et brandissent les épis dorés, les « liées » du grain « eucharistique... »

La mort et *L'Echafaud*, dressé dans la nuit sanglante; *La Vie lente* d'autrefois et ses rythmes séculaires, en opposition avec la vie rapide, profondément renouvelée par les vitesses de l'auto et de l'aéroplane, provoquent des réflexions salutaires, comme aussi ce paradoxal chapitre, intitulé *La Haine du Livre*, où le philosophe, saturé de lectures, « assiégé par les volumes, revues, journaux, papiers bruissants comme « une invasion de criquets », abruti par les clameurs et la réclame, se plait à envier le sort des incendiaires de bibliothèques, comme Omar à Alexandrie, et à tout hasard se réfugie dans les champs. « Il me reste, dit-il, la campagne, les arbres, les fleurs, l'air pur, les « météores, l'étincelante suite des aurores, l'auguste succession des printemps ». Et terminant par une pointe d'esprit bien... journalistique : « Il me reste, dit-il, la Nature « — le plus beau des périodiques ».

Les *Récits vécus* se poursuivent par deux « nouvelles » intéressantes : l'une *Pas de chance*, concise, incisive, émouvante dans sa réalité, l'autre *La Consécration*, plus développée. C'est l'histoire finement et malicieusement observée de la construction d'une église dans un village normand et des fêtes de sa consécration qui met tout le pays en émoi. Il y a là un petit abbé Pastour, fin comme un renard, souple, séduisant, onctueux et habile, bien amusant, quand il encercle M. le maire Richaud, gros, gras, bon vivant. Tous deux, pour le succès de leur future église, mènent ensemble une campagne de visites, de demandes, de quêtes. Le petit « curé, dit plaisamment Jean Revel, sec « comme un I, marchant à côté du maire, gros et rond comme un O, devinrent légen- « daires. Un mauvais plaisant disait : Leur silhouette produit l'effet du nombre 10, qui « marcherait! »

Et c'est sur cette note de gaîté bien normande et d'observation joviale que se clôt ce volume, typographié par Lucien Wolf, qui, dans sa diversité, montre toutes les hautes qualités de pensée, de vision et de forme, grâce auxquelles le nom de Jean Revel est depuis si longtemps consacré auprès des lecteurs.

G. Dubosc, *Journal de Rouen* (6 janvier).

J. Revel a laissé s'accumuler pendant les années de guerre une demi-douzaine de recueils de nouvelles. Qu'il se hâte de nous verser quelques « trous normands extra, ed' première ». Cheux nous on saura bien les déguster, en connaisseurs.

Son petit volume *Limailles et Copeaux* retrace sa vie intime (allocutions prononcées lors de mariages) et publique pendant la grande guerre. Il fait suite à *Pro Amicis*.

Edouard Bourgine (Paul Vautier) est l'auteur de trois volumes : *Au pays de Maupassant; John le Conquérant; les « Deux Amanz » à l'Opéra*. Conteur apprécié des lecteurs du *Journal de Rouen*, E. Bourgine, fidèle à la tradition de Guy de Maupassant, suivie par P. Delesques et Edward Montier, trace de vivants portraits des paysans cauchois d'avant guerre, narre leurs plaisantes aventures et fixe leurs propos savoureux. Avant que « l' pé Malandrin » et « l' pé Claudel », devenus nouveaux riches pendant la guerre, n'effacent leur originale silhouette dans une banale livrée de semi-bourgeois parvenus, contemplons-les encore dans leur pittoresque blouse... et goûtons la malice de leurs dires proverbiaux.

John le Conquérant évoque le Vieux Caudebec envahi par les Anglo-Saxons, séduit et conquis par eux à la fois. L'alliance anglo-française se noue symboliquement par les justes noces de la gracieuse caudebéquaise Francine Leduc, fille de l'hôtelier, avec John, nouveau conquérant. Le plaisant tableau des résistances locales, la description vivante des vieilles rues, l'analyse des sentiments des deux héros offrent un agrément réel au lecteur normand.

Les « Deux Amanz » à l'Opéra apportent une nouvelle variation sur le thème de la légende immortalisée par Marie de France. Une jeune fille sentimentale, Edith Lambersart, fille d'industriel, rêve de gravir la côte légendaire dans les bras de son beau cousin, Claude Lavergne, chanteur et compositeur mondain, auteur de l'opéra *Les Deux Amanz*. La guerre, hélas! lui montrera que Claude n'a rien du héros légendaire. Le directeûr du tissage, Stephen Roland, a rêvé d'être cet amant légendaire qui emporterait Edith dans son rêve étoilé, mais il meurt après s'être conduit en héros. Edith, sœur de l'héroïne de la légende, se voue à Dieu et fait sa profession dans l'ancienne abbaye de Moutiers qu'elle a restaurée.

Edouard Bourgine trouve ainsi dans les traditions, les légendes, la vie, les types de chez nous, matière à contes malicieux, à touchantes et romanesques fictions, à descriptions vivantes.

Edward Montier a rendu populaire le *Pé Claudel*, le sacristain cauchois de Menthcuville et son épouse Phémie. Leurs impressions plaisantes, malicieuses, ou parfois attendries au cours de leurs voyages à Rome, à Rouen lors des fêtes cornéliennes, à Nancy, en Alsace, dans Strasbourg reconquise, au monastère de Saint-Odile où se manifeste la méfiance de Phémie, tout cela a diverti les lecteurs du *Journal de Rouen* qui ont été heureux de relire ces contes réunis en volume et aussi de voir le « Pé Claudel » sous les traits de M. Stréliski au Théâtre-Français de Rouen.

En sa qualité d'ami du « Pé Claudel », E. Montier a présenté au public les *Contes et Légendes des Falaises Normandes*, que Frère Oudinet (abbé Julien Bénard), a recueilli sur le passé du Pollet, de Veulettes et de Saint-Martin-aux-Buneaux. « Recueil de récits, moraux sans sermonner, alertes et réfléchis tout ensemble, d'une trâme un peu lâche, mais qui sont bien faits pour charmer la longueur des après-midi dominicales entre messe et vêpres ».

Charles-Théophile Féret est un auteur trop essentiellement normand pour ne pas avoir abordé le genre du conte et il en écrivit plusieurs. Son roman *La Réincarnation de Claude Le Petit* est à la fois une sorte de conte de lettré familier des poètes satiriques et libertins, dont l'affabulation fait songer parfois à *La Rôtisserie de la Reine Pédanque* et plus encore une évocation du Quillebeuf d'il y a cent ans, de l'estuaire, de toute cette poésie du terroir que l'auteur de la *Normandie exaltée* excelle à peindre.

A ce point de vue, le livre doit être rapproché de l'*Ex-voto* de L. Delarue-Mardrus s'il en diffère sensiblement par la donnée romanesque. Ce sont là les meilleures guides pour le normand ou le horsain qui veut découvrir et sentir la beauté normande. Voici le sujet du roman : « Prosper, enfant trouvé au pied du phare de Quillebeuf, est adopté par un pêcheur et devient mousse sur une barque, puis, changeant de père adoptif malgré lui, il apprend à lire et reçoit une instruction de premier ordre par le vieux savant qui en a fait son fils. Une idylle, pure comme les brises du large et contrariée, lui ouvre des horizons immenses sur les mystères de la pensée. Des apparitions, des hallucinations lui font revivre nettement des temps écoulés et lui donnent la certitude qu'il incarne l'âme de celui qui fut Claude le Petit, poète licencieux brûlé en chemise souffrée sur la place de grève en 1662. Puis il se marie sagement à une fille de son pays, simple et forte, et le roman se termine sur la mort du père adoptif, qui est la mort sereine d'un sage ». La prose de Charles-Théophile Féret obéit aux lois d'une technique aussi personnelle et aussi artistique que son vers.

Camille Cé et Jean Gaument avaient achevé avant la guerre *Les Chandelles éteintes*. Un volume antérieur, *C'est la vie* (1913), leur avait valu cet éloge de Rémy de Gourmont : « J'aime la vérité de vos personnages; jamais livre ne m'a paru plus absolument formé des principes les plus simples de la vie. La vraie sensibilité doit être contenue et ne se fait que mieux sentir en ne s'étalant pas; votre œuvre en est la preuve. Flaubert l'eût aimée et mieux l'eût admirée », éloge d'autant plus sensible aux auteurs qu'ils écrivaient eux-mêmes dans leur préface, reprenant pour la seconde fois le mot du Maître de Croisset que « de la sympathie on n'en a jamais assez, nous nous sommes penchés avec plus de sympathie que de mépris sur leurs médiocrités ». Cette sympathie elle monte, elle chante — dirons-nous — comme un flot dans les dernières pages si poétiques du livre : Mon enfance m'a dit : « La province, mon petit, est pleine de chandelles éteintes; de petites âmes qui ont brûlé quelques instants et qui ne se sont point rallumées. Il eût suffi peut-être de la main d'un enfant pour que la flamme rejaillit plus claire et plus belle, mais nulle main d'enfant n'était là et petit bonhomme est mort ». La main du poète C. Cé rallume quelques instants pour nous ces chandelles éteintes. Il fait revivre ces types de notre provinces ou de notre ville dans un décor qui nous est familier : Auguste Tinel le gamin de Martainville; Monsieur Camille, artiste et amoureux « vraiment récopi, comme on dit en patois de chez nous », affirme G. Dubosc qui l'a connu; Monsieur Banse, comptable, dont la probité atteint à l'héroïsme; Sebillot et Mercadier, l'instituteur qui se grise de poésie et de musique; Louchot et Clochon, tous deux poussés sur le pavé de Caen; Thomas casse-patte, le rude gardien du Jardin de l'Hôtel de Ville, qui parfois s'adoucit; la femme Barrette, nourrice, la mater dolorosa qui s'est sacrifiée à son amour maternel et sombre dans la folie; Damarice, répétiteur au collège de Bayeux et de cette famille universitaire que les auteurs connaissent bien à laquelle appartiennent les deux héros de *La Grand'Route des hommes* (1923).

Certains critiques ont traité les auteurs comme des émules du Flaubert de l'*Education sentimentale* et de *Bouvard et Pécuchet* qu'ils n'aiment pas ou comme des naturalistes attardés à nous peindre des « tranches de vie » peu appétissantes. Appréciations sévères, C. Cé et J. Gaument peignent la vie, la vie moyenne et médiocre, avec sympathie et clairvoyance et leur philosophie imite à suivre la grand'route des hommes tout simplement : « Car le fin mot de la fin est *servir*. Etre utile, voilà tout. Quand on ne peut pas jouer les grands rôles, on joue son bout de rôle, on joue les *utilités*... » Dans une des dernières scènes du roman, une ascension en montagne : « une chevauchée dans l'azur ». Claude, « romantique inguérissable », fait une chute et s'écrie avec brutalité que l'on a reprochée aux auteurs. « Chaque fois que j'ai voulu grimper trop haut, je me suis cruellement cassé la gueule! » et Jean lui répond : « Nous sommes des types à mi-côte, mon pauvre vieux; à mi-côte restons », ce qui est sans doute le langage du bon sens.

« La Grand'Route des hommes » déroule l'histoire parallèle de Claude et de Jean, dont l'amitié s'est nouée au Lycée de Rouen, à l'Université, à Paris, dans les petites villes où ils enseignent. Les illusions poétiques, amoureuses, sociales de Claude s'évanouissent. Jean resté sur la banale grand'route emmènera son compagnon . « Je lis un dernier regret dans tes yeux, ô romantique inguérissable! Eh bien! oui, tu écriras; tu écriras, si tu veux, notre petite histoire qui est celle d'une multitude, notre très humble et peu géniale histoire. Personne ne la lira peut-être, mais les soirs d'hiver, sous la lampe, nous la relirons ensemble.

— Allons-nous en, je veux revivre la simple vie, reprendre avec toi la « Grand'Route des hommes » : Camarade, je te donne la main, je m'offre à toi tout entier, veux-tu poursuivre avec moi le voyage ? Nous nous serrerons l'un contre l'autre jusqu'au bout de la vie.

— C'est cela mon Poète.

Lauréat de l'Académie Française pour l'ensemble de ses œuvres en 1919, Albert-Emile Sorel porte dignement un nom illustre en Normandie. Telle belle page de *La Dernière Flamme* (1918), sur le Normand, trouvera sa place marquée dans une anthologie. Ce roman nous montre Daniel Mézeray, un jeune poète de beaucoup de talent qui est surtout l'amant de sa femme Francine, découvrant à Metz où le hasard l'a conduit conférencier une Muse, Gilberte, en qui il croira aimer la France. Survient la guerre; il s'engage, il meurt... dans les bras de Gilberte. De leur amour il reste un livre dédié à Gilberte. Sa femme Francine, qui s'est vengée en le trompant, mais que la mort de Daniel ramène à son souvenir, prend ce livre, y découvre un chef-d'œuvre et détruit la dédicace à sa rivale : « La dernière flamme s'éteint. Rien ne reste du drame que le souvenir d'une peine épurée et d'une folie rachetée ».

Mea culpa (1921), comme l'*Aube nouvelle* (1923) révèlent une préoccupation des problèmes sociaux. Un avocat politicien, auteur d'une *Introduction à la Grève générale*, subit ce châtiment tragique de perdre sa femme dans un accident de chemin de fer provoqué par un ouvrier dont il a été l'ami et le guide. Le remords s'ajoute à son chagrin. Le coupable c'est lui. Il pardonnera en mourant, conscient de sa responsabilité.

L'*Aube nouvelle* nous retrace aussi le drame d'une âme placée en face de ses responsabilités. Le fils du père Groult, contremaître de M. Dubreuil, a épousé la fille unique de son patron, Madeleine. Après avoir prêché l'insubordination aux ouvriers, avant de devenir leur patron, il s'affirme le plus dur des patrons et provoque la grève. Il reconnaît son erreur de ne pas avoir continué les traditions de bonté établies par son beau-père et son père, d'autant mieux que sa petite Françoise, en danger de mort, est sauvée par une brave ouvrière qui veut payer sa dette de reconnaissance aux Dubreuil. « Vous nous avez fait assez de bien — dit-elle à Mme Madeleine — pour qu'on nourrisse votre bébé ».

« C'est là un bon livre qui peut être mis entre toutes les mains — écrivait Jean Revel — parce qu'il est écrit par un maître de la langue et par un homme de cœur qui a le souci de la probité littéraire. Il est digne des précédents par l'excellence du style, la fertilité de l'imagination, l'honnêteté de l'inspiration. »

Roland Charmy appartient à cette école de romanciers qui s'appliquent à poser des questions sociales et à proposer des solutions. Dans *Jean, reste au faugourg* — nous dit M. Victor Snell dans la préface — il s'efforce de prouver deux choses : d'une part, que la condition d'artisan peut offrir autant de vraies satisfactions que telle carrière faussement réputée « libérale » et, d'autre part, que l' « instruction » officielle, telle qu'elle est actuellement reçue et surtout dispensée, n'institue qu'une trompeuse égalité de classes, qu'elle est à cet égard un leurre et qu'il faut s'en défier; d'où nécessité d'une réforme démocratique de l'enseignement, marchant d'ailleurs avec la réforme générale des institutions. A côté du petit écolier de faubourg qui échoue dans le métier d'instituteur faute d'énergie et de caractère, il a eu soin de placer un autre instituteur, un vrai et « rarement on a montré avec plus de chaleureuse conviction la beauté de cette fonction ».

Les *Culs-Terreux* nous montrent le paysan pendant la guerre et après cette guerre. « Comme beaucoup d'esprits justes — écrit M. Victor Marguerite dans sa préface — M. Charmy voit dans la solidarité de l'Association, dans le développement des Syndicats agricoles, dans l'harmonie des coopératives de production et de consommation, l'avenir paysan s'éclairer, et il apprécie ainsi cet ouvrage : « Voilà un livre saint et dru. Roman certes, et qui a, du genre, toutes les qualités classiques : l'imagination, qui crée les personnages; l'art de conter, qui noue l'intrigue; l'observation enfin qui évoque, avec une fine, exacte réalité, la poésie du décor et les nuances du milieu. Mais, en même temps — sous la fiction — un accent tel qu'à travers ce paysage de Maine-et-Loire où l'air léger d'Anjou circule et à travers ces paysans, largement typés, un homme se lève et parle ».

Arnould Galopin (né à Marbeuf (Eure) le 9 février 1868) « a fait une utile et belle œuvre, car il a su renouveler sur de saines bases, le grand roman d'aventures tel qu'on l'attendait et qu'on le réclamait : littéraire, amusant, instructif, patriotique, émouvant. Et qui dira combien de jeunes hommes, après de telles lectures, se sont sentis meilleurs, plus énergiques, plus entreprenants, plus Français ? » R. de Lavergne conclut en ces termes une étude sur A. Galopin dans la *Revue Normande* (janvier-février 1920), après nous avoir promené à travers l'œuvre abondante du romancier populaire qui écrivit aussi de nombreuses études historiques et traita habilement le roman historique dans l' *Espionne du Cardinal.* Mais « c'est dans le roman d'aventures, tel que le goût du public moderne le conçoit, que ce merveilleux conteur devait trouver sa vraie voie. Romans scientifiques, romans policiers, récits de voyages, il en essaie toutes les formes avec un égal succès. R. de Lavergne le compare à Stevenson, à Wells, à Conan-Doyle. « A. Galopin, avec son humour normand, a créé un type de détective, sorte de Sherlock Holmes à rebours... Ces romans qui nous passionnent pour les mêmes motifs que ceux de Conan-Doyle n'en seraient-il pas un peu la satire ? »

La guerre a fourni à A. Galopin de nouveaux thèmes tragiques. Correspondant de guerre du *Journal*, il a réuni ses beaux articles en volumes sous les titres suivants : *Sur la ligne de feu; Sur le front de mer* (couronné par l'Académie). Ses romans de guerre, comme *Les Poilus de la 9e*, « qui sont de véritables romans, mais qui font voir la guerre sous son aspect réel », ont obtenu un énorme succès. En collaboration avec le capitaine Danrit (commandant Driant), il écrivit *La Révolution de demain.*

A. Galopin n'oublie pas qu'il est normand, comme le prouvent ses poésies en patois normand.

Maurice Leblanc qui fut, en 1882, un brillant élève de philosophie au Lycée Corneille, poursuit sa féconde carrière. Les romans d'aventures de l'auteur d'*Arsène Lupin* et des *Confidences d'Arsène Lupin*, ne se racontent pas aisément. H. Geispitz, dans *Notre Vieux Lycée*, réussit cependant à en donner une idée. *L'Eclat d'Obus* est le roman de l'espionnage allemand. Dans *Le Triangle d'Or*, Arsène Lupin reparaît sous le nom de Don Luis Perenna pour unir un mutilé de guerre et l'infirmière qui l'a si bien soigné... et disparaître. Mais, il reparaît dans *L'Ile aux trente cercueils.* Dans *Les trois yeux*, M. Leblanc suppose que la planète Vénus est habitée et que Vénusiens ont correspondu avec nous..., mais le secret de la découverte du savant Noël Dorgeroux qui avait permis cette correspondance se trouve perdu pour la science à la suite de multiples péripéties. *Le Formidable évènement*, c'est la solution imprévue du passage franco-anglais par la mer, les éléments, le sous-sol de la Manche unissant leurs efforts pour créer entre l'île et le continent un isthme que, cette fois, les hommes seront bien forcés d'utiliser. Et là-dessus, toutes sortes de péripéties où se complaît l'imagination inépuisable de M. Leblanc.

Georges Lebas, conservateur de la *Bibliothèque de Dieppe*, nous présente le personnage assez singulier de *Jean Arlog, le premier Surhomme*, dont la volonté magnétique déplace les objets, arrête les trains et prétendrait faire stopper la terre dans l'espace s'il ne mourait d'une rupture d'artère en ce formidable effort. Tel du moins apparaît-il à un narrateur morphinomane dont les assertions laissent incrédule un vieux docteur sceptique qui ne voit en tout cela qu'hallucinations. G. Lebas publiera bientôt un roman paru dans la *Revue* en 1916. Il a donné de nombreuses études aux Revues. On en trouvera la liste qu'il nous a communiquée à la bibliographie.

S'il est né en Artois, Maurice d'Hartoy a vécu plusieurs années de jeunesse à Rouen et il habite le département de l'Eure où il dirige une exploitation agricole. *Le Courrier de Paris* a recueilli nombre d'appréciations, extrêmement élogieuses, sur l'auteur de l'*Origange* et publié sa biographie. Le lieutenant Maurice d'Hartoy a mérité cet *Ordre de l'Armée* (2 juin 1915), signé Joffre : « A fait de sa personne dix-sept prisonniers allemands qu'il a ramenés au pas de parade sous un feu violent ». Il débutait au *Correspondant* par un magistral article *Le Gué-Barré*, reproduit dans toute la presse. Au seuil de son premier volume *Au Front* (1916), préfacé par le marquis de Segur, M. d'Hartoy écrit : « D'autres ont dit comment vivent les combattants; je tente ici de dire comment ils pensent »; et c'est ce qui donne à ces pages « une saveur toute particulière et un saisissant intérêt ». « On sent passer ici un souffle qui ne vient que du champ de bataille, écrivait L. Madelin, de ce livre et du suivant : *Des cris dans la tempête* (1919). Précieux documents de la souffrance éprouvée comme de la vaillance dépensée; et comme chez cet écrivain l'esprit égale le cœur, ses livres sont de ceux qu'on relit après les avoir lus... »

P.-G. — Révélations d'après-guerre (1921), nous fait saisir sur le vif le caractère plat, la fourberie et la *Kultur* des prisonniers boches en France. *Les Propos de Jacobus* (1922) présentent une spirituelle et profonde critique de notre époque et de ses travers. « C'est comme une conversation de bon ton dans laquelle un ami ferait accepter, avec une correction de langage et une érudition digne d'un La Rochefoucauld les leçons les plus sévères », nous dit M. Lasserre.

Dans l'*Origange, Royaume d'Amour* (1923), qui n'est plus inspiré par la guerre, la critique a salué de façon presque unanime le début d'un maître, « un livre original et profond, très opportun », écrit G. Goyau. « Maurice d'Hrtoy a retrouvé le souffle magique de Châteaubriand, mais d'un Châteaubriand qui eût longtemps vécu avec Flaubert », estime A.-M. Gossez qui connaît si bien les lettres normandes. Il nous est impossible de résumer ici « ce poème à la fois épique et lyrique, où nous entendons tour à tour l'écho de la harpe d'or des bardes, la voix lointaine des patriarches bibliques, le grondement inoublié de l'Apôtre de Pathmos ». R. Herval l'a fait habilement dans sa Chronique du *Journal de Rouen* du 3 avril 1923. Citons-en ces quelques lignes pour mettre le lecteur en goût de lire cette œuvre d'un admirateur de notre grand Flaubert.

« Au doux pays de l'Origange, Maurice d'Hartoy vient d'élever à la gloire du dieu Zaâs un éblouissant temple d'ivoire à la voûte puissante et pure, aux piliers gemmés de pierres précieuses. Dans ce temple, bruissent sans fin d'invisibles ailes, tandis que les feux du soleil, colorés par dix-sept magnifiques vitraux et revêtus de leur splendeur se jouent sur le sol, parmi les tapis en peaux de lynx. En compagnie du grand-prêtre Vitchnou-Jassah, pénétrons dans le temple mystérieux et recueillons dévotement les enseignements sertis au creux des verrières. Nous y trouverons à la fois profit et plaisir. Car Séjorah-Kali, la chevrière aux cheveux de soleil, est une digne sœur d'Iseult la blonde, belle comme elle, fidèle comme elle, et touchante plus qu'elle. Le sacrifice poignant qu'elle fait de son amour, pour sauver le monde plongé dans les terreurs apocalyptiques, nimbe, en effet, son front d'une auréole de pitié qui manque à l'épouse du roi Marc ».

Rédacteur en chef du *Journal de Caen*, auteur dramatique, Maurice-Charles Renard donne des contes au *Petit Journal* et à l'*Œuvre*. Les *Contes à la Marraine* parurent dans l'*Argonnaute*, journal de tranchées du 25ᵉ régiment d'infanterie (rédigé en collaboration avec Henry-Jacques). Ils ont été réunis dans un volume préfacé par Henri Barbusse. « Souriants ou tragiques — écrit l'auteur du *Feu* — charmants ou graves, ils sont vivants. Cela est la première qualité des contes, car, pour être vivant, il faut réunir beaucoup d'avantages et de qualités. Le choix du trait ou de la parole typique, l'art exquis du raccourci et du résumé dans les courtes comédies et les drames brefs que vous contez, tout cela fait vivre vos personnages au point de les faire aimer... Le style est pittoresque, souple, net et clair, dans la tradition des conteurs français ». Ce petit volume offre une heureuse variété : malicieux — nous ne dirons pas cruel — dans certaines pages, il aura sans doute amusé la marraine, mais le public ne lira pas sans émotion certains de ces contes comme *La Vierge à la bague; Une Parade* et quelques autres qui mériteraient d'être cités.

« Du front où il fut terriblement blessé, Louis Dubreuil, Maire de Rouen, a rapporté quelques pages littéraires publiées sous le titre de *Nouvelles*. La plupart comme *Conte des Rois*, une *Ode d'Horace* sont des fantaisies très littéraires et même érudites « en marge » de l'antiquité biblique ou latine, comme en écrivit jadis J. Lemaître. Elles en ont la saveur dans l'observation et la justesse précise dans l'écriture — écrivait G. Dubosc. — Malgré son titre *Atrocité allemande*, où un tortionnaire boche exerce vainement son ignorante barbarie sur l'œil de verre, la jambe de bois et le râtelier d'un poilu prisonnier qui garde le sourire est d'une drôlerie pincée fort amusante et *L'Embusqué au Paradis*, où saints français et saints allemands se querellent comme les pauvres humains, aurait pu être signé par un de nos meilleurs humoristes. Ce petit recueil est écrit dans une langue sobre, simple et claire, avec la vraie manière française ».

Denis Guillot (du Havre), avait publié aux éditions de « La Province », des *Croquis de Voyages* (Italie, Espagne, Tunisie, Corse). La guerre lui a inspiré un roman *Superkultur* (1917), où s'agitent quelques types grotesques de pédants et de brutes germaniques et qui s'achève sur un cauchemar tragique du Kaiser, le songe de Potsdam. Sabaoth (1921), traite le sujet délicat d'un homme que sa famille a poussé au sacerdoce, mais, en qui la guerre réveille tous les instincts d'humanité et qui se marie. L'auteur aime le décor du Mont-Saint-Michel comme les paysages de Normandie et les décrit habilement.

André Maurois fut présenté aux lecteurs de *Par chez Nous*, par R. Postal qui lui consacra deux excellentes études, solides et pénétrantes, à ranger parmi nos meilleures. « Attachante et originale figure — nous dit-il — que celle de ce grand travailleur, chef d'industrie et romancier tour à tour, qui dicte dans le même bureau ses lettres d'affaire et les chapitres de son œuvre. La faveur du grand public est allée aux *Silences du Colonel Bramble*, que l'on a traduits dans toutes les langues comme elle ira aux *Discours du Docteur O'Grady*. L'élite a aimé la philosophie aiguë de *Ni ange, ni bête*. Elle bataillera autour des deux œuvres qu'il prépare : *La petite histoire de l'Espèce humaine* et les *Années d'apprentissage d'un jeune homme* ». Après avoir marqué la ressemblance spirituelle d'A. Maurois avec A. France; R. Postal résume ses qualités si nombreuses et si complètes : « une langue dont la souplesse et l'élégante fermeté rappellent le français des bons auteurs du XVIIIᵉ siècle, une culture curieuse de tous les mouvements de la pensée et particulièrement attentive aux leçons de l'histoire, une psychologie aussi aiguë et aussi sûre dans le collectif que dans l'individuel, un sens réaliste de la vie et le don de l'exprimer avec cette nuance d'ironie qui tempère les dangereuses ivresses de l'esprit.

Les *Silences du Colonel Bramble* resteront un des témoignages les plus précis et les plus vivants de l'attitude et de l'esprit des Britanniques à la guerre. Il nous semble que personne mieux que lui n'a vu et noté les traits distinctifs de nos amis d'Outre-Manche. Peignant les convives ordinaires d'un mess d'officiers britanniques, A. Maurois a dégagé de son travail, non seulement les lignes essentielles du Britannique tout court, mais les traits particuliers des différentes nations et des différentes classes britanniques, si nettement séparées. Les *Silences du Colonel Bramble* illustrent l'attitude la plus sage et la plus élégante qu'un intellectuel put prendre à la guerre; celle de l'ironie vengeresse, mais patiente...

« L'action de *Ni ange, ni bête* se déroule de la fin de 1844 au lendemain de la Révolution de 1848; elle a pour objet principal la vie sentimentale et l'aventure politique d'un jeune fonctionnaire, Philippe Viniès, ingénieur des Ponts-et-Chaussées à Abbeville. Mais à la faveur de ce récit, nous observons l'état moral et intellectuel de la société provinciale pendant cette crise révolutionnaire ».

Il serait bien intéressant de comparer la manière d'A. Maurois à celle de Flaubert ou d'A. France dans ce roman, à la fois psychologique et historique, qui développe un drame intellectuel et sentimental et s'élargit en tableaux d'histoire.

« Et voici une plaquette de soixante pages, *Les Bourgeois de Witzheim* où est toute l'Alsace rédimée, avec son caractère, ses vertus, son orgueil et son cœur. L'écrivain reste même et conserve cette sobre perfection où les barbares virent de la sécheresse. Mais son ironie sert désormais, dans le même temps qu'elle fustige ou qu'elle détruit. Elle voile discrètement l'émotion du récit et l'amour de l'auteur pour cette race solide et fidèle; elle met à nu l'Allemand, ses ridicules, ses tares, ses qualités. Sans charge facile comme sans complaisance, elle juge, cette fois ».

Le dernier livre d'A. Maurois : *Les Discours du Docteur O'Grady*, affirme sa maîtrise. L'auteur ne s'est pas répété; de nouveaux portraits finement tracés, des analyses et des conversations pleines d'humour, des réflexions profondes, complètent la psychologie d'un peuple qu'A. Maurois connaît admirablement. Ce livre, ainsi que le « Colonel Bramble », est en Angleterre comme en France, un des classiques de la guerre. N'est-ce pas là le plus beau titre de gloire pour un écrivain qui s'est révélé un des meilleurs observateurs que compte la littérature de la grande guerre ?

La *Revue Hebdomadaire* vient de publier *Ariel ou la Vie de Shelley*. Son directeur François Le Grix, elbeuvien comme l'auteur, dans une excellente introduction définit l'humour d'André Maurois et l'originalité profonde de ce nouvel ouvrage. « Voici une tentative aussi neuve que hardie; un roman qui est une histoire vraie; ou plutôt la plus folles des histoires vraies qui, sous les doigts simplement magiciens de M. Maurois, est devenue le plus passionnant des romans. Shelley, Byron, deux des plus grands poètes anglais, les plus grands peut-être; l'Angleterre prévictorienne, c'est-à-dire l'Angleterre au début de son plus grand siècle, toute roidie encore dans l'orgueil de sa victoire sur Napoléon; le romantisme à l'état naissant, à l'état pur, et ce romantisme anglais, plus subtil que le nôtre, fait d'une plus pure essence de rêve et de poésie, probablement moins littéraire, en tout cas plus vécu (comparez les vies de Shelley et de Byron avec celle de notre grand bourgeois Hugo) ; le conflit de ce romantisme avec ces magnifiques et robustes et engoncées traditions : voilà ce que M. Maurois a su voir et peindre, non pas en historien, encore une fois, mais en contemporain, en spectateur, comme s'il se fut agi des camarades de l'interprète Aurelle.

Seuls, peut-être, les gens du métier se représenteront les difficultés qu'il fallut vaincre pour débarrasser cette biographie minutieusement exacte de tout appareil critique, lui restituer le mouvement et la couleur de la vie; ils admireront que M. Maurois ait voulu conter si simplement, si crûment des aventures aussi exagérément romanesques, précisément à cause de l'impossibilité de concurrencer tant de lyrisme. Un tel parti-pris de simplicité est d'un art extraordinairement sûr; et une telle réussite équivaut presque à créer un genre. Mais *Ariel*, parions-le, saura conquérir aussi le grand public, le plus grand, celui qui ne peut se tenir d'aise quand *Peau d'âne* lui est conté, et pour lequel paraît écrite à souhait la prestigieuse féerie que voici, qui commence comme un roman de Dickens et finit comme une tragédie de Shakespeare.

Achevons cette revue — bien incomplète sans doute — des romans et des nouvelles de caractère très différent et de valeur très inégale par un hommage à un puissant romancier normand disparu.

Les *Cahiers d'aujourd'hui* (n° 9, 1922), ont consacré un numéro à Octave Mirbeau. G. Besson nous y montre le malheureux romancier à Cheverchemont, dès 1913, n'ayant plus pour ses amis que cette phrase désespérée d'adieu : « Je suis f..., c'est la fin ! » se traînant « vide comme une vieille gourde » de la cage de verre du petit cabinet de travail abandonné, à la salle à manger, puis au salon, partout anxieux, partout obsédé par sa fatigue, partout oisif par impuissance, lucide et délaissé. Lorsqu'il succomba en 1917, les grandes revues rendirent hommage au puissant romancier normand. Citons ces quelques lignes de l'étude que lui consacre Jules Bertaut dans la *Revue de Paris* (mars 1917) ; elles caractériseront bien son talent.

« Un écrivain âpre et vigoureux, doué, quand il le veut, d'une puissance extraordinaire d'expression, un satiriste implacable, d'une cruauté égale à l'amertume de sa vision, un enthousiaste et un dénigreur féroces, un évocateur extraordinaire de la nature, enfiévré par la sensation toute animale des êtres et des choses, capable, quand il l'exprime, aussi bien de nous élever dans le monde de la poésie que de nous laisser choir dans le domaine de l'obscène, un imprévu qui déroute à chaque page ceux qui croient le connaître le mieux, un bourreau et un tendre, un raffiné et un trivial, mais toujours et partout un homme de premier jet, réagissant spontanément devant tous les spectacles de la vie et, en dernière analyse, un grand écrivain — tel nous apparaît O. Mirbeau. »

III. — THEATRE

S'il se trouve encore des éditeurs en province pour lancer poèmes, romans, ouvrages d'histoire ou de critique, le théâtre littéraire n'existe pas. L'opérette et la revue accaparent les scènes. La province est réduite aux tournées Baret. Aussi faut-il se réjouir d'initiatives locales comme celles du Théâtre d'Art normand; des Philippins; des groupes Bellefonds et Saint-Gervais à Rouen. Le Havre annonce la formation d'un groupement analogue.

C'est avec ces ressources de fortune, avec des amateurs ou des demi-professionnels comme interprètes que les auteurs dramatiques de province subissent le plus souvent l'épreuve de la scène. Il faut donc juger avec bienveillance des tentatives méritoires, sans leur demander plus qu'on ne peut équitablement en attendre.

Les œuvres en vers d'une certaine importance ne peuvent même espérer être représentées. Nous n'entendrons, sans doute, jamais les œuvres de P. Nebout, celles de Roinard et d'autres que nous avons indiquées au chapitre de la poésie (1), à moins

(1) Ajoutons ces renseignements sur quelques-unes de ces œuvres : Au Théâtre de la Licorne, *Les Epoux d'Heur-le-Port*, de M. Edouard Dujardin. Pour respecter le désir formulé par M. Edouard Dujardin nous ne dirons rien du *Retour des Enfants prodigues* qu'on pourra d'ailleurs lire prochainement dans une édition définitive. Nous comprenons le scrupule de l'auteur qui ne tient pas à soumettre au jugement de la critique une œuvre qui ne marque selon lui qu'une étape dans son évolution, évolution qui aboutissait l'an dernier à la représentation du *Mystère du Dieu mort et ressuscité*. *Les Epoux d'Heur-le-Port* ayant été joués

qu'un directeur normand comme J. Hébertot, dont les initiatives hardies et heureuses en faveur de la musique et des lettres ne se comptent plus, ne veuille quelque jour les accueillir en son Théâtre des Champs-Elysées. Louis Bouilhet s'indignait déjà de la médiocrité de ses acteurs Odéoniens. Que dirait-il aujourd'hui de certaines représentations de la Comédie-Française vraiment pénibles à ceux qui connurent l'admirable compagnie des années de la fin du XIXe siècle. Soyons donc indulgents pour tous ceux qui servent dans nos provinces la cause de l'art dramatique.

Nous parlerons d'abord des auteurs représentés sur les scènes parisiennes, puis du théâtre provincial proprement dit.

A tout seigneur, tout honneur. Et comme le lui disait R. Doumic, directeur de l'Académie Française, en le recevant sous la coupole le 16 juin 1921, le Marquis Robert de Flers est bien « un seigneur dans la République des Lettres. Journaliste de carrière, critique dramatique du *Gaulois*, président (à cette date) de la puissante Société des Auteurs et Compositeurs dramatiques et même académicien, il n'est pas seulement l'écrivain de théâtre que jouent tous les théâtres ». Qui n'a lu, en effet, les jolies conférences faites par R. de Flers aux *Annales* sur les lettres d'amour ? Mais il est surtout l'auteur du *Roi*, du *Bois sacré*, de l'*Habit vert*, et de tant d'autres pièces qui comptent parmi les plus goûtées. Dans son discours de réception, sa première pensée allait à son collaborateur de vingt années, Gaston-Armand de Caillavet et les paroles d'Octave à Cœlio : « Moi, seul au monde, je l'ai connu..., lui venaient naturellement aux lèvres en évoquant son souvenir ». Quelques jours avant de mourir, G. de Caillavet lui disait : « Vous avez été la joie constante de ma vie », et R. Doumic a fort joliment caractérisé cette collaboration, à laquelle il faut laisser « ce rien de mystère qui est son charme »

.

déjà en 1919, il n'y a aucune raison pour observer la même réserve. Comme dans toutes les autres œuvres de M. Dujardin, les personnages ne sont que les prétextes, les symboles, les porte-parole des grands courants qui dirigent l'humanité. Les conflits qui peuvent survenir et d'où naît l'action dramatique sont donc plutôt des heurts d'idées que de personnes. Ainsi que nous l'exprimions récemment, *Les Epoux d'Heurt-le-Port*, c'est l'histoire d'une conversion profane. La richesse rapidement, mais âprement acquise, a fait d'un jeune homme, qui eut une adolescence saine, un homme tout orgueil et cupidité. Il retrouve à son retour l'amie douce de son enfance qui, elle aussi, s'est écartée de la voie originale. Mais au souvenir de leur jeunesse le passé se réveille et c'est le retour vers un idéalisme plus pur. Les trois actes qui se passent dans le même décor étudient cette évolution, minutieusement, mais sans jamais tomber dans les procédés réalistes, c'est-à-dire que l'auteur, reniant les descriptions extérieures, se complaît à rechercher et à exprimer l'aspect intérieur des êtres, les réactions ou influences qu'ils subissent, les causes et le sens intime de leurs actes.

(*Comœdia* : 13 février 1924.)

Marie de Magdala, pièce sacrée en trois actes, en vers, par Wilfrid Lucas (Monté-Lénès, édit.) Marie de Magdala, Jésus : pour s'attaquer à un tel sujet, il ne suffisait pas du talent, il fallait la foi — cette foi profonde qui fait les grandes œuvres, parce qu'elle va droit à ce qu'il y a de plus élevé dans l'homme. — C'est elle qui a inspiré Wilfrid Lucas ; c'est elle qui lui a dicté ce beau drame, lourd de pensée qu'on joua en 1921 et qui, publié en librairie, doit aujourd'hui être lu, et relu. Drame humain : devant la maison de Lazare, à la table de Simon, autour du figuier desséché, les hommes que l'action met aux prises ne sont pas des êtres idéalisés, purs, irréels, mais des êtres qui sentent en eux le doute et la médiocrité et l'ignorance et le mal. Drame divin : au-dessus de tous ces hommes une grande idée plane, apportée par Jésus : il n'est d'ascension véritable que l'ascension d'une âme croyante à la puissance de l'amour. Caïphe est là, représentant la religion étroite et sèche qui se fige dans le texte écrit. Mais Jésus oppose à ces médiocrités la religion de l'amour. Et tous ne comprennent pas. Mais tous sont séduits. Tous les cœurs vont à lui comme les yeux au jour. Et Simon évoque la fin des guerres, « le baiser fraternel des patries », et Madeleine peu à peu sent fondre ce qui résiste en elle à la pureté de l'appel divin et, dans la dernière scène, elle accepte et d'assister à la mort du Maître et de vivre : la loi d'amour a vaincu. C'est du tumulte des champs de bataille sur lesquels trois fois il tomba blessé que Wilfrid Lucas nous apporte ce drame dont je n'ai pu qu'indiquer d'un trait la pensée maîtresse et qui n'est qu'un long appel à l'universelle fraternité. Puisse cet appel, porté par la poésie, retentir au-dessus des ignorances et des haines ! Puisse-t-il faire surgir dans la paix retrouvée la religion de l'Amour !

(*Quotidien*.)

dans l'art de *meilhachalévyser*, d'où sort « une petite chose légère, souriante, un peu perverse, railleuse et tendre, dont ils voudraient bien avoir la pareille chez les Boches et ailleurs, mais qui ne se fait qu'à Paris ». Le dernier fruit de cette collaboration ce fut cette délicieuse *Belle Aventure* qu'il serait bien inutile de raconter. Comme elle justifie bien la définition que R. Doumic donnait de ce théâtre : « Théâtre charmant, dont le charme est fait avant tout de cette chose exquise et que nous vous savons tant de gré de ne pas laisser se perdre : le goût... théâtre souriant où l'on respire une atmosphère de vie heureuse. Par là, il reflète bien son époque. C'était aux années qui ont précédé la guerre et qui furent si douces à vivre!... »

C'est en collaboration avec Francis de Croisset que R. de Flers donnait sa première œuvre d'après-guerre, *Le Retour* (26 octobre 1920. Théâtre de l'Athénée). Sa récente élection à l'Académie ne l'avait point décidé à changer sa manière. Dans cette pièce, éblouissante d'esprit, il visait toujours à plaire. Les deux auteurs prodiguaient une grâce ingénieuse et une habileté qui va jusqu'au sentiment, pour nous peindre le retour de Jacques si différent du héros imaginé par Colette, leur brouille tragi-comique et leur touchante réconciliation à la lecture d'une lettre attardée du front où Jacques avait mis toute la profondeur de son amour pour Colette.

Les Vignes du Seigneur, des deux mêmes collaborateurs, représentés au Gymnase, nous ramènent au genre satirique et c'est une satire d'après-guerre. Une observation juste, à la fois mordante et souriante, des mœurs contemporaines et de certains types de notre société déclassée d'après-guerre en fait le fond. L'intrigue qui répond au titre n'est qu'un prétexte. Peu importe que pour épouser la jeune fille qu'il croit ne pas aimer, un jeune homme se laisse prendre pour un ivrogne, la verve des auteurs s'exerce surtout aux dépens d'une demi-bourgeoisie, évadée du demi-monde et avide de respectabilité. Le succès en est considérable.

Si le Marquis Robert de Flers est bien un Normand authentique, Eugène Brieux ne le fut qu'au passage. La Normandie le regarde d'ailleurs comme un des siens et nous allons trouver sous la plume d'un des meilleurs critiques dramatiques. H. Bidou, la preuve que cette revendication semble bien fondée en droit. Le Théâtre de l'Odéon représentait le 9 mai 1914 : *Le Bourgeois aux Champs*, dans lequel Brieux rajeunissait l'immortelle figure qui s'est appelée successivement : M. Jourdain, M. Joseph Prud'homme, M. Perrichon, et, le 9 janvier 1920 : *Les Américains chez nous*, dont H. Bidou disait : « qu'elle enchante par un air de loyauté, de franchise, d'honnêteté sérieuse et intelligente, qui n'est pas une parure, mais son caractère même. M. Brieux n'imagine pas une aventure, il étudie une question. Fidèle à cette doctrine, il nous a montré les « Américains chez nous ». Avec *L'Avocat*, représenté au Vaudeville le 22 septembre 1922, E. Brieux remportait un des succès les plus brillants de sa longue carrière et la critique était unanime à constater le caractère vraiment dramatique de l'œuvre. Ce cas de conscience subtil et tragique, développé par l'auteur, fait penser H. Bidou au « vieux maître magnifique et retors P. Corneille ». Il n'est pas jusqu'aux maximes sur le rôle de l'avocat, débitées par le président, qui ne soient dans le goût de la tragédie cornélienne; cette scène finale, entre le président et l'avocat, c'est une délibération, comme dans Horace, comme dans Cinna. M. Brieux n'est pas sans en avoir conscience et il a rappelé lui-même le « laissez faire aux dieux ». Et le public, lui aussi, a salué d'applaudissements traditionnels ces angoisses généreuses. Que M. Brieux, après avoir commencé chez Antoine et avoir été un des fondateurs du Théâtre Libre, vienne tout naturellement, sans retour et presque sans évolution, à composer une pure tragédie classique, c'est de faire réfléchir sur cette forte continuité qui est dans l'art français. Art antique et français de la tragédie qui reparaît éternellement sous toutes les formes de notre théâtre et qui l'inspire quand il paraît te renier; tragédie cachée sous le drame romantique, sous le drame de Dumas fils, sous le drame de

Porto-Riche, sous le drame de Brieux, à quel instinct de la nation corresponds-tu qui te fait si vivace ? Ce qui frappait l'autre soir, c'était l'accord entre la noblesse de cet art et cette loyauté pareillement noble qui est dans l'art de M. Brieux. Le public a entendu des maximes, qu'il était bon qu'il entendît. Mais ce n'est pas en vain qu'on est Normand; cette haute morale nous a été présentée par le plus retors, le plus avisé des dramaturges, et il a été rarement plus heureux ».

Mériter ainsi ses titres de naturalisation normande semble à la portée de peu d'auteurs dramatiques contemporains. Et félicitons-nous de ce qu'E. Brieux ait acquis deux fois droit de cité, d'abord par un assez long séjour à Rouen et surtout pour avoir prêté à quelques-uns de ses personnages un accent cornélien.

René Fauchois, lui, est un Rouennais de naissance. Une énumération des œuvres très diverses qu'il a données au cours de ces dix dernières années suffirait à prouver la variété d'un talent qu'il ne semble pas aisé de définir : en 1913, *Pénélope* (musique de Gabriel Fauré), au Théâtre des Champs-Elysées. La Comédie-Française joue successivement de lui : *L'Augusta*, *La Veillée des Armes*, *Vitrail*; l'Opéra : *La Forêt sacrée*. Il a écrit avec Reynaldo Hahn, un poème lyrique sur *Nausicaa*, joué à l'Opéra de Monte-Carlo; *Masques et Bergamasques*, avec G. Fauré, au même théâtre. Il a encore donné *Nocturne*, comédie en un acte; le *Miracle*, trois actes; *Boudu sauvé des eaux*, trois actes; *Rossini*, trois actes en vers, avec Mme Sarah Bernhardt. Il faut encore ajouter à cette liste *Jean-Bart*, image à la manière d'Epinal; *Le Père Audu* ou *Le Village assassin*, 4 actes (*Nouvelle Revue*, n° des 15 juin et 1er juillet 1919), et tout récemment un *Mozart*.

R. Fauchois semble s'affirmer avant tout comme un homme de théâtre : il en a les qualités et aussi les défauts. R. Postal a raison d'insister sur ce point : « R. Fauchois, écrit-il, possède, à un rare degré, le don d'exprimer la vie en animant des êtres illusoires. Son langage direct et son vers habile répondent parfaitement aux exigences du théâtre..., le poète, en lui, sert le dramaturge qu'il est d'abord. S'il n'ignore pas la grâce (*Vitrail* en est une preuve), et s'il s'attache à faire de la beauté artistique un des idéals les plus chers à ses héros, son théâtre, par les vertus qu'il exalte, est surtout le théâtre de l'énergie. A ce titre, et dans un temps où il est bon de donner à la scène des exemples d'une humanité régénérée, l'œuvre de R. Fauchois est à la fois opportune et bienfaisante ». R. Fauchois a développé d'ailleurs ce thème dans une préface à son Théâtre de France, en tête de son *Rivoli*.

Auteur complexe, il annonce des tragédies antiques et il écrit aussi pour se divertir des comédies en prose d'une observation aiguë, comme *La Danseuse éperdue*, dont « la figure centrale est un père, figure de déclassé, paresseux, joueur, voleur, parasite de sa fille, révoltant d'ignominie et d'une vérité criante », comme *Boudu sauvé des eaux*. Le comique de R. Fauchois ne manque pas d'amertume d'ailleurs. *Nocturne* ne doit pas faire illusion par son titre : rien de Chopin. Un pauvre voleur s'introduit par la fenêtre dans la chambre de Wanda; de l'ironie à la pitié, elle en viendrait presque à l'amour ou à la fantaisie pour ce bohême si son mari ne survenait inopinément pour lui raconter comment il vient de gagner quelques millions en ruinant des amis par un coup de spéculation. Et Wanda de s'attendrir sur son pauvre petit voleur qui, lui, ne prenait que quelques bijoux, sans se vanter de cet exploit. *Le Père Audu* ou *Le Village assassin*, tragi-comédie de la férocité campagnarde, nous montre un pauvre homme, un peu étrange victime d'une coïncidence tragique. Il a donné des cerises à une fillette qu'un chemineau viole et étrangle quelques minutes plus tard. La rumeur du village fait de lui un satyre dont s'écartent les enfants. L'idée atroce l'obsèdera et il se tuera après avoir voulu embrasser une autre fillette qui est venue lui demander des cerises et s'est enfuie, épouvantée par son regard.

R. Fauchois joue presque toujours un des principaux personnages qu'il a mis à la scène. On l'a applaudi à Rouen et dans *Beethoven* et dans *La Danseuse éperdue*, c'est-à-dire dans un rôle tragique et dans un rôle comique. Riche tempérament, on le voit, et dont il est difficile de prévoir le développement. Sans doute continuera-t-il à exploiter la veine, où il trouva le gros succès de son *Beethoven*, à écrire des comédies, des livrets d'opéra, à tirer de la légende, de l'histoire, de la réalité les sujets de pièces à succès.

Paul Géraldy est, lui aussi, d'origine rouennaise. Les écrivains normands, dans leur réunion annuelle de 1922, firent représenter un acte en vers de son père G. Lefèvre : *Le Faune* reste un petit chef-d'œuvre que la Comédie-Française conserve à son répertoire.

P. Géraldy est un poète fort goûté. *Toi et Moi*, dans une forme fluide et souple, qui épouse le rythme même de la pensée ou du sentiment, analyse avec une pénétration singulière les états d'âme et les réactions sentimentales des deux amants. Ce petit recueil a trouvé un nombre exceptionnel de lecteurs. Il avait été précédé par *Les Petites Ames*. Ne négligeons pas la plaquette *La Guerre, Madame*, en prose, cinglante et sincère réaction d'un poilu contre les états d'esprit de l'arrière. Mais la grande notoriété de P. Géraldy s'est faite au théâtre. *Les Noces d'argent*, comédie en quatre actes, représentée à la Comédie-Française le 5 mai 1917, déconcertèrent peut-être un peu le public et la critique par la dureté de la peinture. Max et Suzanne Hamelin poussent sans doute l'égoïsme et l'indifférence vis-à-vis de leurs parents à un degré rare ; on ne rencontrerait, peut-être, pas beaucoup de filles qui oublient l'anniversaire des noces d'argent et qui laissent seule ce soir-là une mère veuve pour se divertir en un dîner de jeunes ménages. Mais quelle pénétration dans la scène où Mme Hamelin s'efforce d'être la confidente indulgente des amours de son fils Max, jusqu'au moment où ses forces la trahissent, où elle l'adjure de se taire au risque de le perdre. Ce sujet semble tenir particulièrement à cœur à P. Géraldy, puisqu'il l'a repris dans *Les Grands Garçons*, un acte moins cruel, qui nous peint les malentendus d'un père et d'un fils, obligés pour se comprendre d'user d'un intermédiaire, un ami du fils, qui lui a perdu son père, qui a souffert de ces mêmes silences familiaux et veut épargner ses regrets à son ami.

Le 5 décembre 1921, la Comédie-Française représentait *Aimer*, véritable tragédie, mais sans confidents, symphonie de l'amour — comme l'a très justement dit R. de Flers — tragédie toute intérieure qui se joue entre trois êtres : Henri, Hélène et Challange, tragédie toute racinienne par l'intimité de l'accent, mais qui s'achève sans catastrophes, en un apaisement douloureux, en une reprise plus profonde de l'amour vrai qui lie Hélène à Henri. Hélène, un peu lasse d'un bonheur monotone, a pu subir l'ascendant de ce prometteur d'inconnus qu'est Challenge, mais lorsqu'elle s'aperçoit qu'il ne sait rien d'elle, pas même qu'elle reste auprès d'Henri la mère inconsolée de la perte de leur unique petit enfant, quelle tragique révélation, quel poignant retour vers un passé qui est toute leur vie ! Comme l'a si bien marqué H. Bidou, nous ne trouvons plus ici des personnages de convention qui expliquent sans pitié leurs moindres intentions ; la vie même, avec ses silences tragiques pleins de révélation, se déroule devant le spectateur, emporté lui aussi dans cet ouragan de passion. Sans doute, ne faut-il pas abuser du qualificatif de chef-d'œuvre, mais on est tenté de l'appliquer à cette œuvre, si forte et si profonde, où l'amour n'apparaît ni comme une force héroïque de la volonté, ni comme l'instinct irrésistible de la passion, mais bien comme une résultante mystérieuse des raisons et des instincts les plus intimes qui sont l'expression intégrale de la personnalité.

Il est sans doute plus malaisé de trouver une troupe qu'un éditeur. Aussi faut-il applaudir aux initiatives régionales comme celles dont nous allons parler, elles ne révèlent pas toujours des chefs-d'œuvre, dira-t-on, en tout cas elles permettent aux auteurs provinciaux d'apprendre leur métier à l'épreuve de la scène. Le Théâtre d'Art Normand semble devenir une institution régulière, grâce à Camy-Renoult. Il avait fondé à Paris, il y a une vingtaine d'années, avec Antoine fils, un théâtre du Peuple. Un accident a pu le paralyser des jambes et l'éloigner de la scène, mais n'a pu éteindre son zèle d'animateur. Poète, il mérita les encouragements de sa compatriote Lucie Delarue-Mardrus qui préfaçait en ces termes son premier recueil *L'Ombre de la Chapelle* : « Vous êtes en poésie un vrai Normand, ce qui signifie que, d'emblée, vous vous êtes mis à faire des vers concis, sobres, lucides et dont le lyrisme, très racé, se compose de raison autant que d'inspiration.... » Il en a donné d'autres : *D'Hier à Demain*, *Vieilles Romances*, *Les Chansons que nous savons tous*. Il s'essayait à la scène avec succès à Honfleur et ailleurs avec *Armand ou une gentille attention*, *Fausse alerte*, *Quand nous marierons la petite*, *Un Amour de petit chapeau*, *La Ruse de Colette*, un acte en vers avec Jean Renouard; *Ta bonne est une voleuse*, *L'Oncle de ma femme* (trois actes, avec J.-A. Turpin) ; *Le Monsieur qui tombe des nues* (trois actes avec le même) ; *Le Vœu*, *Jeannin le Troubadour*, conte lyrique; *Le Mary en servitude*, farce en vers, et des revues : *Plein sa hotte*, *Honfleur... rira*, *Honfleur sur scène*. Toutes ces pièces tendent à amuser sainement, honnêtement, sans faire aucune concession au mauvais goût du public.

En 1919, Camy-Renoult fonde avec le poète Jean Renouard et Lucie Delarue-Mardrus le Théâtre d'Art Normand qui se propose de faire connaître des auteurs, poètes et musiciens normands.

En plus des œuvres représentées au Théâtre-Français de Rouen et que nous passerons en revue tout à l'heure, le Théâtre d'Art Normand crée : *Au Détour*, en patois, de Henry Longuet; *Pi mé itou* et *L'Accord difficile*, opérettes de Raoul Lesens; *Mademoiselle Javotte*, opérette d'Emile Selmer; *Coup double*, de Jean Renouard et Léon Leclerc; *Le Gobelin* et *La Demande en Mariage*, de Léon Leclerc; *A vingt ans*, de Ch. Bouqueret et Leclerc; *Le Dossier Briquemolle*, d'André Marie; *L'Hostellerie du Grand Cerf*, opérette de Selmer. La vaillante petite troupe inscrit même à son répertoire *Miquette et sa Mère*, et par toute la Normandie, grandes et petites villes, elle fait des tournées de décentralisations pour faire connaître le bon théâtre et lutter contre la pornographie en révélant aussi des auteurs ignorés et tous normands.

Camy-Renoult, qui a bien voulu nous donner tous ces renseignements, collabore à *La Dépêche de Rouen*, à *La Cloche*. Il dirige *La Chaumière*, revue normande. Il a reçu, en 1920, la médaille d'or d'encouragement au bien pour son œuvre d'éducation populaire.

Le dimanche 27 juin 1920, Mme Lucie Delarue-Mardrus donnait au Théâtre-Français de Rouen, avec le concours du Théâtre d'Art Normand dont elle est l'inspiratrice, deux représentations au profit de l'œuvre Valentin Haüy. Le programme comprenait sept pièces nouvelles, dont quelques-unes inédites. La plupart de ces pièces n'ont pas été publiées. Voici l'analyse qu'en donnait R. Pinchon dans le *Journal de Rouen* :

« *C'est bien pour te faire plaisir*, de J.-A. Turpin, met en scène la querelle d'un jeune ménage au sujet d'une parure de rubis que souhaite la jeune femme à qui son mari la refuse. En un dialogue vif et spirituellement mené, c'est le mari qui finit par forcer sa femme à accepter le cadeau, uniquement pour lui faire plaisir. (Du même auteur on donnait *Quand tu ne m'aimeras plus*.)

« *Le Caprice de Sylvia*, comédie inédite de M. Jean Laurier, est d'un genre plus sérieux. Dans une maison de campagne, il met aux prises un gentilhomme campagnard qui a passé sa vie un peu isolé et désenchanté, et qui s'éprend d'une voisine venue à l'improviste s'installer dans les environs. Leurs relations semblent empreintes d'une mutuelle sympathie. Le gentilhomme s'est évertué à défendre l'étrangère contre une aversion que les gens du pays semblent avoir contre elle. Mais il ne peut y parvenir.

Aussi, la dame prend-elle la résolution de s'éloigner, rompant le charme qu'elle avait pu jeter sur son infortuné voisin et sans dévoiler le secret qui l'avait fait venir dans ce pays où elle a semé la discorde. Cette pièce un peu âpre en son sujet est écrite en beau et ferme langage de prose qui n'exclut pas une certaine allure poétique.

« *Les deux Lunes de Miel*, de Mme Lucie Delarue-Mardrus, est un tableau qui expose prosaïquement, et même avec l'appoint du curieux patois normand dont l'auteur connaît tous les secrets, une petite aventure d'un vieux paysan nouvellement marié et d'un autre ménage, celui d'un jeune vicomte, propriétaire du paysan. Les deux couples, d'aspect bien différent, usent cependant d'un moyen identique pour ramener le calme en leur lune de miel.

« *Quand nous marierons la petite* est une charmante comédie de M. Camy-Renoult déjà jouée avec grand succès sur différentes scènes du département et pour la première fois à Rouen. La petite à marier voudrait bien éviter le fiancé que ses parents lui choisissent et finit par en venir à ses fins, en faisant la conquête d'un mari tout à fait de son goût. La finesse et l'esprit du dialogue font le mérite de ce petit acte.

« *La terre qui chante*, de M. Jacques Hébertot, met en scène un chemineau qui, comme celui de Richepin, veut abandonner la ferme où il travaille pour fuir l'amour de la fille du fermier. Il cherche à la persuader qu'elle trouvera amoureux plus digne d'elle. Et celle-ci de lui répondre : les plus beaux mots d'amour ne vaudront pas les vôtres, car la pièce est écrite en jolis vers, où est vanté le charme du travail de cette terre, dont le chant s'élève vers le soir dans le retour des moissonneurs.

« Nous revenons à la comédie et à la vie parisienne avec un acte délicieux de M. Jacques Yveline, *Ma chère chérie*. C'est une brouille de ménage basée sur la jalousie d'une jeune femme qui a trouvé une lettre de son mari commençant par ces mots : « Ma chère chérie », qui lui fait croire à une infidélité. A qui cette lettre peut-elle bien être adressée? Vite au téléphone pour demander conseil à sa mère. C'est la demoiselle du téléphone qui, en une scène d'une réelle drôlerie, donne les conseils sollicités. La pièce est du reste pleine de détails d'une originalité fort piquante, comme l'état de déménagement où se trouve le ménage et les réflexions pleines de sagacité que fait naître entre les deux époux la comparaison entre leurs deux appartements, celui qu'on vient de quitter, où l'on a laissé les souvenirs du premier temps de mariage, et celui où l'on entre en y introduisant avec soi la première brouille. C'est toujours cette fameuse lettre trouvée justement dans le panier du déménagement. Mais le mari, après s'être amusé pendant quelque temps, en amusant fort aussi le public, de l'erreur de sa femme, finit par lui rappeler que cette lettre qui suscite sa jalousie, lui avait été tout simplement adressée à elle-même au temps de leurs fiançailles, au premier temps où il pouvait l'appeler « Ma chère chérie ». Ce joli sujet a été développé avec beaucoup de verve et d'esprit par J. Yveline.

« En octobre 1922, M. Stréliski, le sympathique directeur du Théâtre-Français de Rouen, présentait dans une session d'art normand sept œuvres inédites des auteurs les plus familiers au public rouennais.

« Edward Montier, dans une intrigue un peu menue, faisait évoluer les personnages du *Pé Claudel*, en quête d'un harmonium pour l'église de Mentheuville. On retrouvait avec plaisir sur les planches ces types de chez nous que le recueil de contes a rendus populaires.

« Jacques Toutain, dans *Joëline*, conte une touchante histoire bretonne, celle de Joëline, dont le fiancé est emporté par une tempête et qui, fidèle à cet amour, repousse la déclaration d'un jeune marin pour épouser le vieux François Patrick et devenir ainsi la seconde mère de ses deux jeunes enfants, frères du second lit de son fiancé.

« Dans le *Sénateur de Forcalquier*, André Marie place un amusant épisode de la vie parlementaire et réconcilie le sénateur avec une bru d'abord réprouvée.

« Camy-Renoult nous conduit chez un ménage d'artistes dans la dèche qui consacre une petite somme inespérée à l'achat du dieu indou « Sah-You-Ri », médiocre moyen pour retarder la saisie. Heureusement l'huissier qui survient est un collectionneur original qui offre la forte somme du rarissime dieu.

« J.-A. Turpin choisit le cadre du XVIIIe siècle pour *Le Présage*, un acte en vers. Solange de Verneuil a consulté son miroir le jour de sa fête, à minuit, selon une croyance superstitieuse, pour y voir l'image de l'homme qui l'épousera et le miroir lui a révélé la figure d'un fiancé décrépit et contrefait. Le présage funeste semble près de se réaliser : ce n'est, heureusement, qu'un subterfuge d'Alban de Barsange qui voulut la conquérir par la seule éloquence de son amour.

« Jacques Yveline (pseudonyme de M. Le Crosnier), revuiste attitré et spirituel du Théâtre-Français, nous montre deux amis faisant la « bonne expérience » sur une jeune fille aimée de l'un d'eux, de la soumettre à un examen fait par l'autre. Mais, à l'idée qu'elle pourrait être demandée en mariage par l'examinateur Francine, qui ne peut le souffrir, se noircit à plaisir. La bonne expérience finirait mal si Jacques ne reprenait l'épreuve en personne.

« Comme dernier spectacle — écrivait R. Pinchon — M. Stréliski a donné une œuvre remarquable par l'originalité d'un sujet un peu étrange, traité avec une grande élévation de pensée en un style d'une haute valeur littéraire, où l'on retrouve la belle forme poétique de M. Francis Yard et le sentiment scénique de son collaborateur M. Jean Laurier avec lequel il a déjà fait applaudir plusieurs pièces à ce même Théâtre-Français. Le sujet de la *Messe du Saint-Esprit* est dominé par l'idée de la sorcellerie dont on trouve encore la trace dans nos campagne normandes. (Voir G. Dubosc : « La Sorcellerie Normande », *Journal de Rouen*, 3 octobre 1922.)

« Le berger Onuphre, redouté de tous à la ferme des Levasseur, a prédit un accident arrivé au fermier. Maria Levasseur se croit ensorcelée par lui et supplie le curé du village de dire pour elle la messe du Saint-Esprit. Onuphre réussit par un artifice magique à combattre l'efficacité de l'office divin dans l'esprit de Maria. « Entraînée par une force irrésistible, elle se rend à l'incantation d'Onuphre au milieu des bois, où il l'attend sous le clair de lune. Mais le charretier Jean, qui aime Maria et qui souffre depuis longtemps de la voir subir l'influence néfaste d'Onuphre, à qui l'on attribue tous les malheurs de la ferme, s'arme du coutre de sa charrue et, suivant la jeune fille, abat à ses pieds le maudit berger. Ce drame campagnard se déroule en quatre courts tableaux qui renferment plusieurs scènes d'un puissant effet, notamment celle de l'église... »

La Société des Artistes Rouennais, accueillante aux poètes comme aux musiciens, avait donné la primeur de *Rosette*, un acte, prose et vers alternés, des deux collaborateurs. C'est l'histoire d'une artiste de cirque, congédiée pour avoir résisté aux désirs de ses compagnons et que console Jacques le jongleur. Il la console par l'espoir des heures joyeuses de l'avenir, heures de travail et de création où l'artiste s'élève au-dessus des autres, l'artiste qu'il soit jongleur de cirque ou jongleur de rythmes. Le symbolisme de cette conclusion fait la beauté de cette œuvre harmonieuse.

Aux Artistes Rouennais également fut représenté en 1913 *Renouveau d'Amour*, un acte en vers, début en public d'un poète rouennais Armand-Robert Letellier, que les lettrés connaissent bien. L'excellente revue rouennaise *Le Donjon* (disparue pendant la guerre), a publié maintes pièces de lui qui révélaient une nature délicate, un talent facile et tendre, un sens pénétrant de la mélancolie et ce don des images à quoi se reconnaît la *vis poëtica*. *L'Automne*, jouée dans l'intimité, obtint un succès d'émotion et de larmes. *Le Donjon* a publié la tirade des fleurs, extraite de cette pièce où le poète a su, en empruntant le moule où Rostand et Zamacoïs ont versé de si brillantes fantaisies, rester pourtant très original et touchant. Il faut souhaiter qu'une saison de théâtre normand révèle au public *Automne* et l'*Ecole de Platon*, qui méritent plus encore que *Renouveau d'amour*, de voir le jour de la scène. Deux vieillards, Mme d'Ornoy et M. de Verneuil, évoquent les souvenirs communs d'une vie qui n'a pas réalisé le rêve secret d'amour, et pour éviter qu'une pareille détresse se renouvelle ils projettent de marier leurs petits-enfants qu'ils soupçonnent de s'aimer sans oser se le dire. Et ils commencent devant eux à se faire une cour et se parler d'amour : De ce mythique feu, espèrent-ils, jaillira l'étincelle qui doit mettre au cœur des petits un feu moins illusoire; c'est la leçon d'amour. Le stratagème réussit et les deux vieillards poursuivent tant et si bien que les deux jeunes gens reprennent comme en écho et pour leur propre compte les aveux de leurs grands-parents. Ceux-ci, cependant, continuent, continuent toujours la leçon devenue inutile, jusqu'à ce que trahis par l'émotion, leur aveu leur échappe : Eux aussi s'aimaient... et faute d'une parole ils ont passé près du bonheur et ils continuent de ranimer leurs vieux souvenirs. La délicatesse et la sincérité des sentiments comme la poésie naturelle du langage font le charme de cet ouvrage souvent touchant.

Jacques Toutain, le fils du romancier rouennais Paul Toutain (Jean Revel), dont nous avons déjà mentionné « Joëline », débutait au lendemain de la guerre par une touchante scène religieuse en un tableau, en vers, *La Douleur*, représentée par le Théâtre Chrétien des Philippins, dont on devine aisément le sujet : une mère pleure la mort de son fils au pied d'une statue de la Vierge. A sa plainte répondent les chants religieux, puis la voix de la Vierge qui lui fait comprendre la loi du sacrifice et lui montre : « mon Jésus, mon enfant à ton fils réuni. Ensemble, ils sont ensemble! ils ont sauvé le monde ».

Liberté, Vie et Mort de Mme Roland, drame en quatre tableaux (L'Eveil, Plein vol, La Chute, La Mort) et en vers, représenté pour la première fois au Théâtre Saint-Gervais, le 26 juin 1920, est une œuvre beaucoup plus importante. Dans une préface, J. Toutain expose ses idées sur le théâtre historique : « étant donné une époque déterminée, l'auteur doit être libre d'assembler comme il l'entend les éléments dont il dispose, en restant toutefois fidèle au cadre que lui trace la période envisagée, en respectant également à l'intérieur de ce cadre les impossibilités absolues de l'histoire ». En une action mouvementée, en tirades souvent généreuses et brillantes, J. Toutain reproduit avec un vif souci d'exactitude historique l'existence si agitée de celle qui fut l'inspiratrice des Girondins. Son amour pour Buzot est aujourd'hui prouvé. L'auteur s'en est servi comme élément d'intensité scénique : le retour de Buzot dans la prison de Mme Roland rend plus pathétique le dénouement historique du drame.

Le 14 juillet 1921, au Théâtre-des-Arts, en représentation populaire, on donnait *Floréal*, un acte en vers « d'une psychologie très avisée et d'une forme lyrique très agréable. C'est l'histoire adroitement contée d'un jeune officier se trouvant pris entre son amour pour une femme et l'amour pour son pays menacé et envahi, sacrifiant l'un à l'autre, tout cela se déroulant aux temps de la Révolution, aux jours glorieux d'Arcole et de Rivoli ».

Le Théâtre Saint-Gervais, compagnie formée de bons amateurs, parmi lesquels on peut citer M. et Mme Féré, et qui rend d'utiles services à l'art dramatique, représentait le 26 mars 1922 *L'Aurore*, pièce en un prologue et quatre tableaux (L'Aveugle, Le Retour, Les Miracles, La Mort de Sainte Odile) et en vers de J. Toutain.

« C'est présentée en quatre tableaux, adroitement disposés — écrivait G. Dubosc — la vie et la mort de Sainte Odile, la patronne vénérée de l'Alsace. Que cette légende, sans nier l'existence historique de la Sainte, ait été tant soit peu arrangée depuis le IXe siècle par des emprunts faits à d'autres vies de saintes, c'est fort possible! Mais il n'en est pas moins vrai que l'exil de la petite sainte, aveugle pendant son enfance, sa guérison miraculeuse, la conversion de son père Aldaric, duc d'Alsace, la fondation du monastère d'Hohenbourg sur ce plateau élevé où s'était déjà campé un oppidum gallo-romain, dont on retrouve l'emplacement entouré par le fameux mur païen, ont fourni une ample matière aux développements lyriques du poète. Dans les derniers tableaux, la vie mystérieuse de Sainte-Odile, ses miracles, ses fondations et enfin sa mort au milieu de ses sœurs, dans la petite Chapelle des Larmes qu'elle a fondée, forment des pages émouvantes. Ainsi que le fait remarquer l'auteur, *Aurore* s'accompagne d'une musique de scène comportant notamment un prélude mystique et une apothéose dus au talent de Mlle Louise-Violette Bignon. Cette partie musicale ne pouvait qu'augmenter l'intérêt de l'œure de M. J. Toutain qui pourtant se suffit à elle-même. »

L'œuvre de J. Toutain, on le voit, contient plus que des promesses et sans doute peut-on espérer dire de lui : « tel père, tel fils », et cependant rien de plus différent que les sujets choisis par eux et leur conception de l'art dramatique. Jean Revel d'ailleurs — sauf dans *Le Prince Andronic* — s'est contenté de reprendre ses romans et ses contes pour en tirer plusieurs pièces : *La Loi de la Femme*, *L'Américaine*, *La Roumoisane*. Cette dernière œuvre fut représentée dans de médiocres conditions au Théâtre-des-Arts, au moment du Centenaire de Flaubert. Le Théâtre d'Art Normand en fera peut-être une reprise. Les personnages de la pièce sont bien connus des lecteurs des *Contes Normands*, le recueil le plus connu sans doute de J. Revel. L'intrigue amoureuse d'Armeline, la belle Roumoisane, séduite par Manduit l'enjôleur, épousée par Placide Haroux, l'homme du Marais Vernier, s'est déroulée dans cette région, dont J. Revel est le poète, le romancier et l'historien. Cette tragédie paysanne se dénoue par un double meurtre et par le suicide de Placide. La figure si touchante du père Beuze, le taupier, qui meurt de son amour silencieux pour Mme Frémont, le personnage curieux du père Filhu, éleveur d'abeilles, philosophe, qui épousera Mme Frémont, forment contraste avec ces personnages tragiques. Peut-être l'action semble-t-elle complexe parce que l'auteur a voulu grouper les types les plus marquants des *Contes*. Mais une telle œuvre, qui évoque et qui peint avec poésie, avec force nos mœurs paysannes, dégage une prenante saveur de terroir pour le public et les lettrés normands.

En préparant son *Histoire des Normands*, monument à la gloire de sa province natale, qui restera un de ses meilleurs titres littéraires, J. Revel rencontra cette figure saisissante d'aventurier qu'est le prince Andronic, meurtrier d'Alexis Comnène, empereur d'un jour, que la fureur du peuple renverse au profit d'Isaac l'Ange, type d'intrigant cynique, de débauché, s'agitant dans le monde corrompu de la Constantinople du XIIe siècle. Evocation tentante pour l'historien philosophe qui en fit le héros d'une tragédie mouvementée et violente dont les scènes dramatiques ont du relief et de la vigueur. En même temps qu'il nous montrait le drame, J. Revel a voulu qu'il nous fût expliqué par des témoins : Robert de Clari, aussi sagace qu'un G. Villehardouin dégage à chaque moment de l'action pour le public, les causes qui la précipitent ; comme tous les « raisonneurs » du théâtre français, il dévoile les secrets de la politique, éclaire les mobiles secrets. Ainsi guidé, le spectateur suit avec un double intérêt ce drame historique dont rien ne lui échappe, drame construit avec vigueur dramatique et lucidité philosophique par l'historien poète.

Le talent puissant de Jean Revel s'affirme ainsi dans des genres et sur des sujets très différents, talent de conteur, de romancier, d'historien, de philosophe et de poète dramatique.

Nous revenons au théâtre en vers avec les œuvres gracieuses de Mme André Engammare (Marthe Frontard). *Viviane*, conte en deux actes, représentée pour la première fois à la Grotte du Diable dans la forêt de Rouvray le 21 juillet 1918, a obtenu le 1er prix au Concours des Amis du Théâtre à Nice en 1921. Nouvelle Psyché, cédant aux sollicitations dangereuses du nain Kacko, la fée Viviane veut surprendre les secrets de l'enchanteur Merlin : « Je veux savoir le vrai. Si cela fait souffrir, eh! bien, je souffrirai ». Un beau jour, le grand secret s'envole au vent. Viviane répète le mot magique qui permit à Merlin de transformer en arbre un chevalier méprisable et filou. Impuissante, désespérée, entourant de ses bras l'arbre qui tout à l'heure était Merlin, elle exhale sa douleur : « Je voudrais être un peu de lierre et l'enlacer, souffrir avec ton cœur que je viens de blesser ». Cette légende d'une fille d'Eve, victime de l'éternelle curiosité, plut par son symbolisme et sa grâce.

Les lutins déroulent aussi leur ronde fantaisiste dans *Le Mariage de Karen*, conte en vers, en trois actes, publié dans *Par chez nous*. Nous y voyons comment Karen, fille d'un gentilhomme ruiné, demandée en mariage par le puissant duc d'Alsen, à qui son père la vendrait volontiers et que sa cousine Borghild voudrait séduire, découvre les trésors de cœur du duc qui voulut d'abord l'éblouir, lorsque pour se faire accepter il a revêtu les vêtements d'un pauvre pêcheur.

Le Roi du Hêtre d'Or, nous dit l'histoire d'un pauvre petit enfant au cœur bon et pur Périnis, dont les méchants frères sont punis, alors que lui, pour avoir eu pitié du roi du hêtre d'or déguisé en vieillard misérable et lui avoir donné jusqu'à la dernière goutte l'eau bénite du précieux flacon, verra jaillir une source d'argent qui l'enrichira plus qu'un hêtre d'or massif.

Mme Engammare ne conte pas seulement pour conter. Ces imaginations gracieuses, ces évocations de fées, de lutins enveloppent une leçon consolante, présentée en vers aimables et faciles.

Pour bien juger l'œuvre dramatique d'Edward Montier, il ne faut pas oublier qu'il la considère avant tout comme un moyen d'éducation religieuse, Le *Père Claudel*, dont nous avons parlé, doit rester en marge de cette production destinée à la petite scène des Philippins et qui comprend pour la période qui nous occupe le *Scrupule de Corneille*, *L'Enfant prodigue*, *David et Jonathas*, *Saint-Augustin*, et pour le Centenaire (célébré aux Philippins par des discours de M. l'abbé Prévost, de MM. Labrosse et Chirol) *Blaise Pascal*. E. Montier choisit de beaux, d'admirables sujets et les traite en s'inspirant de textes sacrés ou consacrés; tentative parfois délicate s'il semble bien imprudent par exemple de plier les méditations de Pascal aux exigences du vers de théâtre. Mais il faut s'attacher à la noblesse de l'idéal proposé par l'éducateur à des disciples, à la beauté des intentions poétiques et morales que manifeste un aussi généreux effort. E. Montier s'efforce toujours, selon le titre d'un de ses derniers livres, d'être « un pêcheur d'hommes », qui travaille à l' « éducation de l'élite » qui jette hardiment son œuvre « en la pleine mer où se heurtent les opinions tumultueuses des hommes comme un filet dont la trame souple et serrée en doit prendre et garder toute une jeunesse, la meilleure, celle qui est désireuse d'user noblement de sa vie et qui souhaite qu'on l'y aide ». Toute son œuvre tend à ce noble but; elle comprend en plus des pièces et des volumes de vers déjà mentionnés, cette longue série d'ouvrages :*Les Amis célèbres de la Fable et de l'Histoire*, *La Route des Dardanelles*, livres d'humaniste et ceux-ci qui offrent un caractère d'apostolat : *La Halte des essaims nouveaux*, *La Vie Mystique*, *Les Méditations du Soldat*, *L'Introduction à la vie conjugale*, *L'Amour, Lettre à un jeune homme; Le Mariage, Lettre à une jeune fille; L'Amour conjugal et maternel*, *L'Amour conjugal et paternel*, *Lettre sur l'Amour : à celle qui ne se mariera pas; L'Education sociale et sentimentale des jeunes gens*, *Midinette de France*, *Ame de France*, *les Consolations*, *Pêcheur d'homme*.

C'est à Rouen également que fut représentée la *Mort de Bucaille*, reconstitution d'un épisode local de la Révolution qui s'est déroulé à Thionville (Seine-Inférieure), les 22-23 avril 1793, drame historique en cinq tableaux, habilement fait par l'abbé Graverend, d'après des documents certains.

Yvetot applaudit en 1919 le *Bouffon du Roy d'Yvetot*, d'Amédée Bocheux, le fils prématurément disparu du très sympathique et très lettré Maire d'Yvetot.

Dans l'Eure, nous ne connaissons que les *Saynettes de guerre* de l'abbé Henri Thuillier, écrites sans doute pour son patronage.

A Caen, Maurice-Charles Renard a fait jouer plusieurs actes.

A Lisieux, Jean Bertot, le spirituel et érudit rédacteur en chef du *Lexovien*, a publié sous le titre de *Comédies de Salon*, un recueil de petites pièces aimables, pleines d'esprit et de talent et, de plus, faciles à jouer, que l'on ne saurait trop recommander aux Sociétés d'amateurs.

Dans un genre bien différent, Caen a vu naître un petit chef-d'œuvre : *Cyronac de Bergerot*, parodie héroïque en cinq actes d'A. Hallu et Manetche, du 36e régiment d'infanterie, qui fut représenté avec un très vif et légitime succès à Rouen, à Lyon, etc... Avec une verve et une fantaisie délicieuse, les auteurs ont transposé dans le cadre offert par la grande guerre, les types de Rostand et l'intrigue dramatique. Certaines tirades — celle de la Bosse en particulier — sont éblouissantes, les boutades et les mots sont du meilleur humour « poilu ». Dans la littérature de guerre, souvent médiocre, cette œuvre-là mérite vraiment une place d'honneur, comme une des réussites les plus heureuses de l'esprit français

Dans la Manche, nous rencontrons deux auteurs dramatiques : Eugène Crespel, instituteur, mérite d'être loué pour son ardeur à produire romans, vers, œuvres théâtrales. Il a d'ailleurs été récompensé par le succès soit à Cherbourg, soit au Pré-Catelan. *Les Annales* ont offert son *Bain de Jacquinette*, adaptation du *Cuvier* aux jeunes filles et aux jeunes gens qui veulent jouer la comédie.

Après une longue attente, *Fanchette* fut jouée et applaudie au Pré-Catelan en août 1920. Voici la donnée de cette pièce à la fois poétique et mouvementée : « Fanchette, jeune fermière, a un amoureux, Jean. Ils se sont promis en cachette, mais le père de Fanchette, un vieil avare nommé Kermazin, veut que sa fille épouse Maître Arvan, un veuf sexagénaire qui possède presque toute la contrée. Dans la nuit qui vit les accordailles secrètes de Jean et de Fanchette et la scène de celle-ci avec son père, un chemineau, chassé de la ferme, y met le feu. Jean, auquel la porte est interdite, sauve la grand'mère Kermazin, mais la ruine du fermier est complète. Après une scène très pittoresque entre Maître Arvan et Kermazin, ce dernier qui a feint d'être pris entre la reconnaissance qu'il doit à Jean et la parole qu'il donna à Maître Arvan accorde définitivement sa fille à ce dernier. Après une dernière scène pathétique entre Jean, qui ne veut pas que Fanchette connaisse la misère en sa compagnie, et la malheureuse Fanchette, celle-ci, de désespoir, se jette dans un puits profond.

A côté de cette œuvre personnelle, E. Crespel s'est complu à adapter ou à rajeunir de vieux thèmes. *Le Soviet d'Amour*, pièce comique ultra-moderniste en trois actes, en prose, est une variation très libre sur la donnée de *Lysistrata*. Trois joyeuses petites pièces comprenant : *La vraye farce du Mary dont la Femme était muette*, affabulation de l'invention de l'auteur sur un simple titre de farce jouée par Rabelais vers 1530; *Maître chez soi ou La Farce du Cochon* : « émaillée de bons mots, piquante satire de l'article du Code lu par tous les Maires aux futurs époux : La femme doit obéissance à son mari » et *Le Bain de Jacquinette*, d'après la farce de *Cuvier*, représentée le 11 septembre 1921 sur la scène du Pré-Catelan.

E. Crespel, dont la curiosité se montre éclectique, a donné une adaptation nouvelle d'*Antigone*, « ne prenant d'autre liberté que celle d'interpréter, d'étendre ou de resserrer quelques passages; s'appliquant plutôt à rendre sens pour sens que mot pour mot, et tentant de se rapprocher autant que possible de l'élévation soutenue de l'alexandrin tragique de notre grand XVIIe siècle », écrit-il, dans son avant-propos.

A. Le Brun, de Cherbourg, a été présenté par mon prédécesseur au public des

Assises. Il annonce un roman : *La Tournée Fairjolles*, il a consacré à Barbey d'Aurevilly conférences et articles, il a édité pendant les hostilités et vendu au bénéfice des Orphelins de la guerre la *Couronne d'immortelles*. L'auteur du *Bon Juge* (1908), a écrit pour la scène *Collaboration* (un acte en prose, 1921), et *La Richardière* (quatre actes en prose, 1922). Ecrits « en souvenir de dix ans de vie rurale, ces quatre actes où dominant les personnages qui parlent, plane — invisible et muet protagoniste toujours présent — l'âme terrienne de la Richardière », mettent habilement en présence de vieux ruraux comme le Marquis de Meuvaines et des nouveaux riches comme les Bourdier et marient, après un enlèvement et quelques péripéties, le filleul du Marquis et Claire Bourdier. Des silhouettes amusantes de ruraux se profilent sur ce décor provincial.

A Angers, l'Inspecteur d'Académie, M. Sarthou, reprend avec goût le joli thème d'*Ancassin et Nicolette*.

L'Ecole de la Loire conserve en Hubert-Fillay un animateur dont le *Foulques-Nerra, comte d'Anjou*, drame en trois actes et cinq tableaux, connaîtra sans doute le même succès — quoique de nature bien différente — que son *Pantagruel*.

Les bons ouvriers de terroir ne manquent donc pas et plusieurs savent trouver dans l'histoire de leur province ou dans l'observation des mœurs locales des thèmes dramatiques ou des sujets de pièces. Souhaitons-leur la récompense de leur labeur ingrat, c'est-à-dire de bonnes interprétations de leurs œuvres, souvent compromises par de médiocres amateurs ou professionnels.

P.-S. — Un jeune auteur dramatique normand vient de commettre une assez vilaine action. Reçu fréquemment dans une famille très honorable, il l'a traînée sur la scène pour en offrir une caricature outrageante, imaginante de toutes pièces des dissentiments pénibles et — chose plus grave — une histoire malodorante d'affections équivoques. La scène publiée dans *Comœdia* donne une médiocre idée de cette imagerie d'Epinal freudiste d'un goût plus que douteux.

La famille de l'auteur, devant de légitimes protestations contre cette indélicatesse, revendique modestement pour son enfant « les droits du génie », sans plus; elle invoque avec quelque inconscience le grand nom de Flaubert.

Nous doutons fort que cette auto-poubelle chargée de détritus freudistes conduise ledit écrivain à la gloire. Ajoutons que le Directeur du principal Théâtre de sa Ville natale a refusé de laisser représenter sa pièce.

Que n'a-t-il écouté le conseil motivé d'un directeur parisien qui jugeait son manuscrit « bon à déchirer en petits morceaux! »

IV. — Critiques. Œuvres diverses

« La critique est aisée... » Pas tant que cela, sans doute, au moins lorsqu'il s'agit de celle d'un Boileau ou — à son exemple — d'une critique sérieuse.

On nous pardonnera d'avoir insisté sur un chapitre qui nous intéresse particulièrement. Nous étant consacré à l'étude de l'histoire littéraire normande, à celle du romantisme, à l'histoire de la musique, nous avons vécu forcément en plus intime familiarité avec les ouvrages de critique qu'avec les œuvres de poésie, de théâtre ou les romans contemporains.

L'Histoire littéraire devient une science et un art de plus en plus méthodiques. Elle fortifie dans chaque province l'esprit régionaliste et les traditions littéraires. Avec les historiens, les critiques contribuent le plus à défendre l'idéal d'Arcisse de Caumont.

M. Souriau, professeur à la Faculté des Lettres de Caen, qui présentait, il y a vingt ans, un rapport modèle sur le Mouvement littéraire, poursuit avec une autorité reconnue de tous son double labeur. Le romantisme a trouvé en lui un de ses meilleurs historiens; les rééditions fréquentes de sa *Préface de Cromwell* en consacrent le succès. M. Souriau prépare une *Histoire du Romantisme* qui sera le couronnement d'un travail poursuivi depuis de longues années. Nous y trouverons sans nul doute ce qui manque à la plupart des travaux consacrés à cette époque toujours si discutée : une intuition sympathique de sa véritable originalité, de son inspiration comme de son esthétique en même temps qu'une connaissance complète des origines et du développement du romantisme. Nous attendons avec impatience cette Histoire dont l'intérêt sera capital.

Le double centenaire de G. Flaubert et de L. Bouilhet a permis aux lettrés normands qui ne peuvent profiter de l'enseignement de M. Souriau d'apprécier ses qualités éminentes de professeur. Il fut peut-être le plus goûté des orateurs qui prirent la parole au Théâtre-des-Arts; on ne pouvait en vérité parler avec plus de finesse et de compréhension de l'amitié de Flaubert et de Bouilhet et marquer avec plus de précision les services mutuels qu'ils se sont rendus. Le lendemain, à Cany, il présentait une étude d'ensemble sur L. Bouilhet, comme à Coutances en 1922 sur Rémy de Gourmont. M. Souriau ne laisse passer aucune occasion de célébrer nos gloires normandes ou de provoquer des travaux sur leur œuvre. On ne saurait trop regretter les retards de la publication de son *Paul et Virginie* qui compléterait son *Bernardin de Saint-Pierre*, si riche de vues et de documents nouveaux.

M. Souriau a dépouillé de nombreux documents inédits pour en extraire l'histoire du *Mysticisme en Normandie au XVIIe siècle*. « On se propose dans ce petit livre d'assez hautes ambitions — écrit-il dans la préface — de même que Sainte Beuve dans un ouvrage intéressant surtout pour la psychologie religieuse, raconte la bataille du Jansénisme à Paris, la grande tragédie avec acteurs célèbres, je voudrais raconter un épisode de la campagne, en province, à Caen. Tout donc, sauf les cœurs et la doctrine, tout va se rapetisser...

« Pendant les quelques années que j'ai étudié la Compagnie du Saint-Sacrement de l'autel à Caen, ou, pour lui donner son nom autrefois populaire, l'Ermitage, il m'a semblé vivre dans un Port-Royal purement catholique : foi aussi ardente, moins de théologie, plus de pratique journalière; des héroïsmes de dévouement qui dépassent toute imagination; une certaine violence de caractère, atténuée par l'esprit d'obéissance...

« Ce sont des hommes que j'ai tâché de découvrir et que je m'efforcerai de peindre. J'ai essayé de me refaire leur contemporain ». M. Souriau fait revivre M. de Renty Jean de Bernières, les confrères de l'Ermitage; il nous initie à l'enseignement du directeur de conscience de « l'une des plus grandes écoles qui fussent alors, celle de M. de Bernières ». Comme on juge l'arbre d'après son fruit, on peut juger M. de Bernières, comme aussi la Compagnie du Saint-Sacrement, d'après des hommes tels que Mgr de Laval — évêque missionnaire du Canada — qui sont la plus éminente et la plus fidèle expression de cet enseignement. L'ouvrage de M. Souriau est fort attachant au point de vue historique et psychologique.

Nous nous excusons de mentionner fort brièvement l'œuvre considérable de P. Villey (1), elle ne touche pas à l'histoire littéraire normande. Historien du XVIe siècle, P. Villey, dans une série de travaux d'érudition, a suivi l'évolution du génie de Montaigne, de Marot, de Ronsard, de Rabelais et précisé la chronologie de leur œuvre. Pour la grande édition de Bordeaux, il a déterminé les sources de Montaigne, travail de pure érudition. On lui doit aussi un texte sûr et à bon marché des *Essais*, des ouvrages classiques sur les principaux auteurs du XVIe siècle. D'autre part, il s'est attaché avec un zèle admirable, au cours d'une guerre qui en avait multiplié le nombre,

(1) Il faut lire dans les *Nouvelles Littéraires* du 18 avril 1924 *Une heure avec P. Villey*, par F. Lefèvre.

à l'amélioration du sort des aveugles, tant au point de vue pédagogique qu'au point de vue professionnel et intellectuel. P. Villey donne aussi une leçon qui commande l'admiration; sa cécité ne l'a pas arrêté dans les plus difficiles et les plus délicats travaux d'érudition. Et pour ceux qui en furent frappés, il a voulu être un guide et un exemple.

Henri Dupré, professeur d'anglais au Lycée Montaigne, a remporté un prix Montyon (1923) pour son ouvrage *Un Italien d'Angleterre, le poète-peintre Dante-Gabriel Rossetti* (Dent. 1923). J. Gaument et C. Cé en ont donné une excellente analyse dans *La Dépêche de Rouen*, où ils rendent compte des livres nouveaux, le 14 décembre 1923 : « Voilà un livre exquis où des fragments caractéristiques du poète, traduits avec art, de belles images du peintre, alternent avec un texte limpide, affectueux, fervent; l'Académie s'est honorée en le couronnant, car il est de la main d'un érudit et d'un styliste tout ensemble. Sa documentation sérieuse, mais discrète, n'étouffe point, comme c'est trop souvent le cas, sous un pavé de roses. Le parfum demeure là, gardé pieusement, dans un flacon de transparent cristal ». H. Dupré, excellent musicien, a publié un catalogue des œuvres d'orgue de J.-S. Bach. Il prépare une étude sur le grand musicien anglais Purcell. On lui doit aussi une excellente brochure de propagande de guerre, en anglais : *Leurs Crimes*.

En laissant si souvent la parole à G. Dubosc, dans ce rapport, nous avons voulu atténuer le regret qu'éprouveront les lecteurs de ne pas avoir eu un rapport sur le Mouvement littéraire et artistique rédigé par l'érudit le mieux préparé, le plus qualifié pour cette vaste tâche. Lorsque, sur notre proposition, la Société libre d'Emulation décerna, pour la seconde fois, un prix Bouctot à G. Dubosc, H. Labrosse souligna dans les termes les plus heureux le caractère du « témoignage public de sympathie, d'admiration, de reconnaissance que notre Société avait voulu lui rendre ».

« Tous les Rouennais connaissent et apprécient le plus sympathique, le plus obligeant le plus érudit et cependant le plus dépourvu d'ambition personnelle de leurs concitoyens. Tous le connaissent si bien que personne, ou presque, n'a parlé de lui, n'a souligné l'importance de son œuvre, détaillé cette activité intellectuelle, qui sait allier la curiosité patiente, ingénieuse de l'érudit au goût de l'artiste, au sens des proportions et des valeurs. Depuis plus de trente ans, G. Dubosc a présenté à leurs compatriotes la plupart de nos écrivains et de nos artistes. Etre signalé par G. Dubosc est devenu un titre de gloire, une consécration enviée. Et ce héraut de tant de réputations n'en a pas trouvé pour lui-même, si j'en excepte une préface de J. Adeline, un bref article de Pierre Esnard. L'énorme dictionnaire biographique de la Seine-Inférieure l'a tout simplement... oublié... »

Et cependant, en plus de vingt volumes, G. Dubosc ne compte-t-il une armée innombrable d'articles dans le *Journal de Rouen* depuis 1887, et ailleurs. « Venez à la Bibliothèque municipale, demandez la *Bibliographie* de G. Dubosc. Vous serez stupéfaits de constater que les lourds in-folio du *Journal de Rouen* n'abritent pas moins de cinq mille chroniques dont le répertoire alphabétique comprend plus de trois cents pages ».

A ces chroniques, dont le chiffre grossit rapidement, s'ajoutent maintenant celles du *Petit Parisien*, qui a fait choix du Normand le plus qualifié pour « populariser notre histoire et notre littérature », comme on l'a très justement dit.

L'éditeur Defontaine, dont on ne saurait trop apprécier le dévouement rare aux lettres normandes, nous a donné fort heureusement ces dernières années une anthologie de G. Dubosc. Le beau volume intitulé : *Trois Normands* (Pierre Corneille, Gustave Flaubert, Guy de Maupassant), n'offre pas seulement la synthèse de longues recherches qui permirent à G. Dubosc d'élucider le premier tant de points obscurs (par exemple la question des origines de Mme Bovary), il est l'hommage d'un lettré de race à nos plus glorieux auteurs normands.

Trois volumes intitulés *Par ci, par là*, études normandes de mœurs et d'histoire sont maintenant parus. En analysant le second, René Rouault de la Vigne marquait excellemment l'opportunité de cette publication (*Journal de Rouen*, 11 août 1922). « Permettre aux lecteurs anciens du *Journal de Rouen* de conserver et de relire ces chroniques, révéler celles des années passées aux lecteurs qui — nouveaux venus — ne connaissent encore que celles d'aujourd'hui, enfin rassembler en une série d'élégants volumes les chapitres les plus captivants de cette œuvre magistrale pour lui faire donner une place de choix dans les bibliothèques les plus éclectiques, cette noble tâche devait tenter l'éditeur averti qu'est H. Defontaine ». (Voir aussi *Journal de Rouen*, 5 février 1922.)

La Querelle de Sagon et de Marot, publiée par la Société Rouennaise de Bibliophiles est une contribution très savante à l'histoire littéraire normande.

G. Dubosc mériterait beaucoup mieux que ces brèves citations. Avec le sentiment de gratitude personnelle que ressentent tous ceux qui ont bénéficié de son inlassable complaisance, saluons en lui le bon maître de la critique normande qui écrit au jour le jour le plus complet et le plus autorisé des rapports sur le Mouvement littéraire et artistique en Normandie. La Société des Gens de Lettres, heureusement inspirée, vient d'attribuer le prix Jean Revel (1923), réservé aux meilleurs écrivains régionalistes, à G. Dubosc.

Edmond Spalikowki poursuit à la *Dépêche de Rouen*, au *Petit Journal*, au *Radical*, au *Rappel*, à *La Lanterne* et dans la presse de la Seine-Inférieure une œuvre analogue à celle de G. Dubosc, œuvre de régionalisme fervent, qui consiste à défendre nos monuments, nos traditions, nos sites, à faire lire et aimer nos poètes et conteurs normands. Tous ces articles qui témoignent d'une érudition minutieuse, d'une sympathie intelligente, ont été réunis en plaquettes ou en brochures. *Etudes de Littérature normande contemporaine* ouvre une série de biographies qui deviendra précieuse. On y trouve des documents inédits; on y apprend, sous la conduite d'un guide éclairé, à mieux connaître nos auteurs provinciaux. Ed. Spalikowki, comme G. Dubosc, s'affirme l'excellent confrère toujours prompt à mettre en valeur les œuvres de ses compagnons de lutte contre l'indifférence du public.

Il prépare une thèse de doctorat sur Albert Glatigny dont il révèlera bien des lettres encore inédites, dont il précisera la biographie vagabonde et sur lequel il écrira le livre définitif qui nous manque encore.

Poète, conteur, romancier dans *Aux Vents de mon Pays*, *Le Jour décroît*, *La Nuit d'Avril*, il suit les bonnes traditions normandes : il peint, il fait vivre décors et gens de chez nous. Grand travailleur, cœur excellent, écrivain de talent, il a su se concilier l'estime et la sympathie de tous en Normandie.

L'Abbé Léon Letellier (voir G. D., *Journal de Rouen*, 21 mars 1920), a consacré à Louis Bouilhet « une des meilleures thèses de doctorat qui aient été présentées devant la Faculté des Lettres de Caen ». M. Philippe Leparfait, fils adoptif de L. Bouilhet, lui communiqua les « manuscrits du poète, pleins de poésies de jeunesse inconnues et de notes autobiographiques », et Mme Franklin-Grout la correspondance dresseé par L. Bouilhet à Flaubert. « Les matériaux ainsi réunis — écrit-il dans son introduction — m'ont permis d'établir avec précision la biographie intellectuelle de l'écrivain, l'évolution de sa pensée et comment, après avoir été un romantique, imitateur de Lamartine, de Musset et de V. Hugo, il renonça sous l'influence de Flaubert à la poésie sans originalité de ses débuts, pour arriver dans *Melœnis* et *Les Fossiles* à un art nettement parnassien par le fond et la forme, brûlant ce qu'il avait adoré jeune et dissimulant mal, d'ailleurs, sa sensibilité sous un masque d'artiste impassible ».

L. Letellier montre cette lente transformation par de nombreuses poésies jusque-là inédites; il l'éclaire par des rapprochements ingénieux et pénétrants. Il a le grand mérite de ne s'en tenir ni aux admirations de Flaubert, inspirées sans doute par le culte de l'amitié, ni aux dénigrements systématiques de nombreux critiques qui peut-être négligèrent de lire Bouilhet. Il restitue à L. Bouilhet la place qui lui revient, ni trop haut, ni trop bas, dans l'histoire de la poésie française et il conclut excellemment : « Bouilhet est un écrivain très distingué, un artiste qui aime, comprend le beau et en recherche patiemment l'expression. Ces qualités qui, précisément, rendirent l'écrivain peu fécond et peu populaire, doivent lui concilier aujourd'hui l'estime respectueuse, quelquefois l'admiration des lecteurs. Sa vie même fut un exemple rare d'opiniâtre labeur, vouée tout entière au culte de l'art, malgré les obstacles de la pauvreté, les insuccès, le mauvais goût général, malgré aussi les défaillances passagères de son talent, confessées par sa haute probité littéraire. Et cette vie eut bien sa noblesse : celle de l'esprit au service du beau. Mieux eût valu sans doute celle de l'âme au service du bien, mais L. Bouilhet ne s'inquiète guère de cette dernière. Il reste vrai qu'il fut, sa vie durant, le dévoué chevalier d'une belle cause : la Poésie ».

Cette thèse excellente restera sans doute le livre définitif sur un poète trop méconnu, dont le très beau drame, *Madame de Montarcy*, aurait dû rester au répertoire de l'Odéon.

Le fils du bon poète havrais Robert de La Villehervé, Bertran de La Villehervé, est mort prématurément à l'âge de dix-neuf ans, laissant un mémoire de diplôme d'études supérieures : *François-Thomas de Baculard d'Arnaud. Son Théâtre et ses Théories dramatiques* que son père, lui survivant de quelques mois, puis sa mère ont achevé. On ne lira pas sans émotion la touchante préface de Mme Loly de La Villehervé, et l'on déplorera avec elle la disparition d'un jeune homme, aussi heureusement doué.

« Il faut avoir le feu sacré du régionaliste — écrit l'auteur — pour s'occuper de ces figures un peu surannées qui ne prennent vraiment d'intérêt que dans le cadre de leur petite patrie ». Sans doute, mais c'est d'avoir ce feu sacré qu'Arcisse de Caumont eût loué Paul Yvon, le très érudit auteur de *Traits d'Union Normands avec l'Angleterre avant, pendant et après la Révolution*. (Voir G. D., *Journal de Rouen*, 8 février 1920.) « Cette étude — dit-il modestement — n'a d'autre prétention que de donner une idée, précise autant qu'il se peut, des rapports qui ont eu lieu entre divers personnages Normands et l'Angleterre, ceci avant, pendant et après la période de la Révolution. Travail d'un Normand, nous voudrions que ce fut aussi le travail d'un Anglicisant ». Dans une suite de chapitres fort substantiels, P. Yvon étudie tous ceux qui service de trait d'union à cette époque : les Académiciens Caennais au XVIIe siècle, les Traducteurs Rouennais et Normands au XVIIIe siècle, Elie de Beaumont et Mme du Bocage. Les Emigrés Normands en Angleterre : Moysant, De La Rue, Gerville « qui représentent mieux que n'importe quels autres les rapports entre la Normandie et l'Angleterre et que notre désir a été de replacer dans ce milieu de Londres et de l'Angleterre de la fin du XVIIIe siècle, milieu si curieux, si plein d'imprévu et de souvenirs... »; la Society of Antiquaries of London et les érudits Normands; Caen, Rouen et les Anglais au début du XIXe siècle.

Les relations créées ou maintenues par les Traits d'Union Normands sont — on le voit — de nature variée et diverse. P. Yvon insiste sur le rôle des traducteurs.

Deux figures de premier plan se détachent du groupe : Voltaire (qui joue un rôle important pour tout ce qui concerne le groupe de Rouen) avant la Révolution, l'abbé De La Rue pendant et après.

P. Yvon conclut en ces termes son travail si documenté : « Si les faisceaux de faits que nous avons apportés ici peuvent permettre une impression finale, c'est bien que les De La Rue, les Moysant, les Le Prévost, les Gerville, les Langlois et les Caumont ont renouvelé et agrandi le courant de curiosité qui, depuis deux siècles, avait porté leurs compatriotes, entre tous les autres Français, à s'enquérir des choses d'Angleterre. Ce courant, ils le vivifiaient maintenant au début de la Restauration par beaucoup de sympathie et d'intérêt réciproques et mieux encore par la poésie des âges disparus et des communs souvenirs ».

André Beaunier(1) a hésité entre la critique et le roman : ses livres tentent souvent d'unir les deux genres sous une seule couverture. Il a témoigné aux jeux de la *Poésie nouvelle* (1902), une sympathie qui s'est un peu émoussée dans *Les Idées et les Hommes;* il avait entre temps découvert cette « nécessité de n'avoir en fin de compte fortifié sa raison que pour la soumettre », sous laquelle il a basé la peu convaincante fiction de *L'Homme qui a perdu son moi.* La transition est facile entre ses alertes biographies des amies de Châteaubriand de Mme de la Fayette, de Sidonia de Lenoncourt et le plus ingénieux de ses romans, *Suzanne et le plaisir,* qui n'est pas une grande fresque d'après-guerre, mais le délicat portrait d'une jeune femme menée du plaisir à l'amour et à « une triste gaieté romanesque et déçue ». (René Lalou : *Histoire de la Littérature Contemporaine.*)

En présentant aux lecteurs de la *Libre Parole* : *Le Roman d'une amitié,* Joseph Joubert et Pauline de Beaumont, le 18 mars 1924, Jean Morienval écrivait : « Il y a les livres qui passent et ceux qui, dès maintenant, entrent pour toujours dans notre Société. Parmi ces derniers, comment ne placerait-on pas les études publiées par M. André Beaunier sur Joubert et autour de Joubert? Il a renouvelé le sujet. De Joubert qui nous apparaissait un peu falot derrière une œuvre d'ailleurs si délicate et fine, il a retracé tous les traits. Il l'a fait revivre et nous avons dès à présent la sensation de connaître cet homme si rare et si ferme! M. Beaunier nous a donné aussi un *Fontanes* assez inattendu, un *Restif de la Bretonne* que nous savions mieux, sans deviner pourtant tout son pittoresque. Cette fin du XVIIIe siècle, telle que l'a retracée M. André Beaunier, nous devient familière, et riche en agréments et en leçons ».

« Femme de M. Alfred Mortier, de qui l'art si noble a ému tous les lettrés, Aurélie de Faucamberge descend de Normands marins aussi résistants que têtus. Ils ne la renieraient pas (écrit Henri Clouard dans *Les Célébrités d'Aujourd'hui;* Mme Aurel, indispensable à consulter avec *Aurel et le Procès des Mondains,* de Lucie Delarue-Mardrus). Si du sang corse lui vient de ses parents maternels, il a coulé aussi dans les veines de dix officiers français en deux générations.

On voit bien qu'elle est d'une lignée de chevalerie; elle appelle toutefois de ses vœux la coutume d'un respect où l'intelligence aurait plus de part; elle prétend envahir la conscience, et devant Nietzche qui la tourmente, sa sensibilité se cabre soudain toute chrétienne. « Jésus a reconnu en la femme sa sœur ». Et c'est au chrétien, dit-elle, que nous devons le type de la sensibilité accomplie, « celle qui nourrit l'être de bonheur sans le secours du fait ». Qui donc, et pourquoi, a parlé de platonisme ? Oh! non. Cette femme qui exhorte l'homme à inventer des égards nouveaux en amour, elle est chrétienne, française, cornélienne. Saluez une Normande héroïque! »

L. Delarue-Mardrus termine sa jolie conférence en baptisant Aurel « une grande bonne femme ».

E. Faguet écrivait dès 1905 : « Aurel est un bien fin moraliste. Elle a de l'esprit autant que de la perspicacité et plus encore. Elle en a de tous les genres. Elle a des mots dignes des grands directeurs de conscience... Son œuvre est soulevée d'un haut, fier et délicieux idéalisme ».

« Nous nous trouvons devant une œuvre, *Le Couple,* qui donnera une date plus tard dans l'histoire du progrès féminin. Je suis presque certain qu'on lira encore ce livre d'Aurel dans un siècle prochain », affirme Rachilde.

(1) Voir dans l'*Opinion* du 18 avril 1924, A. Thérive : *Les Romans de M. A. Beaunier.*

Fernand Divoire salue en elle l'Incitatrice qui nous donne pour juger les âmes et les gestes cette pierre de touche « Ça ne fait pas statue ». De toute son âme, Aurel « fait statue ».

Dans son salon littéraire, Mme Aurel fait, chaque jeudi, édifier de gracieuses stèles à tous les poètes français, surtout aux jeunes. Les sculpteurs qu'elle charge de cette noble tâche sont eux-mêmes conférenciers et poètes de talent.

René Dumesnil s'est montré un des plus minutieux historiens de G. Flaubert. A sa thèse de médecine sont venus s'ajouter les deux volumes *Autour de Flaubert*, écrits en collaboration avec R. Descharmes, recueil d'études documentaires précises et précieuses complété par une bibliographie très riche, manuel indispensable aux Flaubertistes et qui a nécessité de longues et ingrates recherches. R. Dumesnil eut la bonne fortune d'être un des derniers amis d'Huysmans. Pendant la guerre, il résida longtemps, avec son ambulance, à la Trappe d'Igny, dont les Boches ont fait une ruine poignante en 1918. Cela nous a valu, sous ce titre : *La Trappe d'Igny, retraite de J.-K. Huysmans*, un volume superbe comme texte et comme illustrations (bois gravés de P.-A. Bouroux). Avec *En Route* en main, R. Dumesnil nous décrit la Trappe telle qu'elle apparut en 1892 à Huysmans désespéré, et il évoque le drame tout intérieur de sa conversion, plus émouvante que bien des romans mouvementés. Il trace aussi quelques portraits amusants de moines du temps d'Huysmans. Il faut remercier ces deux artistes d'avoir fixé pour la postérité ce décor pathétique où se déroula un drame touchant de l'âme humaine. (Voir G. D., *Journal de Rouen*, 4 février 1923.)

Dans son roman intitulé *L'Absence* (paru dans le *Journal de Rouen*), R. Dumesnil nous fait assister au drame intérieur qui lentement sépare deux époux au lendemain de la guerre. La femme, d'abord désemparée en l'absence de son mari, se donne peu à peu tout entière aux œuvres de guerre et d'après-guerre. En vain, son mari s'efforcera-t-il de la reprendre. Sa jalousie ne fera qu'achever l'œuvre de l'absence et les obliger à séparer leurs destinées si intimement unies avant la guerre.

Robert Duquesne, dont l'activité produit de si heureux effets en sa petite ville de Pont-Audemer, se présente aussi avec des œuvres d'imagination et de critique. Au folklore régional, il a emprunté la donnée poétique de sa légende *La Fileuse* (voir G. D., *Journal de Rouen*, 25 janvier 1920). A la veille du cinquantenaire du poète de Lillebonne, il a eu l'idée heureuse de raconter, grâce aux lettres inédites d'A. Glatigny, lui-même, conservées à la Bibliothèque Canel de Pont-Audemer, qu'il dirige depuis peu, les débuts littéraires de l'écrivain normand (*La Jeunesse d'Albert Glatigny*). « Il y avait d'autant plus d'intérêt à élucider ces points obscurs de la biographie d'A. Glatigny, que le charmant érudit Alfred Canel fut, en réalité, le premier patron littéraire, l'initiateur et le guide du poète. En relisant les lettres que son jeune disciple lui adressait, on peut aussi infirmer de nombreuses légendes et rectifier bien des inexactitudes rapportées sur la jeunesse du comédien-poète ». (Voir G. D., *Journal de Rouen*, 30 septembre 1922).

« Allumer ou aviver en des cœurs la religion de Corneille », tel est le noble but que se proposait le poète Auguste Dorchain en célébrant le génie de l'auteur de cet Horace « qui sonne la gloire ». Et c'était bien en vérité « ne pas être tout à fait inutile à la Patrie » en ces années de guerre où chacun s'efforçait de servir ». L'Académie Française a d'ailleurs couronné cette belle série de conférences, à la fois très érudites et très vivantes.

S'il est malheureusement vrai que, même en Normandie, on ne lit guère que ses chefs-d'œuvre, les lecteurs de *P. Corneille* pourront au moins apprendre dans les premiers chapitres « comment le jeune génie du poète, un long temps, s'est cherché à travers ces tirades, les brillants dialogues, et presque l'invraisemblance des premières créations ».

« Mais *Pierre Corneille* est aussi une étude d'une autre sorte d'importance, écrit

Wilfrid Lucas dans son étude sur l'œuvre d'A. Dorchain, publiée dans la *Revue Normande* de novembre-décembre 1920, et il résume bien l'impression que laisse ce beau livre. Sous le poète, l'auteur nous a découvert l'homme. Par sa vie intime, par son mariage avec Marie de Lempérière, par sa collaboration étroite avec son frère, il nous a montré dans quelle atmosphère familiale, dans quelle sérénité ont été composés les grands chefs-d'œuvre. Entre cette touchante figure de Catherine Hue, femme de Thomas du Pont, conseiller-maître à la Cour des Comptes de Normandie, qui semble demeurer, pour l'Histoire, l'inspiratrice et l'amour du jeune Corneille de 1629, et cette gracieuse apparition de l'actrice Marquise Thérèse du Parc dans la vie du grand Tragique à partir de 1658, tout un Corneille jusqu'alors ignoré se découvre, s'explique, se précise. Et le lecteur s'éveille charmé du commentaire, car, pour la première fois, sans doute, c'est l'homme, dans Corneille, qui l'intéresse infiniment ». Un beau livre de poète qui sera très lu en Normandie vient enrichir la bibliographie cornélienne grâce à A. Dorchain.

G. Dubosc, dans les numéros du 21 et du 27 mai 1922 du *Journal de Rouen*, a signalé tout l'intérêt de l'étude historique intitulée : *Une Fille inconnue de Pierre Corneille*, qui « renouvelle complètement tout ce qu'on sait de la descendance du grand poète Pierre Corneille. Grâce à des documents jusqu'alors inédits, provenant des archives des Bénédictines du Saint-Sacremnt, M. l'abbé Reneault, actuellement aumônier de cette communauté et qui a publié divers travaux estimés sur l'*Hôtel de Fécamp à Rouen* et sur *Les Urselines*, démontre l'existence d'une troisième fille de Corneille, Marie-Madeleine, jusqu'alors inconnue, née à Rouen vers 1655 et morte en 1738 à Rouen également à l'âge de quatre-vingt-trois ans. Grâce à différentes pièces de ces archives des Bénédictines, que personne n'avait explorées avant lui, M. l'abbé Reneault a pu retracer la vie toute de dévouement et d'abnégation envers sa famille (jusqu'en 1694, elle sera la garde-malade de sa mère, de son vieil oncle Thomas Corneille, elle veillera sur l'éducation de son neveu Pierre-Alexis), et remplie de ferveur religieuse, menée par la dernière fille de P. Corneille. C'est une figure très noble et très curieuse ».

Le *Par ci, par là*, du 16 mars 1924, est consacré au dernier travail historique de l'abbé Reneault : *Le Monastère des Bénédictines du Saint-Sacrement*, fondé à Rouen en 1663 (Fécamp, Durand, édit., 1924).

Les ouvrages de Frédéric Lachèvre sont édités à Paris, chez Edouard Champion, à des prix élevés, à cause des tirages fort restreints et sur papier de luxe. Les bibliothèques de province ne les possèdent pas. Ch.-Th. Féret en a résumé le caractère dans sa Chronique des Livres de *Par chez Nous* (n° 6). Nous ne pouvons mieux faire que le citer.

« Notre compatriote Frédéric Lachèvre mérite bien d'être enfin connu en Normandie. Il n'est point de lettré intéressé à l'histoire des lettres françaises qui ne lui aie de grandes obligations. Il a éclairé les figures si curieuses des libertins du XVIIIe siècle, qu'une critique janséniste maintenait dans l'enfer des bibliothèques. Le premier, il a publié intégralement les pièces inédites des Archives Nationales relatives au procès du poète Théophile de Viau (prix Saintour de l'Académie Française en 1910). Puis ce furent les disciples et successeurs de Théophile : *La Vie et les Poésies inédites de Des Barreaux* (1599-1673) et de *Saint-Pavin* (1595-1670). Des recueils collectifs de poésies libres et satiriques, publiées entre 1600 et 1626, il a dressé la bibliographie avec des notices sur chaque auteur, avec une table générale des pièces anonymes et des attributions. Il a réédité les *Epitaphia joco-seria*, les manuscrits 884 et 24-322 de la Bibliothèque Nationale; le manuscrit Villenave : *Le petit Cabinet de Priape;* le manuscrit de Conrart 4.123 : *Sonnets gaillards et priapiques;* le manuscrit l'Estoile : *Recueil bigarré du grave et du facétieux;* des poésies inédites de Berthelot, Régnier et Sigognes; du manuscrit 534 du Musée Condé, qui lui valut une mention très honorable (prix

Brunet) en 1915 de l'*Académie des Inscriptions et Belles-Lettres* (1). Ces hautes récompenses témoignent de l'esprit qui a présidé à ces recherches et à ces publications destinées aux seuls érudits, où le vice et l'athéisme sont flagellés par le glossateur comme ils le furent par les juges.

Nous devons encore à M. Lachèvre : *La Chronique des chapons et des gélinottes du Mans*, d'après le manuscrit original de Martin de Pinchesne; *Les Œuvres libertines de Claude Le Petit*, brûlé le 1er septembre 1662; *Les Chansons libertines de Claude de Chouvigny, baron de Blot-l'Eglise;* enfin, *Les Œuvres de Geoffroy Vallée*, brûlé le 9 février 1574, qu'on peut considérer comme l'ancêtre des libertins.

Il annonce : *Les Œuvres libertines de Cyrano de Bergerac*, avec tous les passages supprimés, et d'après les manuscrits de Paris et de Munich; *Le Pédant joué; La Mort d'Agrippine; Mazarinades*, etc... (F. Lachèvre a publié une précieuse plaquette sur Cyrano de Bergerac). C'est F. Lachèvre qui élucida le problème des deux François Maynard; Maynard, le président d'Aurillac, et l'autre, François Ménard, de Nîmes, et c'est à ce dernier qu'il faut rendre la paternité de *Philandre*.

Cette liste fort incomplète suffit à montrer l'immensité de ces recherches érudites et minutieuses qui ont renouvelé la connaissance que nous pouvions avoir des libertins et des athéistes, sur la foi de publications fragmentaires, pleines d'erreurs et de fausses attributions. On sait que Malherbe, le législateur, avait lui-même donné à Maynard l'exemple des poésies érotiques. Elles jouissaient alors de la faveur populaire. De simples relevés bibliographiques permettraient d'arrêter la liste des auteurs les plus lus, donc les plus célèbres au XVIIe siècle, et M. Lachèvre nous en prévient, certaines constatations ne concorderaient guère avec nos appréciations actuelles, pour un siècle où le public se faisait lui-même son opinion, sans être, au moins, jusqu'à Boileau, influencé par personne. C'est ainsi que Théophile a triomphé de Malherbe pendant leur vie à tous deux et après leur mort, les générations de 1621 à 1700 ayant préféré à la sévère tenue de celui-ci, la grâce et le laisser aller de celui-là. Même les pièces de Malherbe n'ont été réunies (par son neveu de Porchères) que deux ans après sa mort.

L'étude de la satire française se trouve renouvelée par ces travaux comme par ceux de Fernand Fleuret qui prépare la publication des *Satiriques français du XVIe siècle* et une *Collection des Satiriques français du XVIIe siècle*, avec la collaboration de Perceau, en quarante volumes : Sigognes, Motin, Mathurin, Régnier, Claude d'Esternod, Jean Auvray, Dulorens, Louis Petit, Vauquelin de la Fresnaye, etc...

Ch.-Th. Féret, dans une savoureuse notice sur F. Fleuret, résume ainsi l'œuvre de l'ingénieur et érudit commentateur. « Fleuret a édité les *Satyres* du sieur de Signognes. Ce n'était qu'un choix qu'il a complété avec une préface nouvelle. Sigognes, gouverneur de Dieppe, et aussi d'Henri IV, en même temps que celui de Mlle de Verneuil, est un des meilleurs poètes satiriques français du commencement du XVIIe siècle. Ses œuvres étaient jusqu'ici éparses dans les recueils et les manuscrits. En cette nouvelle préface, Fleuret étudie la satire en France, à cette époque, et nous prouve l'influence des satiriques italiens sur cet auteur, quelque dix ans avant que Mathurin Régnier y ait trouvé lui-même la source de son inspiration. Fleuret démontre que, contrairement à l'opinion reçue, les écrivains qui passaient pour des disciples du neveu de Desportes, l'ont au contraire précédé. L'Ecole dite de Mathurin Régnier est une école posthume, le plus souvent sans synchronisme, ni cohésion, et dont les principaux représentants sont le Percheron du Laurens et le Normand Garaby de la Luzerne, sans parler des plus illustres : Boileau, Regnard et Molière ».

Fleuret a restitué à Sigognes *La Petite Bourgeoize*, satire anonyme imprimée à

(1) F. Lachèvre vient d'obtenir le prix Brunet en 1924 pour sa *Bibliographie de recueils collectifs de poésie du XVIe siècle.*

Rouen par Jean Petit, en 1609, et réimprimée un peu avant la guerre par Martin Löpelmann. Les raisons de cette attribution sont assez pertinentes.

F. Fleuret a publié les œuvres de Berthelot et de Motin. Il prépare une édition critique de M. Régnier. Dans son édition, conforme au texte original de 1553 du *Livret de Folastries à Janot Parisien*, par Pierre de Ronsard, Fleuret montre dans Ronsard « le père des satiriques français, nourri de la sève gauloise des pièces joyeuses du XVe siècle, des gaillardises de Marot et de Saint-Gelais ».

Regrettons avec R. Postal : *Feuilles d'Observations*, que Gaston Le Révérend ait réservé aux bibliophiles sa *Revanche du Bourgeois* (2 vol., 1921-22) ; *Divertissements littéraires* (3 vol., 1921-23), dont il n'hésite pas à écrire : « Voilà un chef-d'œuvre. Voilà surtout, peut-être, un beau modèle de probité et d'indépendance. S'il faut résumer son œuvre, nous dirons en deux mots qu'elle est tout entière écrite contre l'artifice : dans les œuvres littéraires, dans la vie littéraire, dans la vie. Besogne pressante et ingrate, qui s'accommode de la force et de la violence. A l'heure où j'écris, dit Le Révérend, il n'y a qu'un génie possible : celui du pamphlétaire qui traduirait, cruel et brutal, le mécontentement et la révolte universels. Le Révérend pourrait bien être ce pamphlétaire ». Le numéro spécial de juin 1923 de *La Charrue* est consacré précisément à notre Lexovien, présenté par Marcel Lebarbier. Il contient comme poésie, des fables, des sonnets, des rondels, des poèmes, des épîtres et comme prose des souvenirs, un portrait de l'auteur chez lui, des opinions, des divertissements, des traits et portraits, et quelques pages enlevées d'un *Auguste Bunoust* (sous presse à *Belles-Lettres*).

Paul Heuzé du Havre compte parmi les nombreux oubliés que chaque Rapport (le nôtre comme le précédent) ignore involontairement. Camarade de classe, il est resté l'un de nos meilleurs amis et nous avons esquissé son portrait dans *Par chez Nous* (février-mars 1922). Nous en citerons l'essentiel : « Critique d'art et dessinateur de talent, collectionneur passionné, baryton doué d'un excellent style et élève de Faure, poète, romancier, conférencier, Paul Heuzé a réussi dans tous les genres et il excelle à organiser une exposition, à préparer un catalogue, à illustrer un livre comme à raconter une histoire charmante ou émouvante. La *Revue du Mois* publia d'excellents articles de lui sur les styles et l'ameublement, sur *Versailles et les Poètes*. Versailles lui a inspiré un sonnet délicat : *Versailles et les Poètes*, douze sonnets autographes des poètes contemporains. Le 21 juin 1909, il guidait les membres de la Société Artistique des Amateurs au Château de Dampierre. Le *Journal des Débats* a donné plusieurs romans et nouvelles de lui : *Ambrosio Pesarini* (1907) ; *La Relique* (1911), déroulent leur action dans ce milieu de la renaissance italienne que l'auteur évoque en érudit et en artiste. Une de ses nouvelles, normande celle-là, décrit la vie des usines dans la région de Lillebonne avec une remarquable précision. *L'Opinion* publiait l'an dernier *Cyclamen* (1923). P. Heuzé n'a pas dédaigné d'écrire pour les enfants, et nous ne relisons pas sans émotion la nouvelle intitulée : *Devant une vieille poupée*. *Le Diadème de cristal* (1918), paru dans une collection de la « Bonne Presse » offre un réel agrément. P. Heuzé sait voir d'un œil d'artiste ou évoquer le désir du passé. Il imagine aisément des aventures singulières ou touchantes qu'il développe avec l'art de graduer et d'intensifier l'émotion du lecteur.

La guerre a fait de P. Heuzé l'historien connu de l'automobilisme. La *Revue des Deux-Mondes* et l'*Illustration* ont publié une partie des belles pages qu'il a consacrées à l'épopée de l'automobile. *La Voie Sacrée* (1920) et les *Camions de la Victoire* (1920), parus dans les *Cahiers de la Victoire*, sont l'évocation d'une réussite admirable de l'énergie française.

P. Heuzé reste un des témoins précieux de la grande guerre à l'histoire de laquelle il apportera certainement une remarquable contribution. (*L'Automobile dans les Batailles modernes*, 1919.)

Sa curiosité et sa souplesse d'esprit se sont affirmées depuis dans le genre classique de l'interview qu'il a renouvelé en l'appliquant à la solution de problèmes d'actualité ou qui passionnent l'opinion publique. On peut dire sans exagération que son enquête sur l'état présent des sciences psychiques : *Les Morts vivent-ils ?* (1921) a été suivie par d'innombrables lecteurs aussi passionnément que les péripéties d'un film à grand succès où les phases d'un procès célèbre. P. Heuzé a eu le grand mérite de prendre courageusement l'attitude du bon sens en face de problèmes qui affolent tant de braves gens et détraquent de nobles esprits. « Je prétends qu'il est pour presque tout le monde inutile de se livrer à des expériences quelles qu'elles soient, et que c'est le plus souvent dangereux. Voilà quelle sera ma vraie et seule conclusion », affirme-t-il au début et dans ses dernières pages. La conférence que Paul Heuzé a faite, sous ce même titre, à Paris et dans nombre de grandes villes, avec beaucoup de succès, prouve qu'il n'a pas seulement trouvé un sujet brûlant à exploiter, mais qu'il sut en des matières délicates élever la voix du bon sens. Les lecteurs de l'*Opinion* souhaitent assurément de lire chaque été une suite d'interviews aussi passionnante que les deux séries parues en 1921 et 1922 (*L'Ectoplasme*).

Maurice Barrès, appelé à recevoir un des prix les plus importants de la Société des Gens de Lettres, avait demandé que la valeur de ce prix fût intégralement employée à la frappe d'une médaille en l'honneur d'écrivains tombés face à l'ennemi séculaire. Chargé de remplir cette mission, Jean Revel rendit, en l'Hôtel de Ville de Rouen, un bel hommage au Capitaine Sazerac de la Forge, à Gustave Valmont (dont nous avons déjà parlé au chapitre de la Poésie), à Charles Müller.

« Quand on parcourt les livres du Capitaine Sazerac de la Forge — dit-il dans son discours — on est émerveillé par la puissance et la fécondité de son talent. *Le Royaume de l'air, L'Homme s'envole, Etudes militaires, Récits de l'Histoire de France* et tant d'autres ouvrages, parus ou en préparation, attestent en même temps l'érudition d'un savant et la magnifique imagination d'un précurseur. »

Charles Müller fut un auteur d'étonnante virtuosité. Dans sa *Revue Théâtrale 1922*, dans sa *Rikette aux Enfers*, on ne sait trop ce qu'il faut le plus louer, ingéniosité du sujet, finesse du dialogue, profondeur ou justesse des pensées.

Mais ce qui a fait de lui un des auteurs préférés du public, c'est la série des esquisses littéraires : « *A la manière de...* ». Tous les écrivains en vogue ont pu apprécier les défauts et les imperfections de leur style, en ces pages aussi pleines de malice qu'exemptes de méchanceté. Ces spirituelles fantaisies à base de bon sens ont, à la fois, de l'atticisme et de l'humour. Criantes de ressemblance, éclairées d'un sourire, elles contiennent des remarques sans pédanterie, des avertissements sans sévérité, de gentils conseils plutôt que d'âpres caricatures. Elles présentent aux délinquants non le fouet de la censure, mais le miroir de la vérité. De pareilles imitations littéraires gardent, en quelques lignes, toute l'incisive portée d'une légende de Forain, et elles valent des volumes de lourde critique. Mais sachez que pour réussir ces badinages si topiques, ces pastiches si drôles et si justes, il faut un goût très sûr, un esprit agile, un sens aigu de l'observation; il faut aussi et surtout que l'auteur soit un maître de la langue française. Müller a eu, je le sais, des collaborateurs : mais ni Reboux, ni Gignoux ne m'en voudront si j'attribue la meilleure part du mérite au charmant et bon camarade de lettres que tous deux regrettent et pleurent. Ils l'aimaient, car Müller était à la fois un homme d'esprit et un homme de cœur ».

On a rapporté, en effet, des traits bien touchants de sa mort héroïque et l'on ne saurait trop déplorer la perte de Charles Müller.

André Marie a employé, non sans succès, quelques-uns des procédés de Ch. Müller dans ses *Ecrivains Normands*, qui est un « à la manière de » quelques écrivains de chez nous assez plaisant. (Voir G. D., *Journal de Rouen*, 27 mars 1921.)

Hugues Le Roux, qui fut toujours un grand voyageur, aime et connaît sa Normandie natale. Nous l'avons entendu en exalter les beautés dans une fort brillante conférence organisée par le Syndicat d'Initiative de Rouen. De ses voyages en Ethiopie, il a rapporté *Chez la Reine de Saba; Chronique Ethiopienne.* Il a pris plaisir à « remettre en lumière cette histoire d'une femme que son simple amour pour un homme et sa foi parfaite en un Dieu rendent immortelle ». Au *Matin*, par qui il fit le tour du monde en pélerin passionné de la France, pendant la grande guerre, il dédie : *La France et le Monde*, enquête consacrée aux états d'âme de l'Angleterre et des Etats-Unis; de l'Extrême-Orient et de la Russie. Témoin du « préjudice moral, intellectuel, commercial, que la défaite de 1870 nous a causé et du revirement qui s'est produit dans l'opinion du Globe ». H. Le Roux nous apporte sur les principaux hommes politiques anglais, américains et sur leur nation des données très précises. Tout en servant son pays et en combattant les excès de la propagande allemande, il a contribué à l'éclairer.

A.-M. de Poncherville, dans *Le Télégramme du Nord* du 20 mars, consacre un long article à l'œuvre littéraire de Mgr Julien, l'éminent évêque d'Arras, qui fut archiprêtre de Notre-Dame du Havre et qui pourrait un jour être — A.-M. de Poncheville l'espère — à siéger sous la coupole Mazarine.

Cette œuvre se confond avec l'activité pastorale de Mgr Julien et c'est à l'école d'Augustin et de Bossuet que s'est formé le triple talent d'orateur, de philosophe et d'historien que le brillant prélat met au service de l'Eglise et de la France pour que progresse toujours vers la cité de Dieu la cité terrestre.

Au Havre, d'août 1914 à janvier 1916, le chanoine Julien, « en une série d'homélies dominicales », réunies dans un volume intitulé *Haut les Cœurs*, assuma la tâche nécessaire de relever les esprits et d'affermir les volontés.

Cette tâche, il la poursuivit à travers le diocèse du front à la tête duquel il avait été appelé en 1917, dans les cités meurtries ou menacées d'Arras, de Boulogne, de Calais, de Saint-Omer.

Il accompagna aux Etats-Unis le recteur de l'Université catholique de Paris, Mgr Baudrillart, dans la mission de propagande que lui confiait si heureusement le Gouvernement français et il rapporta de ce voyage politique des *Impressions d'Amérique* dont plusieurs pages font penser à « la manière exacte et sûre du Taine des *Notes sur l'Angleterre* ».

Et depuis, on a entendu l'évêque d'Arras célébrer la Marne à Meaux, évoquer Jeanne d'Arc à Paris et à Rouen, magnifier les morts de la guerre sur la colline de Lorette, fixer un programme de travail aux étudiants de Lille, enseigner aux semaines sociales de Toulouse, de Caen et de Strasbourg.

On pense bien que Mgr Julien réserve à ses diocésains la plus grande partie de son activité et on imagine aisément avec quels accents éloquents et profonds, dans ses Lettres pastorales en particulier, il leur précise les leçons et les devoirs du moment. L'une de ces lettres qui traitait de « la paix religieuse » a eu, on s'en souvient, l'an dernier, un grand retentissement.

Par l'exemple de Mgr Julien, le Normand que « la postérité appellera peut-être le cygne d'Arras », A.-M. de Poncheville justifie la conclusion de son bel article :

« Tel est, dit-il, le trésor que conserve l'Eglise, héritière de Rome, et qu'elle joint aux Testaments sacrés : la tradition de la grande culture, des humanités qui font l'homme meilleur en le faisant plus sage, de la langue latine, source principale d'une langue française qui n'est nulle part ailleurs ce qu'elle est chez elle. N'en doutons pas, les orateurs de la tribune antique furent égalés par ceux de la chaire chrétienne; Cicéron retrouverait chez eux sa période ample, sonore et cadencée, construite avec l'ordre auquel préside la pensée. »

Nous empruntons à *La Vie des Lettres* de Charles Le Goffic, du 28 mars 1924, l'éloge d'un autre évêque :

« Il est heureux, entre nous, que Bossuet et nos autres grands sermonnaires, jusques et y compris Mgr Grente (1), évêque du Mans, n'aient pas suivi l'exemple du bon « Monsieur Vincent », mais plutôt celui d'un Jean Chrysostome ou de cet Hilaire de Poitiers, qui professait que c'est un péché de mal écrire. Mgr Grente n'a donc point souvent d'absolution à demander et pour ce péché tout au moins, car il écrit parfaitement. Et il parle de même. C'est le terrible de l'éloquence sacrée qu'elle n'a pas de milieu et qu'il y faut être sublime ou ridicule. Mgr Grente n'est jamais ridicule : des discours comme celui qu'il prononça sur *L'étude et la piété*, ou un panégyrique comme celui de saint Norbert ou encore sa lettre sur *Le Fléchissement de l'autorité dans la famille*, peuvent supporter la comparaison avec les plus belles pages de Lacordaire.

« Nous avions déjà de ce prélat, jeune encore et tout désigné pour faire un jour figure sous la coupole, une excellente thèse de doctorat sur *Jean Bertaut*, qui ne valut pas seulement à son auteur les félicitations de la Sorbonne, et que couronna l'Académie Française, divers opuscules religieux et enfin le récit fénelonien, si j'ose dire, par sa grâce un peu molle, son onction doucement fleurie, de la mission qu'il accomplit dans le Levant, il y a quelques années, avec S. E. le cardinal Dubois. Et, comme ce récit précéda, je crois, la publication du voyage de Barrès, exécuté antérieurement, il gardera l'honneur d'avoir ouvert la voie et de s'être inscrit le premier dans la série nouvelle et si brillante où devaient prendre place, avec les livres de Barrès, *Le Chemin de Damas* des frères Tharaud, la *Yamilé sous les cèdres* d'Henry Bordeaux et le recueil des jolies impressions de voyage auquel Mlle Paule Henry-Bordeaux, qui accompagnait son père en Syrie, a donné pour titre : *Sur la route de Palmyre*. »

La dixième et dernière année de *L'Amitié de France* fondée et dirigée par Georges Dumesnil (1855-1916), s'ouvre par ses *Réflexions pendant le Combat*, dont nous citerons ces premières lignes : « Nul ne s'étonnera de la guerre que *L'Amitié de France* mène contre l'Allemagne, et je me fais l'honneur de penser qu'on n'attendait pas moins d'elle. Au jour où chacun doit avoir rejoint son poste de combat, tenir sa tranchée et donner son assaut, nous ne pouvions pas manquer à notre place et à notre devoir ». Elle s'achève par l'hommage rendu à G. Dumesnil par Francis Jammes, Paul Morillot, Charles Chabot, Emile Baumann, Joseph Vernay, François Mauriac, Paul Claudel. Il faut lire ces pages pour mesurer l'ascendant exercé sur ses disciples par ce philosophe chrétien et ce patriote dont le dernier cours sur la pensée de l'Allemagne montrait avec une éloquence vengeresse les hideuses origines de la culture germanique. Et par le plus heureux des contrastes, il voulait consacrer celui de 1917 à traiter du « Génie de la France ».

« Ses *Réflexions pendant le Combat* — écrit E. Baumann, je voudrais qu'elles fussent rééditées demain à dix mille exemplaires — soulagèrent ses tourments et sa juste haine. Quelle revanche sur les Germains, ces notes incisives où, à la façon d'un chirurgien inflexible, il dépouille et charcute l'épaisseur de leur pédantisme, les replis de leur férocité perverse! Il continua, deux ans, cette vivisection; et, si répugnante que fut la matière, jamais sa main ne trembla. Néanmoins, son sang-froid couvrait des violences qu'il se fatiguait à réprimer, contrainte héroïque, mais qui aggrava le mal dont il a péri ». E. Baumann montre en lui le génie strict des honnêtes gens du XVIIe siècle, Malherbe, Descartes, Boileau; le catholicisme d'un auditeur de Bossuet, une religion solide et pratique, plus raisonnable qu'exaltée, sociable et charitable avec mesure; son coup d'œil d'architecte qui lui permet d'édifier une maison bien construite avec des pierres de choix, où chaque chose est à sa place. Il proclame avec certitude : « Dumesnil a été le seul philosophe spiritualiste ayant continué après Maine de Biran et Ravaisson la forte tradition cartésienne. Il a été notre seul métaphysicien catholique, je veux dire le seul constructeur d'une ontologie rationnelle adéquate à la foi. Les philosophes d'Outre-

(1) A consulter : *Libre Parole*, 28 février 1924 : *La Pensée Catholique*. — Mgr Grente : *Œuvres oratoires et pastorales*, tome II.

Rhin avaient étrangement brouillé au fond des esprits la notion de transcendance; le positivisme l'avait exilée dans l'inconnaissable. Dumesnil eut l'honneur de la remettre en haute clarté. Je ne sais rien de comparable au *Miroir de l'Ordre*, cette synthèse abrégée des rapports de Dieu avec l'univers que le mystique voit consommés dans le sacrement de l'Eucharistie ». Après avoir rappelé le manifeste inaugural de *L'Amitié de France*, dont le seul titre fut une si belle trouvaille, il montre comment en ses dix années de développement, elle a pu former une excellente image de ce que serait notre pays, libéré du désordre révolutionnaire avec la variété de ses provinces, la vigueur de ses traditions restaurée, sa vie sociale, politique et ses arts groupés autour du vieux clocher roman, sous l'immuable devise des peuples qui veulent vivre : *Dex aïe* » .

Charles Chabot résume dans ses grandes lignes l'œuvre de G. Dumesnil. F. Mauriac évoque la vieille demeure si accueillante aux disciples du « maître de Lassagne ».

En plus des *Réflexions pendant le Combat*, de la *Commémoration de Félix Ravaisson* on trouvera dans *L'Amitié Française* de nombreuses pages de G. Dumesnil aux diverses rubriques : Religion et Philosophie, Art et Critique; Politique, Sociologie et guerre.

Rémy de Gourmont est mort le 27 septembre 1915. Son œuvre de guerre se compose de cinq volumes posthumes qui ont été publiés par les soins de son frère Jean de Gourmont. Ce sont d'abord les deux petits recueils intitulés *Pendant l'Orage* (1915) et *Dans la Tourmente* (1916), où sont réunis les articles écrits au jour le jour dans le journal *La France* d'octobre 1914 à septembre 1915; puis ses lettres à l'Argentine, données au journal *La Nacion*, de Buenos-Ayres, et éditées en volume sous le titre : *Pendant la Guerre* (1917); enfin, les deux tomes des *Idées du jour* qui font suite à *Pendant l'Orage* et *Dans la Tourmente*.

Georges Prévot les a étudiés et dans le *Mercure de France* et dans la *Revue Normande* (septembre-octobre 1918). Citons la conclusion de ce dernier article : « Au milieu de la foule versatile et illogique, presque toujours fausse dans ses jugements, tandis que la plupart des Français et jusqu'à des écrivains de génie s'abandonnaient sans réflexion aux préjugés les plus sots, Rémy de Gourmont, toujours maître de sa pensée ne se sépare point des idées qu'il estime encore justes. Peut-être sa philosophie méthodiquement réfléchie et positive paraîtra-t-elle parfois un peu dure. Mais de toute façon subsiste la leçon de cette belle maîtrise de soi. Gourmont, meurtri, profondément, violemment affligé dans son patriotisme, souffre de toute la douleur qui endeuille le monde. Mais il reste équitable, parfaitement probe, sans excès, sans partialité chauvine. Il étudie, il réfléchit, il pèse minutieusement le vrai et le faux, fait la part de l'erreur et la rejette, mais applaudit à la vérité d'où qu'elle vienne. Et ainsi Rémy de Gourmont aura montré par son propre et admirable exemple qu'un « intellectuel » français peut être en même temps un homme sensible, auquel rien de ce qui est humain n'est étranger, mais aussi qu'on peut être homme dignement sans être infidèle au respect de soi-même ».

Le 24 septembre 1922, on inaugurait dans le jardin public de la ville de Coutances, où il fit ses études, un buste de Rémy de Gourmont « à la fois sacerdotal et ironique », taillé dans la pierre par Mme Suzanne de Gourmont. Georges le Cardormel a fait dans le *Mercure de France* du 15 octobre une vivante relation de ces fêtes si pittoresques organisées par le *Pou qui grimpe*. Dans une magistrale conférence Louis Dumur résuma « toute l'histoire d'une période littéraire, en racontant celle d'un admirable esprit. Il nous montre Rémy de Gourmont venu à la littérature en plein symbolisme apportant à celui-ci de parfaits et délicats modèles comme *Les Litanies de la Rose*, *Lilith*, *Le Fantôme*, *Fleurs de jadis*, *Hiéroglyphes;* un poème dramatique *Théodat*, *Histoires magiques*, *D'un Pays lointain*, *Le Pèlerin du Silence*, *Le Vieux Roi*, *Les Chevaux de Diomède*. Il définit le symbolisme; il se livre aux études qui devaient en fonder la raison et en soutenir le mouvement somptueux, et écrit *Le Latin Mystique*.

Enfin, dans ses deux *Livres de Masques*, il pose les premiers jalons d'une histoire de la période symboliste. Le symbolisme ne lui suffit plus. Il se prend à jouer avec les idées, se plaît à leur cache-cache avec les mots, leurs heurts, leurs répercussions, et il donne ces quatre magistraux volumes d'essais : *L'Esthétique de la Langue française*, *La Culture des Idées*, *Le Chemin de velours*, *Le Problème du style*, qui resteront probablement comme l'expression la plus originale et la plus réussie de sa pensée. Puis ce furent les *Epilogues* et la *Physique de l'Amour*, les *Promenades littéraires*, les *Promenades philosophiques*, les *Dialogues des Amateurs sur les choses du Temps*. En philosophie, il s'adonne avec une profusion de pensée étonnante aux considérations les plus neuves tirées de la biologie, de la botanique, de la paléontologie, de la physique ou de l'ethnographie. Les lois de constance proposées par Quinton l'incitent à en faire l'application aux fonctions supérieures de l'intelligence et lui fournissent l'argument d'un de ses plus prestigieux essais. M. Dumur termine en le montrant critique social dans les dernières années de sa vie ».

A l'inauguration même du monument, plusieurs discours furent prononcés. M. Eugène Morel montra en Rémy de Gourmont « par ce temps de spécialismes, un homme universel. Sa clairvoyance sut émonder et connaître, aller à l'essentiel, le tenir et voir d'ensemble. Comme ces maîtres du XVIe et aussi du XVIIIe siècles, érudits, savants, poètes et artistes tout à la fois, avec lesquels à chaque instant on est tenté de le comparer, cet homme sut ce qu'on pouvait savoir de son temps ». Pour Marcel Coulon : « célébrer Rémy de Gourmont, c'est célébrer l'Intelligence. Gourmont est allé plus droit quelquefois et plus loin que nos autres sages ». M. le Dr Voivenel retraça « le drame intellectuel grandiose qu'un médecin a cru deviner dans l'œuvre d'un de nos plus grands écrivains, et qui fit remonter sa sensualité païenne vers son intelligence et son imagination; cette sensualité sous pression vient revêtir de sa splendeur frémissante le moindre de ses écrits ». M. Lecomte, maire de Coutances, rattacha l'auteur de *La Petite Ville* à Coutances : « Quelle description précise et concise de sa cathédrale, de ses églises, de ses maisons et de son beau jardin public, de son vieux savant qui savait tout du passé et ne voulait rien apprécier du présent ! » M. Souriau s'attacha à l'œuvre de guerre et Ch.-Th. Féret salua le fils des vieux chefs normands, « l'ouvrier, lui aussi, de la grandeur normande : Son palais fut celui de la mysticité, où du seuil nous tendait les mains, la vérité » (1).

Flaubert et L. Bouilhet, A. Sorel, O. Feuillet, R. de Gourmont, Barbey d'Aurevilly furent ainsi célébrés en Normandie au cours de cette période décennale dont nous nous sommes efforcés de dresser l'inventaire.

Conclusion.

Après plus d'une année de travail, d'un travail quotidien qui nous absorbait de longues heures, nous regretterons d'abord d'avoir sans doute commis bien des oublis involontaires, par la faute des intéressés et par le fait d'une tradition déplorable qui nous a fait désigner comme rapporteur en août 1922 et non dès 1913. Il nous serait agréable aussi de terminer par des considérations générales ou par un « morceau de bravoure » brillant. Mais il nous semble préférable de conserver à ce rapport un certain caractère impersonnel. Normands, Angevins, Blésois sont venus témoigner du labeur de leur province. Au lecteur de conclure : il a presque tous les éléments nécessaires à sa disposition pour se faire une opinion.

(1) Le 9 mai 1924 eut lieu l'inauguration d'une plaque commémorative sur la maison qu'habita R. de Gourmont, 71, rue des Saints-Pères. On trouvera dans le *Mercure de France* du 1er juin (p. 556 à 565), les discours prononcés par MM. Léon Riotor, G. Lalou, Aubanel, G. Lecomte, J. de Gaultier, L. Dumur et les sonnets de Henri de Régnier et Ch.-Th. Féret.

Les *Nouvelles Littéraires* consacrent un numéro fort intéressant (10 mai) à Rémy de Gourmont.

Ceux qui ne désirent qu'une vue d'ensemble — rapide — pourront la trouver pour la Normandie, dans le *Mercure de France* du 15 septembre 1923 (C. Cé et J. Gaument), dans la *Minerve Française* du 15 février 1920 (Raymond Postal) et dans *Belles-Lettres* de mai 1921 (G. Le Révérend).

Le sentiment régionaliste nous a paru très vif sur les bords de la Loire, en Anjou, comme à Blois. L'*Ecole de la Loire* constitue un groupe très actif et maintient vigoureusement les traditions provinciales. La Société des Artistes Angevins groupait toute l'élite angevine. La Normandie, plus étendue, semble offrir moins d'unité; plusieurs foyers y brûlent ou s'y allument. Les écrivains normands cherchent pourtant à se grouper et se réunissent annuellement. Ch.-Th. Féret a fondé cette année une Société des Poètes et Conteurs de Normandie (voir la *Mouette*, juillet 1923). La *Revue Normande* travaille à devenir le foyer commun.

L'esprit normand souffle dans l'œuvre d'un J. Revel, d'un Ch.-Th. Féret et de beaucoup d'autres.

Sans doute, Flaubert, Bouilhet et Maupassant n'ont pas été remplacés; mais la Normandie comme l'Anjou, le Blésois, le Maine offrent des légions de bons serviteurs des Lettres. Laissons à la postérité le soin de leur assigner des rangs. Admirons qu'en une période tragique suivie d'années plus dures encore aux intellectuels de toute catégorie, il se soit trouvé tant d'âmes désintéressées, tant de cœurs vaillants.

NOTE. — Les livres d'art appartiennent au bon maître G. Dubosc.

Signalons au moins les jolis volumes si agréables à parcourir du Dr Stephen Chauvet : *La Normandie ancestrale*, *Coutances*, d'André-Paul Leroux; *Les Meubles Cauchois*, *L'Art Cauchois à la Ville*, d'A. Le Moy; *L'Anjou* (collection Hachette); enfin la collection *Les Richesses de chez Nous*, de l'excellent éditeur H. Defontaine qui comprend déjà : *Le Château de Mesnières*, de l'abbé H. Bourgeois; *La Côte de Grâce et sa Chapelle*, de Cany-Renoult; *L'Abbaye de Saint-Georges-de-Boscherville*, de G. Dubosc; *L'Abbaye de Jumièges*, son histoire, sa dévastation, de P. Chirol et Montier; *Notre-Dame de Bonsecours*, de Mgr Prudent.

Ouvrez ces jolis livres bien illustrés et vous ferez le plus délicieux des voyages dans un fauteuil.

ORGANISATION DES ASSISES DE CAUMONT (1933)

Il conviendrait d'organiser dès maintenant la préparation de la prochaine session des Assises de Caumont, par l'adoption des mesures suivantes :

1° Constitution d'un Bureau permanent tenu de se réunir au moins une fois chaque année;

2° Versement annuel par la Ville de Caen de la rente de 1.200 francs dont les intérêts permettraient d'organiser la bibliographie sur fiches décidée à la session de 1923;

3° Nomination d'un Secrétaire perpétuel des Assises de Caumont dans chaque département (le Bibliothécaire ou l'Archiviste du chef-lieu) chargé : 1° D'établir ces fiches dont les duplicata devraient être centralisés et à Caen et à Rouen; 2° De constituer des dossiers documentaires (articles de Revues et de Journaux) destinés aux Rapporteurs;

4° Désignation immédiate des Rapporteurs. Il y aurait le plus grand intérêt à en multiplier le nombre : un par département, si possible ou, au minimum, un pour la Haute-Normandie, un pour la Basse-Normandie, un pour l'Anjou, le Blésois et le Maine;

5° Envoi à tous les auteurs mentionnés dans notre index bibliographique et à tous ceux que les secrétaires et rapporteurs pourront découvrir d'une Circulaire les invitant à offrir toutes leurs publications et à la Bibliothèque de Caen et à celle de Rouen.

APPENDICE

L'*Histoire des Normands*, de Jean Revel, étant sans doute l'œuvre la plus importante au point de vue littéraire qui ait paru ces dix dernières années en Normandie, nous tenons à reproduire le *Par ci, par là*, de G. Dubosc, du 14 décembre 1919.

« *L'Histoire des Normands*, de Jean Revel. — Ecrire l'histoire générale, non d'une seule nation, mais d'une race entière à travers le monde, était une tâche redoutable. Devant elle, cependant, Jean Revel n'a point reculé pour si lourde qu'elle fut. La preuve en est dans cette grande *Histoire des Normands*, en deux volumes, qui vient de paraître et qui couronne superbement son œuvre de penseur et de romancier.

« Elle était déjà en germe dans tous ses ouvrages précédents, surtout dans *Les Hôtes de l'Estuaire*, qui en est comme la préface, dans *Les Faicts et Dicts Normands* et dans les belles pages lues en Sorbonne, où il célébrait le millénaire de la Normandie française. Toutefois, pour construire harmonieusement cette grande œuvre d'ensemble, Jean Revel dut d'abord épuiser les sources primitives, consulter les témoignages des annalistes et des historiens, s'approprier, en les vérifiant, les travaux de l'érudition française et étrangère, car le propre de l'Histoire Normande est d'être liée à toutes les histoires. C'est un travail de déblaiement préalable que Jean Revel a accompli très minutieusement, comme le prouve un des chapitres de son livre, mais tout en conservant son originalité foncière d'écrivain.

« Et, en effet, ce qui séduira le lecteur dans ces deux gros volumes, c'est que le récit est toujours vivant, entraînant, passionné, affranchi de la gravité officielle. On y rencontre une perpétuelle réaction des mœurs sur les événements, des passions, des caractères sur les hommes. Tout ce pêle-mêle, toute cette vie ardente, fougueuse de ces primitifs sont traduits par un esprit mobile lui-même, qui s'intéresse à tout en passant, à la science, à la philosophie, à l'art, à la sociologie, riche de lectures, d'impressions et d'observations personnelles. Ce n'est pas de l'histoire objective, impersonnelle, narrative, c'est vraiment l'évocation du passé.

« Comme il l'a fort bien dit dans sa préface, Jean Revel n'a pas voulu embrasser chronologiquement toute l'Histoire des Normands. Elle est trop vaste, trop dispersée. Il n'en a pris que les sommets, les points culminants ; il n'en a peint que les êtres représentatifs. « L'Histoire est bien effectivement, a-t-il dit, la science des lointains. C'est « un observatoire établi pour une vision rétrospective. » Et cette observation si juste, rejoint ce que Sainte-Beuve disait de Michelet : « On court avec lui sur des cimes, « sur des pics, sur des aiguilles de granit, qu'il choisit comme à plaisir pour en faire « des belvédères. » Mais, d'un de ces postes de vigie, Jean Revel voit loin, au delà des horizons historiques. Et parce qu'il voit bien, parce qu'il pénètre d'un regard aigu, il est, comme tous les Normands, un descripteur profond et aigu. Sa manière est toujours rapide, forte, vigoureuse, saisissante et variée. A chaque instant, l'effet se renouvelle, grâce à sa sensibilité. Ce sont parfois des tableaux, aux larges proportions, solidement établis, de vastes descriptions, qui offrent à l'imagination des aspects inédits. Ailleurs, ce sont des portraits hardis, peints en quelques touches frémissantes. Parfois aussi, ce sont des anecdotes, malicieuses et gaillardes, un brin frustes et barbares comme les gens qui y figurent, car Jean Revel tient que la femme, autrefois comme aujourd'hui, intervenait souvent dans les choses de ce bas monde et souvent les dirigeait.

*
* *

« Pour montrer la diversité, la souplesse du talent du grand lyrique qu'est parfois l'historien, on voudra bien nous permettre de noter quelques-unes des belles pages de son œuvre nouvelle. Le début de l'*Histoire des Normands* est particulièrement vif et saisissant. Le poète — car on peut donner ce nom à Jean Revel — excelle à idéaliser la race, à en marquer le type et à noter l'influence sur elle du terroir natal. Lisez cette description du pays scandinave dans le premier chapitre qui porte ce titre symbolique : *L'aire et l'âme du Gerfaut* :

« La Scandinavie ? Un pays rude et sombre ; des conditions climatériques angois- « santes, exclusives de tout repos, génératrices de déséquilibre, initiatrices de l'effort « et de la lutte.

« Considérez l'existence où se trouve nécessairement réduit l'habitant de ces hautes « latitudes. Réfléchissez à la division anormale de la lumière, qui met dans les pupilles « de grands plans d'ombre, puis des éclairs, une lumière aveuglante et continue..... « Songez à ces nuits sans sommeil, à ces jours sans horizon. Appréciez l'influence obsi- « dionale de cette longue ténèbre, à laquelle, sans atténuation printanière, sans transi- « tion, se substitue l'hallucinement solaire cuisant. Voyez les subites alternances du froid « boréal et de la canicule, l'émerveillement de ce flamboyant mystère qu'est l'aurore « boréale, l'effluve magnétique qui du septentrion fuse en aigrettes.

« Assurément, on ne peut concevoir aux abords du Pôle une humanité semblable « à celle qui, rapprochée de l'Equateur, s'épanouit sous l'harmonieuse et rythmique « division des heures.

« La race qui put s'aggripper là au massif hyperboréen, reçut l'effroi, l'énergie, « un âpre sentiment de révolte et de défense, un désir de fuite. Pour cette ancienne « nation d'Asie, l'épreuve fut rude, la trempe profonde... Combien différentes des « Cyclades étaient les Lofoden et les Feroë, ces îles mordues par les lames aux volutes « ardoisées, gercées par le froid homicides, assiégées par une multitude écumeuse et cou- « pante des icebergs.

« Qu'était « l'horreur » prétendue du *Bois sacré* hellénique, à côté des sapinières « de Scandinavie, noires si profondément, tragiques si désespérément, auprès de cette « forêt boréale que laboure l'âpre aquilon que fouettent blizzards et tourmentes de « neige. Qu'était « l'Avare Achéron » lui-même comparé à ces fjords abrupts inhospita- « liers où tout parlait de luttes, bris et naufrages. »

« De ces pays du Nord, dont Jean Revel, en de courtes notices très significatives, indique la religion *l'odinisme*, exaltation de la force et du courage, les systèmes politiques, les traditions et les mœurs, tout à coup émigrèrent, sur de frêles esquifs, des multitudes entières. Quelles furent les causes de cet envol ? Surpopulation ? Pénurie de vivres ? Conditions de l'habitat ? Jean Revel, qui étudie longuement ce problème, penche pour une cause politique : la crainte de la soumission à de petits tyrans locaux, faisant préférer aux émigrés l'exil à l'esclavage. Et le type de ces races fuyant sur leurs *drakkar* la servitude, c'est le Viking, c'est le roi de mer, comme Rolf, notre Rollon, l'homme représentatif de cette invasion, le rude colosse qui imposera sa volonté à l'empire carolingien. Le voici abordant à Rouen, tel que nous le montre Jean Revel, en un relief puissant.

« Et voici le dénoûment, l'assaut suprême. Un homme apparaît, débarqué dans « l'Estuaire. Colossale, cette silhouette de Rolf, Ganger Rolf, le géant marcheur. Des « guerriers marins l'entourent, tous fils des grandes familles scandinaves — *mult gen- « tilhomme* — dit le *Roman de Rou*. Quant au Chef, son aspect est impressionnant. « Si l'on en croît la chronique qui dit : « Bien appartenoit à un tel homme, tenir grande

« seigneurie ». Le cortège formidable s'avança sur Rouen. La marche fut tragique et « sanglante; la terreur régna sur les rives; les abbayes furent détruites par l'incendie, « les églises violées, les villages saccagés, les habitants mis en fuite ou massacrés. « L'arrivée fut triomphale et le dénoûment tragique. La flotte normande ancra hardiment « devant la ville. Gens avisés, les Rouennais n'hésitèrent point, demandant ce que les « Orientaux appellent l'*aman*, et les nôtres, transaction. Gens d'implacable bon sens, « firent-ils pas mieux que de se plaindre ? »

***

« Puis, après la conquête, voici l'implantation, voici l'organisation politique, sage, prudente, la création lente et habile de la Normandie française, sous les ducs, organisation qui dépasse celle de la Couronne de France. Tous ces princes imposent la justice, le culte du droit, le respect des faibles. En même temps, quand les Capétiens, plus actifs et plus vivaces que la maison carolingienne, veulent reconquérir la Normandie, les ducs savent la défendre sans faiblir. Leur force et leur vigueur s'incarnent en une figure extraordinaire, en ce Guillaume-le-Conquérant, en ce bâtard, qui annexe le royaume anglo-saxon à sa *duché*.

« Jean Revel raconte sa mort à Rouen et le récit est émouvant :

« Il fut ramené à Rouen, las, usé, tremblant de fièvre. Comme le bruit de cette ville « populeuse et commerçante l'incommodait, il se fit transporter au prieuré de Saint-« Gervais. Il s'y alita définitivement. C'est là qu'il mourut le 10 septembre 1087.

« Guillaume avait auprès de lui son médecin Jean; deux prélats : Guillaume, « évêque de Rouen; Gislebert, évêque de Lisieux, et Gontard, abbé mitré de Jumièges.

« Fut également appelé Anselme, abbé du Bec, ami personnel du roi et successeur « de Lanfranc. C'est à lui que Guillaume voulait se confesser et de sa main qu'il « désirait recevoir le viatique. Mais l'abbé, précipitamment accouru, tomba malade et « dut être soigné dans une chambre voisine de celle qu'occupait l'auguste moribond. « Et celui-ci avait si bien gardé son sang-froid, qu'à même les plats succulents à lui « présentés, il ordonnait de prélever la meilleure part, laquelle était portée à son « cher « abbé ».

« Se sentant perdu, le Bâtard remplit ses devoirs religieux. L'archevêque de Rouen « lui administre le dernier sacrement. Guillaume songe, alors...

« L'Eglise a donné son absolution; mais il paraît au malade que confidences « timides et rites sacerdotaux ne suffisent point; en un geste qui peut-être reste unique « dans les fastes de la Royauté, il veut se confesser devant tous, à la manière des « premiers chrétiens. Rassemblant ceux qui sont là, il leur dit : « Mes amis, chargé « du poids de péchés nombreux, j'éprouve de grandes craintes, au moment où je vais « être traduit au redoutable jugement de Dieu; je me suis souillé d'une grande effusion « de sang... j'ai occasionné bien des maux... je pense aux cruautés que j'ai commises. »

« Et, humblement, avec toute sa contrition, il raconte ses fautes, erreurs, iniquités, « qu'il voit alors dans une netteté parfaite, aux lumières de l'agonie.

« Cette agonie est lucide et courageuse, dominatrice comme fut la vie.

« Après quoi, il ordonne les nécessaires réparations; appelant ses notaires, il leur « dicte quantité de legs pour ceux auxquels il pense avoir fait grief. Notamment il dit : « Je donne à l'Eglise et aux pauvres qu'elle soutient les trésors que j'ai amassés, afin « que le fruit du crime soit employé à un saint usage. »

« Il parle encore... son lit de mort devient un lit de justice, un observatoire de « vérité. »

« Et en quelques pages solides, d'une sévère critique historique, le maître-écrivain montre que « la grandeur de l'Angleterre provient du duc normand et que c'est lui qui assura au royaume anglais la consolidation définitive, qui assit les fondations nationales qui donna aux races insulaires, bien fusionnées, enfin, malgré leur substance composite, l'empreinte qu'elles devaient garder ». On peut rendre à Guillaume cet hommage que toute la sagesse politique de l'Angleterre est son œuvre et cela nous remet en mémoire une anecdote du temps de guerre. Deux lettrés indous visitaient notre Palais-de-Justice, en compagnie d'un de nos concitoyens. Ils furent amenés par leur visite même à parler de la conquête normande. « Le roi d'Angleterre était alors duc de Normandie ? » dit un des soldats indous. « — Non pas, répondit notre concitoyen, « Le duc de Nor- « mandie était roi d'Angleterre ». Et les deux interlocuteurs ayant compris... la nuance, sourirent doucement.

« Vient après Guillaume toute cette suite des rois anglo-angevins, toute cette dynastie des Plantagenets, qui nous vaut un récit des plus attachants de la vie d'Alienor de Guyenne, mariée et divorcée, la plus jolie femme de son temps, qui révolutionnera l'Europe entière et la mettra à feu et à sang. Quelles pages vibrantes et passionnées lui a consacrées Jean Revel! Mais tout le sollicite : la prodigieuse aventure des fils de Tancrède, pauvres gentilhommes du Cotentin, devenus conquérants de la Sicile et important dans l'île la civilisation et l'art; l'épopée d'un Robert Guiscard, battant le Pape et l'Empereur et balançant la fortune de l'Empereur byzantin; l'histoire d'un Rurick, d'un normand varègue, nommé prince de Novgorod, et créant l'Empire des Tsars, avant Pierre-le-Grand.

***

« La Normandie, perdant son autonomie provinciale, vient enfin se fondre dans l'unité nationale, et l'historien nous fait alors assister aux luttes et aux conflits entre le Pouvoir central et les Communes provinciales, qui finissent cependant par se faire octroyer la « Charte aux Normands ».

« En historien averti, Jean Revel n'a pas de mal à démontrer qu'à cette époque, la monarchie française, hypnotisée par la politique européenne, n'a pas toujours su profiter des forces expansives de la race normande qui, par ses explorateurs, lui avait assuré, pour la France, des droits de priorité sur le globe entier. En une fresque superbement brossée, il campe alors tous ces découvreurs de mondes, tous ces marins rouennais et dieppois associés : Jean-Ango, dont il trace un somptueux portrait dans son manoir de Varengeville, que nous voudrions pouvoir reproduire; Jean de Béthencourt, Cousin et Binot-Paulmier, qui nous avaient donné le Brésil; Jean Parmentier, qui nous avait donné Madagascar; Cavelier de la Salle, ce Cavelier de la Salle dont on a relégué indignement le modeste monument dans le coin le plus retiré de la Cathédrale et qui pourtant nous avait donné le Canada, le Texas la Louisiane, presque tous les Etats-Unis! D'autres encore : Berthelot, qui nous donna Java et Sumatra; Jean Denis, qui nous donna Terre-Neuve; François Doublet, qui nous donna la côte d'Afrique. Quelle admirable moisson normande!

« Jugulé par la monarchie, le génie normand, ne pouvant porter au loin ses énergies, s'est, d'après la théorie originale de Jean Revel, résorbé en lui-même .Il a trouvé alors à s'affirmer dans un autre domaine, dans celui de l'Art, des Lettres et des Sciences. Et cela nous vaut une seconde fresque, où le peintre a groupé, à l'ombre des flèches de nos Cathédrales, tous les « héros », comme disait Carlyle, tous les hommes représentatifs du génie normand depuis ses origines : Thouroude, l'auteur de la « Chanson de Roland », Robert Wace, Orderic Vital, Nicolas Oresme, Malherbe, Saint-Amant, Pierre Corneille, Fontenelle, Barbey d'Aurevilly, Gustave Flaubert, Maupassant, Rémy de Gourmont, Octave Mirbeau, Albert Sorel. En Pierre Corneille, il voit le prototype du Normand qui, dans ses plus sublimes élans, garde la pondération et le bon sens. Lisez plutôt ce portrait de Corneille intime, de Corneille rouennais, en son vieux logis de la rue de la Pie :

« Dans son cabinet de travail ou du Palais, on peut le voir, absorbé par l'examen « de ses dossiers, affable envers ses collègues, déférent vis-à-vis des magistrats, discret « pour le client, faisant son métier tout simplement. On dirait qu'il se cache d'avoir du « génie; on dirait vrai au surplus...

« Ce timide fonctionnaire, ce robin un peu réticent, sait pourtant ce qu'il vaut; « mais il savoure seul et sans ostentation cette joie de se sentir supérieur aux autres, « sans le faire savoir à personne. Quelle force en cette modestie. Il mène son existence « double, sans vanité aucune, mais, vraiment pour persévérer en cette attitude pendant « quarante ans, il faut être un homme complet; il faut posséder une plasticité cérébrale, « un clavier intellectuel de richesse inouïe. Le jour, il sera tout à la procédure; le soir, « tout à l'inspiration. Près du foyer, il retrouvera les fils glorieux de son esprit... O la « sérénité de ces beaux soirs silencieux et solitaires!... En quelle magnifique compagnie « le voilà réfugié pour se consoler de ces mesquineries et des platitudes professionnelles! « Après avoir rédigé des conclusions au prétoire, il se retire chez lui, pour écrire des « chefs-d'œuvre. La même plume sert aux deux offices, là-bas prudente, sèche et voilée; ici « éclatante, pathétique et véhémente. »

« A peine avons-nous pu, par ces quelques citations, donner un rapide aperçu de l'*Histoire des Normands*, que voudront lire tous nos compatriotes. En ces temps de rénovation de notre pays, ils trouveront dans la vie si agissante de leurs aïeux, des exemples et des modèles d'énergie et d'action. On lira cet ouvrage en Normandie française, mais on le lira aussi dans les pays scandinaves, où l'on pourra juger avec sûreté de sa valeur et de ses mérites. Le panégyrique de toutes les Normandies ne pourrait-il même attirer l'attention du Jury littéraire du Prix Nobel que jadis, en dehors des coteries et des académies, couronnait l'admirable régionaliste que fut Mistral, ou des écrivains nationaux et représentatifs comme Sienkievicz ou Rudyard Kipling? Pourquoi pareille récompense ne serait pas attribuée à celui qui, dans toutes ses œuvres et surtout dans celle-ci, a magnifié si noblement l'effort normand dans le monde ?

« Georges DUBOSC. »

APPENDICE

Par M. GROULT,

Conservateur à la Bibliothèque de Cherbourg (1).

JOURNAUX

Point de changements très importants depuis dix ans en ce qui concerne la presse dans la Manche. *Cherbourg-Eclair*, journal quotidien, fondé en 1890 par M. Biard, sous le nom de *Réveil Maritime*, a pris une ampleur très grande. Il imprime actuellement à 13.000 exemplaires. Son frère aîné, *Le Réveil de la Manche*, qui a une édition urbaine et une rurale et qui est bi-hebdomadaire, imprime au total à 25.000 exemplaires. Ces deux journaux publient, le premier surtout, des nouvelles littéraires souvent inté-

(1) Avec une complaisance unique, M. Groult avait procédé à une enquête minutieuse et méthodique pour établir cet inventaire très complet du Mouvement littéraire dans la Manche. Nous apprenons sa mort avec tristesse et voulons rendre hommage à la mémoire de cet homme si cultivé, si zélé, si aimable. Que son exemple soit suivi et les Rapports aux Assises seront parfaits.

ressantes et des articles de critique littéraire et musicale ne manquant point d'originalité ni de mérite.

Un journal nouveau, mi-sérieux, mi-humoristique, est né à Cherbourg pendant la guerre : *Le Coup de Canon*, devenu depuis *Le Crachin*. Sa note est, en toutes matières, une critique qui s'efforce à la sincérité et à l'impartialité sans exclure une verve presque toujours réussie et plaisante.

REVUES

Dans son rapport en vue des Assises de Caumont de 1908, M. Emanuelli, bibliothécaire-archiviste de la Ville de Cherbourg, constatait la mort — à maints égards regrettable — de la Revue patoisante *Le Bouais-Jan*. Et il signalait la naissance à Cherbourg de *La Revue d'Etudes Normandes*, dont lui et quelques-uns de ses amis cherbourgeois, littérateurs émérites, furent les zélés fondateurs et metteurs en train.

Le Bouais-Jan a un successeur sous les espèces de *La Revue de la Société Normande Littéraire et Artistique*. Cette Société fut fondée quelques années avant la guerre. Elle s'appela d'abord « Société Rossel », en l'honneur du poète patoisant Alfred Rossel, dont les œuvres ont fait depuis quarante ans et plus les délices de toute la région nord du Cotentin et dont la réputation s'est d'ailleurs étendue bien au-delà. M. Rossel vit encore, mais il est malheureusement frappé de cécité.

La Société en question a eu dès le début sa revue presque exclusivement consacrée aux œuvres en prose et en vers se rapportant plus particulièrement à la petite patrie cotentinaise. Elle a eu une carrière jusqu'ici intéressante et fort honorable. Et on ne peut que lui souhaiter longue vie.

Quant à *La Revue d'Etudes Normandes*, devenue au bout de quelque temps *La Revue de Cherbourg et de la Basse-Normandie*, elle n'a point survécu au regretté M. Emanuelli, chartiste des plus distingués, dont la carrière, qui s'annonçait particulièrement brillante, a été brisée par une mort tout à fait prématurée. M. Emanuelli est disparu en 1910, âgé de moins de trente ans. Il avait mené à bien trois années de sa « Revue » que possède la Bibliothèque municipale de Cherbourg et qui fourmillent d'études et de documents remarquables touchant principalement les gens et les choses de la région.

En ce qui a trait aux autres revues du département, point grand chose de changé que nous sachions à ce que signalait en 1908 M. Emanuelli.

LIVRES

La production bibliographique proprement dite dans la Manche a été certainement entravée par la guerre d'une manière très sensible. Elle a été néanmoins assez abondante et non dénuée d'un réel intérêt dans l'ensemble pendant la période 1913-23.

A ce sujet, nous nous sommes livrés dans la Manche à une enquête que nous avons essayé de faire aussi complète que possible et qui portait sur tous les livres parus dans la période en question et rentrant dans les trois catégories suivantes :

1° Ouvrages d'auteurs nés ou résidant dans la Manche;

2° Ouvrages sur la Manche;

3° Ouvrages édités dans la Manche.

Evidemment, il pouvait y avoir là-dedans du double et même du triple emploi. C'était à nous par la suite de l'apercevoir et d'y parer.

De cette enquête, il semble que quatre-vingts ouvrages tout au moins, rentrant dans les dites catégories, ont été publiés de 1913 à 1923.

La liste en est jointe à la présente étude et dans l'ordre suivant : Théologie,

Jurisprudence, Philosophie, Sciences, Arts, Histoire et Critique littéraires, Poésie proprement dite, Théâtre, Roman, Histoire religieuse, Histoire générale, Géographie et Relations de Voyages, Guides concernant la Région.

Nous n'entrerons pas, touchant cette production, dans des considérations de détail qui ne sauraient cadrer avec le peu d'étendue de cette étude et nous nous bornerons simplement à quelques explications dont on nous pardonnera le décousu.

Et d'abord, nous signalerons entre autres œuvres remarquables la très importante *Etude sur le Renouveau Economique de la Manche*, par le comte de Gibon. M. le comte de Gibon s'est spécialisé dans les questions « d'économie » qu'il connaît à fond et qu'il excelle à présenter sous une forme accessible à tous.

Dans le domaine de la prose et de la poésie patoisantes, d'excellents auteurs, les Beuve, les Le Boullanger, les Guéroult, les Hérou, les Le Vallois, etc..., s'efforcent de continuer la tradition du distingué et délicieux poète Alfred Rossel.

A Coutances, un imprimeur, M. Bellée, a fait un effort d'art qui mérite d'être signalé. Il a édité un *Paroissien* ou plutôt *Un Missel du Diocèse de Coutances* qui, par par sa riche présentation et sa belle illustration, s'apparente à ces magnifiques *Heures* imprimées du commencement du XVI siècle qui sont une des richesses et une des fiertés de nos Bibliothèques.

En matière d'art, il y aurait d'ailleurs beaucoup à dire. *Le Pou qui Grimpe* de Coutances mériteraient, par exemple, toute une étude. *Le Pou qui grimpe*, qu'est-ce à dire ? Nous passons ici la parole au *Petit Parisien* qui écrivait récemment :

Le « Pou qui Grimpe » et les Imagiers Normands

« Sous cette appellation d'une originalité un peu truculente s'est formé à Coutances et en Basse-Normandie un groupement de jeunes artistes, graveurs sur bois, imagiers, peintres, littérateurs et poètes, aujourd'hui connus de tous côtés et qui, férus de régionalisme, aiment à manifester leur fidélité à la terre normande.

« D'où leur vient cette dénomination pittoresque, cette enseigne du *Pou qui Grimpe* ? Tout simplement qu'il existe bien à Coutances une ruelle étroite du « Pou qui Grimpe », où le graveur Joseph Quesnel, qui fut l'initiateur de ce mouvement d'art, est né et où il a toujours eu son atelier. C'est même là que se réunirent, un beau jour, d'autres Coutançais comme lui; Jean Thézeloup, René Jouenne, Georges Laisney, un littérateur original; Arlette Bouvier et bien d'autres. Avec des talents divers, ils se proposaient, comme imagiers et comme écrivains, de faire revivre l'art populaire normand, par le livre, et surtout par le placard, le canard, l'image volante, l'almanach, toujours si bien accueilli dans nos campagnes. Le groupe se prêtait aussi à toutes les manifestations théâtrales ou littéraires, où était exalté le génie normand.

« Tous ces jeunes gens débutèrent, pendant la guerre, lors d'une Exposition artistique organisée en faveur des blessés. Mais depuis, les œuvres de tous genres, exécutées et édictées par le P. Q. G. — pour employer le système abréviatif si à la mode — ont été nombreuses. Ce fut d'abord la série de dix grands bois, dessinés par Joseph Quesnel et gravés largement par Jean Thézeloup. Comme il convenait, cet album était consacré à l'admirable Cathédrale de Coutances. Vint ensuite un recueil enfantin d'un goût charmant, les *Chevaliers de douce France*, dix évocations des grands hommes de notre histoire, images en couleurs pour orner « la chambre du petit Français de ce temps ». Les légendes étaient de Léon Chancerel, les dessins de René Jouenne, gravés par Thézeloup. Des presses du *Pou qui Grimpe* sortirent encore d'autres pièces, que conservent soigneusement les amateurs d'estampes et les bibliophiles normands, comme les *Mystiques litanies de Sainte Jeanne d'Arc*, de Joseph Quesnel, avec ornements taillés dans le bois par Pierre Le Conte. N'est-ce pas, du reste, le même artiste boisier qui a dessiné et gravé la suite de *Sept Clochers Normands*, de puissante allure ?

« Entre temps, les imagiers de Coutances ont réédité avec un goût délicat *La Petite Ville*, de Rémy de Gourmont, qui était leur compatriote et eût été sensible à cet hommage, lui, descendant de toute une lignée d'éditeurs et d'imprimeurs illustres depuis le XVIe siècle. Ils ont aussi publié *La Noce devant le Photographe*, quinze ballades d'une fine ironie, rimée par Georges Laisney, avec quinze images conçues par le poète et gravées sur le bois par Joseph Quesnel.

« En dehors de ces études individuelles, les jeunes imagiers ont affirmé surtout leurs sentiments régionalistes en revenant à la vieille forme si populaire de l'almanach. *L'Almanach des Saisons* qu'ils ont publié et celui de la *Rose au Bois*, sont d'une formule bien normande, fournissant au lecteur paysan tous les renseignements qui l'instruisent ou les plaisanteries qui l'amusent un instant.

« Est-il besoin d'ajouter que *Le Pou qui Grimpe* prit part à toutes les fêtes normandes de ces dernières années ? Qu'il fit représenter à Coutances *L'Ensorcelée*, tirée du roman du grand Normand Barbey d'Aurevilly; qu'il prit part au « Palinod » ou « Concours de Poésie », résurrection archaïque tentée à Saint-Lô et où on interprèta la vieille farce de *Maître Pathelin*. Enfin, l'an dernier, avec Willette, qui villégiature souvent dans la région du Cotentin, les jeunes artistes coutançais ne furent-ils pas les « animateurs » actifs et entraînants des belles journées littéraires en l'honneur de Rémy de Gourmont.

« Après de si nombreuses initiatives décentralisatrices et d'aussi heureux résultats, Comment ne pas encourager *Le Pou qui grimpe* à grimper encore plus haut ? »

Et puisque nous en sommes à l'art qui est peut-être plus que jamais en vogue dans notre Cotentin, n'oublions pas de signaler ici une fort intéressante initiative de M. Emile Dorrée.

M. Dorrée est cet artiste-peintre qui a vu ses œuvres récompensées au « Salon » plusieurs fois déjà et qu'attendent certainement la médaille d'or et le hors concours. Il fait éditer en ce moment à Paris, sous la forme d'un magnifique album une collection de « gouaches » sur la Hague, cette région bas-normande, tant privilégiée de la nature, à laquelle il consacre le meilleur de son très grand talent et qui, depuis des années déjà longues et à tout dire depuis Millet, attire toujours plus nombreux les visiteurs et en particulier les artistes. L'album de M. Dorrée vient à son heure et s'il est aussi recherché qu'il le mérite et que le mérite son auteur, les 350 exemplaires que comprend l'édition seront vite épuisés.

Nous ne saurions terminer ce Mémoire pourtant déjà trop long sans parler de deux œuvres qui ne contribuent pas peu, quoiqu'en proportions inégales, à faire priser et aimer à Cherbourg les choses de l'intelligence.

Nous voulons parler de la Société des Amis de la Bibliothèque municipale de Cherbourg et de la Société Cherbourgeoise des Conférences.

La Société des Amis de la Bibliothèque fut fondée en 1905 par le Bibliothécaire-Archiviste d'alors, M. Emanuelli, et quelques-uns de ses amis, MM. Renault, Quoniam, Faulen, Féron, etc... Elle eut dès le début l'approbation et l'appui de la Municipalité, dont le chef était déjà M. Albert Mahieu, actuellement encore Maire de Cherbourg. Aux termes mêmes de ses Statuts, son but est « de réunir toutes les personnes qui fréquentent la Bibliothèque municipale ou qui s'intéressent aux progrès de l'instruction publique dans une action commune pour améliorer et enrichir la Bibliothèque ».

Les cotisations sont actuellement de sept francs par an. Le produit en est employé exclusivement à l'achat et à la reliure d'ouvrages qui sont placés à la Bibliothèque même et prêtés aux adhérents. Ceux-ci ont, en outre, le droit d'emprunter tous les ouvrages de la Bibliothèque dont le règlement n'interdit pas la sortie. La Société a pu doter la

Bibliothèque de plusieurs milliers d'ouvrages en tous genres. Jusqu'en 1919, la moyenne des prêts annuels fut de 8 à 9.000. Depuis cette époque, le Bibliothécaire actuel, M. Groult, très bien secondé par un personnel dont le zèle est grand et l'adaptation parfaite et, d'autre part, fort encouragé par la Municipalité et par le Comité de la Société, a réussi à donner à cette organisation le développement le plus heureux. Les prêts sont passés à 16.000 environ en 1920; 27.000 en 1921; 34.000 en 1922, et ils continuent de monter. Plus de mille familles vont à l'heure actuelle chercher régulièrement à la Bibliothèque leur aliment intellectuel et si la Ville de Cherbourg se distingue depuis quelque temps par un mouvement sans précédent dans le domaine des choses de l'esprit, la Société des Amis de la Bibliothèque peut se rendre ce témoignage d'avoir contribué dans une large mesure prépondérante à le susciter et à le développer (1).

Une certaine part revient aussi dans ce progrès à la Société Cherbourgeoise des Conférences, reconstitution d'un organisme semblable qui avait existé avant la guerre et avait eu une brillante carrière. L'initiative de cette reconstitution revient encore à la Société des Amis de la Bibliothèque, qui a obtenu d'ailleurs facilement l'appui de la Municipalité et le concours des Sociétés Savantes de la Ville, ainsi que celui du Syndicat d'Initiative de Cherbourg et du Cotentin.

La Société ainsi ressuscitée et dont le président est M. Favier, avocat, président de la Société des Amis, et le secrétaire M. Groult, bibliothécaire-archiviste, a vu dès sa première campagne (hiver 1922-23) ses efforts couronnés de succès. De novembre à mars, elle a pu faire donner à l'Hôtel de Ville, le dimanche et à intervalles réguliers, une série de Conférences qui ont fait salle comble chaque fois et ont donné toute satisfaction au public d'élite accouru pour en profiter.

Et c'est ainsi que, soit par le livre, soit par la parole, on arrive à Cherbourg, par des efforts intelligemment calculés, persévérants et des plus louables, à créer pour la population des passe-temps aussi agréables qu'instructifs et à faire développer de la façon la plus heureuse le goût des choses littéraires, scientifiques et artistiques.

TABLEAU DES OUVRAGES ÉDITÉS DANS LA MANCHE

Ou dont les Auteurs sont nés ou résident dans la Manche

I. — THEOLOGIE

ADAM (Abbé). — *Catéchisme illustré* (Société d'Edition et de Propagande, Coutances, 1914).

DE CHIVRE (Chanoine). — *Memento d'Instruction religieuse* (Société d'Edition et de Propagande, Coutances, 1919).

AUBRY (Abbé). — *Nova et Vetera* (Société d'Edition et de Propagande, Coutances, 1919).

— *Missel du Diocèse de Coutances* (Bellée, Coutances, 1917).

— *Paroissien-bijou du Diocèse de Coutances* (Bellée, Coutances, 1922).

II. — JURISPRUDENCE

QUEVAITRE (Abbé). — *Code de Droit canon* (Bellée, Coutances, 1919).

III. — PHILOSOPHIE ET ECONOMIE

LEMAITRE (Abbé). — *Les Hardiesses de la Mode* (Totain, Torigni-sur-Vire, 1915).

GIBON (Comte DE). — *Etude sur le Renouveau économique de la Manche* (Jouan, Caen, 1919).

LE CACHEUX (Paul). — *La Ligue des Familles nombreuses de la Manche* (Bellée, Coutances).

(1) Le regretté M. Groult et la Société des Amis de la Bibliothèque ont obtenu de si beaux résultats que le Conseil municipal a dû voter en avril 1924 l'agrandissement de la Bibliothèque municipale.

IV. — SCIENCES PROPREMENT DITES

Bulletin de la Société d'Horticulture (Bellée, Coutances).

DELPHY (J.). — *Etude sur l'Organisation et le Développement des Lombriciens limicoles Thalassophiles* (Doin, Paris, 1921).

V. — ARTS

LE CACHEUX (P.). — *La Recherche et la Protection des Objets d'Art* (Barbaroux, Saint-Lô, 1921).

PINEL (Abbé). — *Coutances et sa Cathédrale* (Société d'Edition et de Propagande, Coutances, 1921).

QUESNEL (J.) et JOUENNE (R.). — *Les Chevaliers de Douce France* (« Pou qui Grimpe », Coutances, 1920).

QUESNEL (Joseph) et THEZELOUP (Jean). — *La Cathédrale de Coutances* (Edition du « Pou qui Grimpe », 1919).

LE CONTE (Pierre). — *Sept Clochers Normands* (« Pou qui Grimpe », Coutances, 1920).

CHAUVET (Dr Stephen). — *La Normandie Ancestrale* (Boivin, Paris, 1922).

ROSTAND (A.). — *La Construction de l'Eglise de Flamanville* (Olivier, Caen, 1922).

ROSTAND (A.). — *Les Fresques d'Omonville-la-Rogue* (Le Thual, Saint-Lô, 1922).

HUET (Abbé). — *Le Vitrail* (Cathédrale). (Bellée, Coutances, 1917.)

MARTINIE (B. et H.). — *Jeanne Ronsay* (Album), (« *Pou qui Grimpe* », Coutances, 1922).

VI. — HISTOIRE ET CRITIQUE LITTERAIRES

BORDEAUX (Henry). — *La Jeunesse d'Octave Feuillet* (Plon, Paris).

MÉLÈSE (Pierre). — *Les Poètes Lakistes* (Renaissance du Livre, Paris, 1921).

— *Théâtre de Beaumont et Fletcher* (Renaissance du Livre, Paris, 1922).

VII. — POESIE

CRESPEL (Eugène). — *La Nef des Rêves* (Imprimerie des Masques et Visages, Paris 1920).

LANSONNEUR (Louis). — *Les Fleurs qu'on effeuille* (Boivin, Cherbourg, 1921).

FOUQUÉ (D[r]). — *En Marge* (E. Morel, Cherbourg, 1923).

LAURE (Raymond). — *Le Missel doré* (E. Morel, Cherbourg, 1922).

DUTHEIL (H.). — *Les Roses-sang* (J. Quesnel, Edition du « Pou qui Grimpe », Coutances).

LAISNEY (G.). — *La Noce chez le Photographe* (J. Quesnel, Edition du « Pou qui Grimpe », 1922).

ORGAND (R.). — *Douze papillons du Soir* (J. Quesnel, Edition du « Pou qui Grimpe », 1922).

PITRON (A.). — *Pieux Souvenirs* (Imprimerie de la *Dépêche de Cherbourg*).

VIII. — THEATRE

SEHIER (E.). — *Henri IV* (Morel et Laurens, Cherbourg, 1919).

CRESPEL (E.). — *Antigone* (Morel et Laurens, Cherbourg, 1921).

LE BRUN (A.). — *La Richardière* (Morel, Cherbourg, 1922).

CRESPEL (E.). — *Le Sorict d'Amour* (Morel, Cherbourg, 1922).

GUÉROULT (P.). — *Pierrot du Houmet* (Morel, Cherbourg, 1923).

LENOEL (E.). — *Le Cadeau* (Gosselin, Carentan, 1922).

IX. — ROMANS ET NOUVELLES

GUÉROULT (P.). — *En Tisonnant* (Morel et Laurens, Cherbourg, 1920).

LE VALLOIS. — *Auprès de l'âtre* (Morel et Laurens, Cherbourg, 1921).

AUBRY (Abbé). — *Derrière les Etoiles* (Société d'Edition et de Propagande, Coutances, 1921).

DARGUT (F.). — *Celle qui nous revient* (Grasset, 1921).

LEROUX (G.) et MOREL (E.). — *Premier Voyage d'un Mousse* (Laverdure, Alençon, 1913).

GOURMONT (Rémy DE). — *Huit aphorismes* (J. Quesnel, Coutances, 1920).

QUESNEL (J.). — *Mystiques litanies de Jeanne d'Arc* (J. Quesnel, Coutances, 1920).

— *La Harpe aux Sept Cordes* (J. Quesnel, Coutances, 1921).

— *Almanach de la Destinée de la Rose au Bois* (J. Quesnel, Coutances, 1921-22).

Gourmont (Rémy de). — *La Petite Ville* (J. Quesnel, Coutances, 1922).
Dériès (L.). — *La Terre qui ne meurt pas* (Berger-Levrault, Paris, 1918).
Le Conte (Pierre). — *Histoire de Rockall* (Le Conte, Cherbourg, 1923).
Le Mière (M.) — *L'Etoile de Richard* (Gautier-Languereau, Paris).
— *Le grand Choc* (Gautier-Languereau, Paris).
— *L'Indestructible Chaîne* (Gautier-Languereau, Paris).
— *Rêves et Destinées* (Gautier-Languereau, Paris).

X. — HISTOIRE RELIGIEUSE

Blond (Abbé). — *Si vous voulez des Prêtres* (Beauchêne, 1915).
— *Deux Ennemis de l'Intérieur* (Beauchêne, 1915).
— *Pour triompher de deux Ennemis de l'Intérieur* (Beauchêne, 1918).
— *La Sanctification des Enfants* (Beauchêne, 1921).
Anjot (Abbé). — *Memento d'Histoire Sainte* (Société d'Edition et de Propagande, Coutances, 1913).
Laisné (Abbé). — *Congrès diocèsain 1914* (Société d'Edition et de Propagande, Coutances, 1919).
Le Cacheux (Ch.). — *Institut des Frères des Ecoles chrétiennes de la Miséricorde de Montebourg*, tome II (Société d'Edition et de Propagande, Coutances, 1922).
Lemaitre. — *Le Pape et la Guerre* (Bellée, Coutances, 1915).
Le Cacheux (Paul). — *Notice biographique sur Désiré Demelun*, prêtre brancardier, tué à l'ennemi, (1887-1915). (La Chapelle-Monligeon (Orne), 1916.)
Ordos diocèsains, annuel (Bellée, Coutances).
Godefroy (Chanoine). — *Notre Maison* (Histoire de l'Abbaye Blanche). (Imprimerie de *L'Avranchin*, Avranches, 1920.)

XI. — HISTOIRE GENERALE. — GEOGRAPHIE REGIONALE

Almanach rouennais, annuel (Bellée, Coutances).
Almanach de la Manche, annuel (Bellée, Coutances).
Bulletin de l'Association des Anciens Elèves du Lycée de Coutances, annuel (Bellée, Coutances).
Quesnel (J.). — *Almanach des Saisons* (J. Quesnel, Coutances, 1920-21).
Chancerel (Léon). — *Jean-Julien Lemordant* (J. Quesnel, Coutances, 1920).
Fougeray-Ducoudray. — *Etat d'esprit de Granville pendant la Révolution* (Imprimerie moderne, Granville, 1920).
Le Cacheux (P.). — *Le Jeu du Papeguay à Saint-Lô avant la Révolution* (Jacqueline, Saint-Lô).
Rostand (A.). — *La Région de Basse-Normandie* (Bellée, Coutances).
Dorin (J.). — *Les Iles Chausey* (Société d'Edition et de Propagande, Coutances, 1921).
Alix (Abbé), curé-doyen des Pieux. — *Un Pèlerin à Lourdes* (Bellée, 1922).
Séguin. — *Guide pratique de Saint-Jean-le-Thomas* (Le Chaplais, Avranches, 1914).
— *Ducey et ses environs* (Le Chaplais, Avranches, 1921).
Chauvet (Dr Stephen). — *Coutances et ses environs* (Champion, Paris, 1921).
Ollivier (Dr). — *Carolles, Granville, Avranches et leurs environs. Le Mont Saint-Michel* (Bosse, Paris, 1922).
Nel (Dr). — *Boesinghe* (*Ouest-Eclair*, 1922).
Le Héricher. — *Itinéraire du Mont Saint-Michel, Avranches, Granville* (Le Chaplais, Avranches).
Dériès. — *La Manche en 1848 d'après l'enquête agricole et industrielle de l'Assemblée constituante* (Barbaroux, Saint-Lô, 1913).
Dériès (L.). — *Les Prussiens dans la Manche en 1815* (*Grande Revue*, n° 2, février 1917).
Dériès (Mlle M.). — *L'Ecole Centrale du Département de la Manche* (Thèse).
— *Le District de Saint-Lô pendant la Révolution* (Auguste Picard, Paris, 1923). (Thèse.)

Index bibliographique sommaire.

Il nous a été bien évidemment impossible de mentionner dans le texte rapide de ce rapport tous les auteurs et tous les ouvrages dont nous avons pu avoir connaissance. Aussi croyons-nous indispensable de donner un index bibliographique. Faute de place, nous avons négligé les Sociétés Savantes et les Revues, le texte de la première partie étant d'ailleurs trop riche de noms et très condensé. Nous mentionnerons ici la plupart des auteurs de volumes publiés depuis 1913. Faute de place, toujours, nous renverrons à la page du rapport où leurs œuvres se trouvent indiquées, nous bornant à relever celles dont nous n'avons pas parlé dans le texte. Nous renvoyons aussi le lecteur aux quatre volumes qui nous ont servi de guides : *L'Anthologie critique des Poètes Normands de 1900 à 1920*, de Ch.-Th. Féret, désignée par la lettre F; *Les Poètes Angevins d'aujourd'hui*, de Marc Leclerc, désignés par la lettre L; *Les Poètes de la Loire, La Génération du Feu* (Berger-Levrault, 1923), de Maurice d'Hartoy, désignée par la lettre H.

Nos fonctions d'archiviste-bibliothécaire du *Journal de Rouen* nous ayant amené à cataloguer les articles de G. Dubosc, nous en donnons souvent la référence qui sera précieuse, croyons-nous.

Rappelons que pour la Normandie, la bibliographie est tenue à jour par l'indispensable *Revue Catholique de Normandie*.

Souhaitons que la *Nouvelle Bibliographie Normande* de Mme Oursel soit continuée et que son exemple soit imité dans les autres provinces.

On pourra trouver dans l'*Almanach Catholique français* quelques renseignements sur les professeurs des grands séminaires, en particulier; dans le *Grand Annuaire des Littérateurs* (1922, Denolly) et dans *Qui êtes-vous ?* (Ruffy, éditeur, 1924), la bibliographie, les titres et qualités de beaucoup d'écrivains, journalistes, hommes politiques, etc...

Signalons encore l'ouvrage récent de Jean Vic : *La Littérature de Guerre* (5 vol., 1916 à 1924) ; *L'Anthologie des Ecrivains morts à la Guerre* (Malfère, Amiens, 1924) ; *Les Poètes tués*, par Fernand Divoire (*Revue Mondiale*, 15 juin 1924). En constatant que *L'Anthologie poétique* de Robert de la Vaissière et *La Poésie française moderne* d'H. Clouard mentionnaient six à dix volumes des quelque 200 poètes que nous avons passés en revue, nous avons osé espérer que notre travail serait indispensable aux lettrés du Nord-Ouest.

Nous avons jugé pratique de donner l'adresse des auteurs quand nous la connaissions.

Qu'il nous soit permis d'adresser nos très vifs remerciements à tous ceux qui ont bien voulu nous guider et nous aider dans ce travail, spécialement à MM. Ch.-Th. Féret, Marc Leclerc et Hubert-Filay qui mirent le fichier de leur province à notre disposition; pour le Calvados, à MM. Sauvage, A. Liégard, M. Souriau, Cettier, Jouan, J. Bertot, E. Bricard; pour l'Eure, à M. le chanoine Guéry, à M. Collignon; pour le Loir-et-Cher, à MM. Hubert-Filay et Dr Lesueur; pour le Maine-et-Loire, à MM. Leclerc, chanoine Urseau, M. Brillant, H. Coutant, Saché, M. Dufour, Mgr Pasquier, Richoux, Mme Alanic; pour la Manche, le regretté M. Groult, MM. Legrin, Favier, Sallé, P. Levatois, Micquelot; pour la Mayenne, MM. Prosper Mortou et Laurain; pour l'Orne, MM. R. Focet, F. Eon, Besnard, R. Gobillot; pour la Sarthe, M. R. Triger; pour la Seine-Inférieure, MM. G. Dubosc, Labrosse, R. Pinchon et le personnel de la Bibliothèque municipale, R. Dumaine, Jean d'Auray et tout particulièrement René

Rouault de la Vigne qui fut pour nous un charmant et précieux collaborateur de tous les jours.

Cet index a été tenu à jour jusqu'au 30 mai 1924, l'impression de ce Rapport ayant dû subir un retard injustifiable de huit mois dont nous ne sommes en rien responsable.

ADIGARD DES GAUTRIES, collaborateur de la *Revue Normande*, 21, rue du Bouteiller, Lisieux. — Etudes sur le *Mouvement régionaliste*.

ALANIC (Mlle Mathilde), 32, boulevard de Saumur, Angers. — P. 46; L., p. 7; *Le Miracle des Perles* (1913); *Le Docteur Henri Legludic* (1918); *Derrière le Voile* (1923); *Le Sachet de Lavande* (1924).

ALARY (Eloy), 1, rue de Cronstadt, Bécon-les-Bruyères. — *Les Doigts qui parlent; La Marguerite bleue; Monsieur Parfait*, romans-feuilletons parus dans le *Journal* et le *Matin;* Chroniques et échos à *l'Opinion*.

ALLARD (Roger), 20, rue Nelaton, Paris. — P. 39; F., p. 341; *Baudelaire et l'esprit nouveau* (1918).

ALI-BRUGES, du Havre. — *Mirages lyriques* (1923).

ALLORGE (Henri), 49, rue Raynouard, Paris. — P. 43; *Petits Poèmes électriques et scientifiques* (1924); *Ciel contre Terre* (*Bibliothèque de la Jeunesse*, 1924).

Une Ame d'Apôtre : Louis Maurisset, par un ancien professeur (Imprimerie de la Vicomté, Rouen).

ANDIGNÉ (comte D'), 49 *bis*, rue de Boulainvilliers, Paris, XVIe. — *De Boulogne à Auteuil; Passy et Chaillot à travers les âges;* Conférences au Jockey-Club.

ANDRIEU (Pierre), 17, rue Docteur-Pierre-Cazagnaire, Cannes. — H., p. 17; *Les Instants éternels* (poèmes, 1920); *Au Temps des Crises* (scènes de revues, 1920); *Les Peurs* (poèmes, 1923); *Mélodies* (musique d'Henry Coullon).

ANTIN (A.), professeur au Lycée de Marseille. — *Essai de Biographie psychologique, Le Père Gratry; L'Echec de la Réforme en France au XVIe siècle; La Maison en deuil;* voir *Journal de Rouen*, 28 janvier 1920.

ARGENTIN (Charles-Théophile, 1897-1919). — P. 32; F., p. 93.

ARMOR (Jean D'). — P. 36; F., p. 185.

ARSÈNE (Maître), pseudonyme de DEMONGÉ (Gaston), 1, rue Jacques-Huet, Fécamp.

ASTER (Mlle George), secrétaire de rédaction de *La Mouette*, Le Havre. — P. 40; F., p. 411.

AUDÉ (R.) (1846-1921). — Voir Georges Dubosc, Article nécrologique (*Journal de Rouen*, 28 novembre 1921).

AUGER (Louis), Tôtes (Seine-Inférieure).

AUBRY (G.-Jean), 11, Great Marlborough Street, London, W. 1. — *La Musique française d'aujourd'hui* (1916); *La Musique et les Nations* (1922; Etudes sur la *Littérature et la Musique anglaise*, dans le *Correspondant; L'Œuvre critique de Debussy* (*Revue Musicale*, 1er décembre 1920); *Les Animaux dans la Musique* (Conférence, 1923-1924). *Le Centenaire d'un Peintre : Eugène Boudin* (*Correspondant* et *Mercure de France*, juillet 1924).

AURAY (Jean D'), pseud. de R. GOSSELIN. — Critique d'Art au *Havre-Eclair*.

AUREL (Mme), rue du Printemps, Paris. — P. 80 : *La Semaine d'Amour* (1913); *La nouvelle Conscience de l'Homme et de la Femme* (Discours); *Le Couple, essai d'entente* (1914); *Les Saisons de la Mort* (1916); *Rodin devant la Femme* (1919); *Le Commandement d'Amour dans l'Art après la Guerre; Simplicité féminine au secours : la physique de l'influence; Les Françaises devant l'opinion masculine; La jeune Italie : une guerre d'inclination* (*Grande Revue*, février 1917); *Ovide et l'Art d'aimer* (*id.*, sept 1921); *Sibilla Aleramo* (*id.*, mars 1923); *Le Devoir de grâce en amour; Une Politique de la Maternité* (1923); A consulter : L. Delarue-Mardrus, *Aurel et le Procès des Mondaines;* H. Clouard, *Aurel*.

AVESNES (comte Louis DE BLOIS), bourg d'Iré (Maine-et-Loire). — P. 51 : *Enquête sur l'âme du Soldat français* (*Revue hebdomadaire*).

BAGUENIER-DESORMEAUX (Henri), 31, rue Duhesme, Paris. — L., p. 7; Ouvrages sur la Vendée.

BAGUENIER-DESORMEAUX (J.) (1888-1914). — P. 31; L., p. 109.

BALLU (abbé Louis), curé de Parnay (Maine-et-Loire). — *Les Métiers du Prêtre de demain*.

BANVILLE D'HOSTEL, 38 *bis*, rue Fontaine, Paris. — P. 38; F., p. 260; *Le Semeur de Sable* (Figuière).

BARAY (chanoine), mort curé de Saint-Vincent-de-Paul du Havre. — Poésies religieuses, patriotiques; voir *Havre-Eclair*, 17 janvier 1924.

Bardet (René). — P. 44.

Bataman (G.-C.). — *Les Coutumes scolaires dans l'ancienne Angleterre* (Evreux, 1920), thèse présentée à l'Université de Caen.

Batilliat (Marcel), 33, rue de l'Orangerie, Versailles. — L., p. 7; *Versailles aux Fantômes; La Vendée aux Genêts.*

Battut-Clémenceau (A.). — L., p. 7.

Baudouin (Dr), d'Alençon. — Plaquette sur F. Loriot.

Baumann (Emile), professeur au Lycée du Mans. — *Les grandes formes de la Musique : L'Œuvre de Camille Saint-Saëns; L'Immolé; La Fosse aux Lions; Trois Villes saintes : Ars-en-Dombes, Saint-Jacques-de-Compostelle, le Mont Saint-Michel; Le Baptême de Pauline Ardel; L'Abbé Chevroleau, caporal au 90e d'Infanterie; La Paix du septième jour; Le Fer sur l'Enclume; Job le prédestiné* (1922); *L'Anneau d'or des grands Mystiques : de Saint-Augustin à Catherine Emmerich* (1924).

Baussan (Charles), 80, rue Bonaparte, Paris, vie. — L., p. 113; Chroniques littéraires, Croix et diverses Revues.

Bazan (Noël), pseud. de Mme veuve Delbousquet. — F., p. 418.

Bazin (René), 6, rue Saint-Philippe-du-Roule, Paris, viiie. — P. 29, 50; L., p. 21; *Nord-Sud*, notes de voyage (1919); *Gingolph l'abandonné* (1914); *Pages religieuses* (1915); *Récits du Temps de Guerre* (1915); *Aujourd'hui et Demain: La Campagne et la Guerre* (1916); *Notes d'un Amateur de Couleurs* (1916); *La Closerie de Champ Dolent* (1917); *Les Nouveaux Oberlé* (1919); *Charles de Foucault* (1921); *Il était quatre petits enfants* (1923); *Ma Tante Giron* (1921); *Le Conte du Triolet* (1924).

Beauclair (Henri) (1860-1919). — P. 32; F., p. 70.

Beaulieu (Jean de). — P. 38; F., p. 270; *La Peur chez soi* (*La Lecture*, 1915); Pièces en prose inédites; *La Chrysalide; La Victoire inutile; Le Pari; Pour la Victoire.*

Beaunier (André), 2, rue de Villersexel. — *Visages de Femmes; Les Idées et les Hommes*, essais de critique (1913); *La Révolte*, roman (1914); *Les Surboches* (1915); *Les Idées et les Hommes* : 2e série (1915); 3e série (1916); *Figures d'autrefois; Sentiments de la Guerre* (1917); *La Jeunesse de Joseph Joubert* (1918); *Joseph Joubert et la Révolution; Sidonia ou le malheur d'être Jolie* (1919); *L'Amour et le Secret*, roman (1920); *La Jeunesse de Madame de Lafayette; Suzanne et le Plaisir*, roman; *Joseph Joubert : Lettres à Madame de Vintimille* (1921); *La Folle Jeune Fille*, roman; *Contes à Psyché* (1922); *L'Assassinée*, roman; *Au Service de la Déesse*, essais de critique; *Le Roman d'une Amitié* (1923); *Une Ame de Femme*, roman (1924); Critique dramatique à l'*Echo de Paris;* Critique littéraire à la *Revue des Deux-Mondes;* Voir *Opinion* (18 avril 1924) : A. Thérive; Le roman de M. A. Beaunier.

Beaupin (Mgr Eugène), 3, rue Garancière, Paris, vie. — *Les Leçons de la Guerre; Nos Eglises et la Guerre* (1914); *Les Nouvelles Gloires de l'Eglise de France : André Hubert, Fournet, Guillaume-Joseph Chaminade, Jacques-Désiré Laval; Les Devoirs des Catholiques d'après-guerre; L'Esprit d'Initiative chez nos Prisonniers en Allemagne* (*Correspondant*, 25 avril 1916); *Le Saint-Siège et la Guerre* (*Correspondant*, 25 mai 1917); Etudes dans la *Chronique sociale de France;* Collaboration à des journaux étrangers; à voir : *Echo de Paris*, 3 février 1924.

Béguin (Maurice), archiviste des Deux-Sèvres. — Travaux historiques publiés dans les Recueils de la Société Libre de l'Eure, dans les Revues normandes, dans l'*Eclair de l'Ouest*, etc.; *Histoire et Géographie des Deux-Sèvres; Guide de Niort.*

Belliard. — F., p. 397.

Bénard (abbé Julien), curé d'Auberville-la-Manuel, par Veulettes (Seine-Inférieure), pseud. : Frère Oudinet. — P. 56; *Contes et Légendes des Falaises Normandes* (*Journal de Rouen*, 2 novembre 1923).

Benedite (Léonce). — *Le Peintre Albert Lebourg*, voir G. Dubosc (*Journal de Rouen*, 16 décembre 1923).

Bergevin (Antoinette de). — Voir Yver (Colette).

Berjole (Charles), 1, place de la Visitation, Angers. — L., p. 91; *Poèmes*, avec bois de l'auteur (Collection du *Bibliophile angevin*).

Bernard (J.-A.), pseud. de Jean-Albert-Bernard Gourde. — *Un Veau*, un acte; *T'as bonne mine*, comédie-vaudeville en trois actes.

Berthaut (Léon), 17, boulevard de la Tour-d'Auvergne, Rennes. — *Les Amants de Teruel*, tragédie en trois actes; *Plus fort que l'Amour*, un acte.

Bertot (Jean), rédacteur du *Lexovien*, Lisieux. — P. 74; F., p. 170; Comédies de salon (Morière, 1923).

Beuve (Louis), 15, rue des Images, Saint-Lô. — P. 40; F., p. v.

Bigot, d'Honfleur. — *Pages et Croquis*, impression de guerre (Morière, Lisieux).

Bion (Eugène), 14, avenue de Caen, Rouen. — *La Galerie des Bustes* (*Journal de Rouen*, G. Dubosc, 30 mars 1922).

Billaud (Pierre), 17, rue des Authieux, Evreux. — L., p. 7; *Griche-Midi; Le Moulin de Virelune.*

Blanguernon. — F., p. xi.

Blois (comte Louis de), 88, avenue Kléber, Paris. Voir Avesnes.

Bocheux (Amédée) (1895-1920). — P. 32 et 74; F., p. 389; *Le Bouffon du Roi d'Yvetot*, deux actes (Yvetot, 1919); *Saint-Amant.*

Boès (Karl). — F., p. 397.

Bonnenfant (chanoine). — *Les Séminaires normands du* xvi*e au* xviii*e siècle* (Jouan, 1915); *l'Eglise Saint-Nicolas de Beaumont-le-Roger* (Picard, 1924); voir aussi Recueils de la Société Libre de l'Eure.

Boissière (Albert), 26, rue des Tournelles, Paris. — P. 36; F., p. 197; *L'extravagant Teddy de la Croix-Rouge anglaise* (1917); *Le Neveu de l'Oncle Sam* (1917); *Le Mort qui est mort; Un Crime a été commis* (1921).

Boudou (A.). — *Un Fils peu connu de Thomas Corneille*, voir G. Dubosc, *Journal de Rouen*, 5 mars 1924.

Boulen (Charles), Saint-Maclou-de-Folleville, par Saint-Victor-l'Abbaye (Seine-Inférieure). — P. 36; F., p. 210.

Boulenger (Jacques), 46, rue du Bac, Paris, directeur de l'*Opinion*, est né à Paris de parents normands. — H., p. 38.

Bouquerel (Charles), rédacteur à la *Dépêche de Rouen*. — *A Vingt Ans*, un acte en prose.

Boureau (Léon), le meunier-poète de Blainville-Crevon. — *Alain Kerma Légionnaire*, poésies. Voir G. Dubosc, *Journal de Rouen*, 20 avril 1923.

Bourgeois (abbé Henri), Rouen. — P. 17; F., p. 398; *Le Château de Mesnières* (1923).

Bourgerie (Rémy). — F., p. 398; *Houles et Rafales* (1923).

Bourgine (Edouard), pseud. Paul Vautier, 11, quai d'Elbeuf, Oissel-sur-Seine (Seine-Inférieure). — P. 56; F., p. 404; H., p. 39.

Boutrolle (Fernand). — *Chants de Guerre et Chansons d'Amour* (1917).

Boylesve (René), pseud. de Tardiveau, est Saumurois d'origine.

Boutard (abbé Charles), curé de Saint-Hilaire, 75, route de Darnétal, Rouen. — *Lamennais.*

Brieux (Eugène), 26, rue Victor-Massé, Paris, viii*e*. — P. 65; *L'Enfant* (1923).

Brillant (Maurice), secrétaire de rédaction du *Correspondant*, 19, rue Vaneau, Paris, vii*e*. — P. 27, 30, 51; L., p. 79; *Les Mystères d'Eleusis* (1921); *L'Intellectualisme dans l'Art et la Littérature d'aujourd'hui* (dans le volume : *Le Problème de l'Intelligence*); Importants travaux dans le *Dictionnaire des Antiquités*, la *Revue de Philologie*; Rubrique mensuelle, *Les Œuvres et les Hommes*, au *Correspondant*; *Cantilène pour une Jeune Sainte* (1923); En préparation : *Manuel de l'Amateur du Vin d'Anjou; Pierre Biondeau et la Statuaire angevine en terre-cuite au* xvii*e siècle; L'Art chrétien au* xx*e siècle; L'Amour sur les Tréteaux ou la Fidélité punie*, roman (1924).

Broc (vicomte de). — F., p. 398.

Bruel (André), 39, rue Plantagenet, Angers. — *La Veillée Angevine.*

Brunetière (Ch.), 156, rue de la Madeleine, Angers. — *Le Reliquaire Angevin*, bluettes inédites.

Brunon-Guardia (M*me* Madeleine), rue de l'Hôpital, Rouen. — *Trois Evocations : Jeanne d'Arc, 1429-1431-1921* (Rouen, Desfontaines, 1923); *2 Novembre 1918; Les Cinq Noëls; 1914-18; Heures de Guerre; Vacances d'après-guerre; Le D*r *Henri Beaumis; Dans l'Ombre des Clochers* (Desfontaines, 1924). (Voir G. Dubosc, *Journal de Rouen*, 1*er* avril 1924).

Bunoust (Auguste) (1888-1921). P. 33; F., p. 356.

Bureau (lieutenant). — *Finaud, Gas normand; Histoire du 39e Régiment d'Infanterie* (G. Dubosc, *Journal de Rouen*, 15 novembre 1920).

Bureau (Paul) (1865-1923). — *L'Indiscipline des Mœurs* (1920); *Quinze années de Séparation*, étude sociale documentaire sur la loi de 1905 (1921); *Introduction à la Méthode sociologique* (1923).

Camy-Renoult, 22, place Saint-Eloi, Rouen, directeur de la *Chaumière*, du Théâtre Normand, collaborateur de la *Dépêche de Rouen*. — P. 26, 68, 69, 70; *D'Hier à Demain*, poèmes 1920); *La Côte de Grâce et sa Chapelle* (1923); *Ni oui... ni non*, opérette normande (1924).

Campion (Robert), 45, quai Bourbon, Paris. — P. 36; F., p. 204.

Canu (Maurice), consul général de la Principauté, Monaco. — P. 36; F., p. 221.

Carantec (Guillaume), 51, rue Guynemer, Issy-les-Moulineaux. — P. 29; L., p. 55.

Cé (Camille), pseud. de **Chemin** (C.), 29 *bis*, rue Monge, Paris. — P. 38 et 57 ; F., p. 263 ; Collabore avec Jean Gaument (Verdier) ; Collabore régulièrement à la *Revue Normande;* A donné aux *Nouvelles Littéraires* (juillet 1923), reproduit en partie dans le *Mercure de France* du 15 septembre 1923, une Vue d'ensemble de la Littérature normande actuelle ; *La Part du Combattant*, farce, Théâtre du Marais, Bruxelles, 28 mars 1923 ; *Le Bonheur n'est pas de ce Monde*, pièce reçue au Théâtre du Vieux-Colombier ; *Le Démon blanc* et *La Duchesse d'Amalfi*, traduits de John Webster.

Celos (Dr Georges), 52, boulevard de Vaugirard. — *Quelques-uns des Secrets de Verneuil :* I. *L'Attaque de Verneuil-sur-Avre (20 juillet 1449) ; Jean Bertin. Le Libérateur (1400-1467) ;* II. *La Signature du Grand Cardinal;* III. *L'Homme de Fer;* IV. *Une Pierre tombale de 1585 dans l'Eglise Notre-Dame de Verneuil; Nuits de Deuil, Jours de Gloire* (1923).

Cernières (Laurent), collaborateur du *Havre-Eclair*. — P. 37 ; F., p. 239 ; *En Marge des Contes de Fées* (voir *Havre-Eclair*, 12 juin 1924).

Challemel (Wilfrid) (1846-1916). — P. 32 ; F., p. 19.

Chantepie (Robert). — Voir **Kerlecq** (Jean **de**).

Chanviré (Roger), rue Château-Gontier, Angers. — *Le Tombeau d'Hector* (poèmes) ; sous le pseudonyme de Sylvain **Briolley** : *L'Irlande insurgée* (Plon).

Charasson (Henriette), 86, avenue des Ternes, Paris. — P. 40 ; F., p. 413 ; *Jules Tellier*, étude critique (1922) ; *Grigri* (1923) ; *La Littérature féminine*, dans l'*Histoire de la Littérature contemporaine*, dirigée par Eugène Monfort ; *Faut-il supprimer le Gynécée* (1924) ; voir *Croix*, 28 avril 1924 ; Critique littéraire aux *Lettres;* Collabore à de nombreuses Revues.

Charmy (Roland), 59, rue Lepic, Paris, xviiie. — P. 58 ; L., p. 7 ; *Une Femme; Vivre* (Théâtre de la Renaissance, 1920) ; *Elle osa vivre* (1923) ; *Du haut de mon Clocher* (1923).

Chasles-Pavie (J.), 6, rue César-Franck, Paris, xve. — P. 31 ; L., p. 113.

Chateaubriant (Alphonse **de**). — L'auteur de *Monsieur des Lourdines* et de *La Brière*, né à Rennes d'une famille d'origine flamande, a de nombreuses attaches avec l'Anjou qui le réclame comme un des siens.

Chauvet (Dr Stephen), 35, rue de Grenelle, Paris. — *La Normandie ancestrale* (au Pays de Coutances, 1921) ; *Coutances et ses Environs* (1921) ; *Les empoisonnements par les Champignons; L'illusion du « déjà vu »* (*Mercure de France*, juillet 1918) ; *La Télépathie* (*Annales des Sciences Psychiques*, nos 6 et 7, 1919 ; *Revue Métapsychique*, no 4, 1921) ; *L'Avenir de la Science dans la Société moderne* (*La Vie*, 15 novembre 1919) ; *Le Mystérieux Humain* (*Mercure de France*, 1er octobre 1923).

Chauvière (Claude), 8, rue Rosa-Bonheur, Paris, xve. — L., p. 8 ; *Amour mon ennemi* (Fayard, 1923) ; *La Femme de personne; Tambour et Lagardère; Pensées.*

Chauvigny (René **de**). — *La Résistance au Concordat de 1801* (Plon-Nourrit).

Chemin, voir **Cé** (Camille).

Cherré (Pierre), voir **Rougé** (Olivier **de**).

Chesneau (abbé), curé de Saint-Gervais (Loir-et-Cher). — *Les Dissidents Vendômois de la Petite Eglise.*

Chevallier (abbé), curé de Caule-Sainte-Beuve. — *Histoire du Collège ecclésiastique d'Aumale* (voir G. Dubosc, *Journal de Rouen*, 23 août 1924).

Chirol (Pierre), rue Thiers, Rouen. — Etude sur *E.-H. Langlois, dessinateur* (1922) ; *L'Abbaye de Jumièges* (1923) ; *Paul-Hippolyte Flandrin* dans *Notes d'Art et d'Archéologie.*

Chosson (Mme Madeleine). — *A travers le Pays de Caux* (voir *Journal de Rouen*, 10 octobre 1923 et 17 janvier 1924).

Christian-Frogé (R.), 28, avenue de l'Observatoire, Paris, xive. — P. 30 ; L., p. 73 ; H., p. 56 ; *Sous les Rafales*, poésies (1916) ; *Morhange et les Marsouins en Lorraine*, récits de guerre (1917) ; *La Petite Ville*, poésies (1918) ; *Les Captifs*, récits de guerre (1918) ; *La République*, poème (1920) ; — Au théâtre : *L'Exil de Molière*, un acte en vers (Odéon, 1921) ; *Les Porte-Glaives*, trois actes en vers (Champs-Elysées, 1921) ; *La Grande Guerre vécue, racontée et illustrée par les Combattants* (en collaboration avec l'A. E. C., 1922) ; *Il était une Ville de rêve* (fragments).

Clairfontaine (Jules **de**), à Montivilliers (Seine-Inférieure). — P. 37 ; F., p. 229 ; *Floréal*, saynète en vers (1913).

Clerget (Georges). — P. 38 ; F., p. 258 ; *Horizons brumeux* (1919).

Collin (Paul), 34, rue Ampère, Paris. — F., p. 131.

Conor (Mme Marthe). — *La Jeunesse de Madame Roland.*

Cormeau (Henry), juge de paix à Seiches (Maine-et-Loire). — P. 29 ; L., p. 43 ; *Le Mal joli*, roman (1920) ; — En préparation : *Les Cloches de nos Clochers; Essai sur la phonétique dans les Parlers du Bas-Anjou.*

Couallier (Maurice), château de Chauderne, par Saint-Germain-d'Arcé (Sarthe). P. 29; L., p. 47.

Coupel (Alfred), La Haie-Longue, à Saint-Aubin-de-Luigné (Maine-et-Loire); 35, rue des Boulangers, Paris, v^e^. — P. 30; L., p. 61; Trois œuvres en collaboration avec Roussel : *Anne-Marie; Acis et Galatée; Psyché;* — Trois pièces de théâtre inédites : *L'Aïeule; Hélène Hergant; Bohème d'Amour; L'Ame buissonnière* (1923), chez H. Cormeau.

Coutant (Henry), rédacteur à l'*Ouest-Eclair*, 133, avenue de Suffren, Paris, viie. — L., p. 8 et 9; *Palais-Bourbon, La Marseillaise; Les Artistes angevins; Pendant la Guerre* (*Revue de l'Anjou*, décembre 1921 et janvier 1922).

Coutil (Léon), conservateur du Musée des Andelys. — *Archéologie gauloise, gallo-romaine, franque et carolingienne du département de l'Eure* (1895-1921), 4 volumes (voir *Journal de Rouen*, 11 décembre 1922).

Crépieux-Jamin. — *L'Ecriture des Canailles* (1924) (voir Spalikowsky, *Rappel*, 29 février 1924).

Crespel (Eugène), 41, Val-de-Saire, Cherbourg. — P. 38 et 74; F., p. 291; *La Nef des Rêves; Sur le Chemin des Ages* (en préparation), poésies; — Théâtre : *La Montée au Calvaire*, trois actes en prose; *Maître chez soi*, un acte en vers (1922); *La Vierge à l'Enfant*, oratoire, musique de Carrara; *La Sulamite*, opéra en cinq tableaux; *La Morte*, pièce en trois tableaux.

Cunche (Gabriel). — Thèses présentées à la Faculté de Caen; *La Société paysanne Bernoise dans la première moitié du* xixe *siècle d'après les romans de Jérémias Gotthelf* (Alençon, 1918); *La Renommée de A. de Halles en France; Influence du poème des Alpes sur la Littérature descriptive du* xviiie *siècle.*

Curnonsky, pseud. de Maurice Saillant, 14, place Laborde, Paris, viiie. — L., p. 8; *La France gastronomique; Les Facéties de M. Radinois; T. S. V. P.; Petites Histoires de tous et de personne*, avec J.-W. Bienstock (1924). (Voir *Nouvelles Littéraires*, 15 mars 1924.)

Dampierre (marquis de), impasse de la Visitation, Paris, viie. — *En l'an V*, comédie; Etudes sociales.

Dantu (abbé), doyen de Brionne (Eure).

Daubrée (Eléonor), Lessay (Manche). — P. 38; F., p. 291.

Dauphin (V.). — *Rabelais;* Ouvrages de sociologie.

Davenet, vétérinaire à Ténès (Algérie); voir Tis (Georges).

David (Henri), 6, rue de la Gare, Angers. — *David d'Angers.*

David (Maurice), Henry de Normannia en littérature, à La Mouette, Yvetot. — *Impressions d'Italie* (1912); Nombreux articles dans *L'Abeille Cauchoise*, le *Journal de Fécamp*, la *Revue de Normandie*, la *Tribune*, la *Nouvelle Revue Nationale*, la *Revue Syrienne Bibliologia;* Conférences à l'Institut Rudy; plusieurs ouvrages en préparation.

Davoust (Henri), 5, rue Etienne-Marcel, Paris. — H., p. 62; *Le Robinson du Front; Le Tord-Boyau; L'Avenir du Soldat français; L'Habit d'Arlequin*, poèmes; *Dix Contes de Guerre.*

Debout (Jacques), pseud. de l'abbé Roblot. — F., p. 399; directeur des *Cahiers catholiques; Les Morts fécondes; Lettres et Nouvelles Lettres d'un Militant; L'Ame de Feu;* poèmes de guerre et d'après-guerre (*Journal de Rouen*, 2 juin 1923); *Les Sept contre les Morts*, mystère en vers à la manière du Moyen-Age.

Decaen (Alice), 48, rue Guilbert, Caen. — P. 50.

Delamare (abbé), 29, faubourg de Rouen, Louviers. — Ouvrages et Etudes de liturgie (voir *Revue catholique de Normandie*).

Delamare (Robert), rédacteur à la *Dépêche de Rouen*, 38, route de Neufchâtel, Rouen. — *Le Besoin de mordre* (avec Pierre Villette); Nombreuses revues locales : *On remet çà; Çà va t'y? Pis toi* (Folies-Bergères, 1923); *A la bonne Franquette* (1924); *T'as l'Bonjour du P'tit* (1924), en collaboration avec André Karquel et Georges Néel.

Delarue-Mardrus (Mme Lucie), pavillon de la Reine, Honfleur. — P. 41, 49, 69; F., p. 418; *Le Pain blanc* (1923); *Six Poèmes* d'Edgar-Allan Poë, traduits en vers français (1923); *La Cigale* (1924); *Laudes* (dans *Nos Poètes*); annonce un livre de poèmes composés en anglais; Conférence sur Mme Aurel; *Henri de Régnier à Honfleur* (*Revue de Paris*, 15 octobre 1923); A consulter : Sirieyx de Villers, *L. Delarue-Mardrus* (1923).

Delaunay (Dr Paul), 36, rue Chanzy, Le Mans. — Consulter Ch. Buchet : *Bulletin de la Société d'Histoire de la Pharmacie* (avril 1922); *Histoire de la Société de Médecine du Mans et des Sociétés médicales de la Sarthe* (1913); *La Bibliothèque d'un Apothicaire Fertois (P.-R. Verdier) à la fin du* xviiie *siècle* (1914); *Croquis du Front* (1915); *Le Traitement de la Rage dans le Maine au* xviiie *siècle* (1917); *Les derniers jours d'un Erudit, M. l'abbé Angot* (1917); *La Communauté des Chirurgiens de La Flèche* (1919); *Un Botaniste Manceau, Hector Léveillé* (1917); *Etudes sur l'Hygiène, l'Assistance et les Secours publics dans le Maine*, 1re série (1920); *Ceux qui soignaient nos Pères : Médecins Manceaux d'autrefois* (1921) ; *Les Sages-Femmes dans le Maine à la fin de l'Ancien Régime* (1921) ; *La Médecine populaire dans le Maine à la fin de l'Ancien Régime, la Médecine illégale, les Charlatans* (1921) ; *La Médecine légale dans le Maine sous l'Ancien Régime* (1921) ; *Paysages de Guerre et Choses du Vieux Temps; Carnets d'un Aide-Major* (1921) ; *Un Pharmacien naturaliste et historien : J.-R. Pesche* (1921) ; *Vieux Médecins Sarthois*, 3e série (1922) ; *Pasteur et l'Evolution des Théories médicales* (1922) ; *Les Idées religieuses de Pierre Belon, du Mans* (1922) ; *Les Guérisseurs ambulants dans le Maine sous l'Ancien Régime* (1922) ; *Etudes sur l'Hygiène*, 2e série ; *Les Maladies contagieuses et l'Assistance aux Epidémies* (1922).

Demongé (Gaston), 1, rue Jacques-Huet, Fécamp. — F., p. v ; *Aux Gars de Normandie, poésies, contes, silhouettes* (1917) ; *L'Ame qu'on crucifie*, poèmes (1915-1918).

Denais (Joseph). — L., p. 9.

Denis (Albert).

Destin (Fernand), rédacteur en chef de la *Dépêche de Rouen*.

Des Vignes Rouges (Jean), pseud. de Taboureau (commandant), 25, rue des Sapins, Rouen. — H., p. 210 ; Discours de réception à l'Académie de Rouen et réponse de Mme Colette Yver (*Journal de Rouen*, 12 avril 1924) ; *Bourru, Soldat de Vauquois; L'Ame des Chefs; André Rieu, Officier de France; Sous le Brassard d'Etat-Major; Deviens un Chef; Cent millions*, roman d'aventures ; voir R.-G. Nobécourt : *Ralliement*, mai et juin 1924.

Dieusy (Georges), avocat à la Cour d'Appel de Rouen, bâtonnier de l'Ordre. — *Allocutions* (1921-1923).

Doire (René), 29, rue Tronchet, Paris. — Directeur du *Courrier Musical*.

Dorchain (Auguste), 46, rue Garancière, Paris. — P. 43 et 81 ; *Discours sur Lamartine* (1913) ; *Hymne aux Cloches de Pâques* (lu par Mounet-Sully au Théâtre-Français le 4 avril 1915) ; *Pierre Corneille* (1918) (Prix Lasserre).

Doussain (Gustave), 3, rue du Clos, Fontenay-sous-Bois (Seine). — H., p. 73 ; L., p. 8 ; *Castel Pépère* (1918).

Dragolioub (Pétrovitch). — *L'Association des Idées obéit-elle à des lois?* (thèse présentée à l'Université de Caen, 1920).

Drouet (Paul), directeur de la *Vie Caennaise*, 10, rue de Bayeux, Caen.

Dubois (cardinal), Archevêque de Paris. — Conférence sur sa *Mission en Orient* à la Société Normande de Géographie.

Dubosc (Georges), critique d'art du *Journal de Rouen*, 46, rampe Bouvreuil. — P. 77 ; *Le Port de Rouen à travers les âges* (Desfontaines, 1921) ; *L'Abbaye de Saint-Georges-de-Boscherville* (1923) ; *Autour de la Vie de Jeanne d'Arc; A travers Rouen ancien et moderne; Rouen pendant la guerre* (1919) ; *Rouen Ville-Musée* (*Guide du Syndicat d'Initiative*).

Dubreuil (Louis), député, maire de Rouen, 106, route de Neufchâtel, Rouen. — P. 61.

Dufour (G.), Les Terrasses, Chalonne (Maine-et-Loire). — Critique musical de la *Revue d'Anjou*.

Dufy, 29, rue Tronchet, Paris. — Secrétaire de rédaction du *Courrier Musical*.

Duhourceau (François), 1, rue Thiers, Bayonne (Basses-Pyrénées). — H., p. 75 ; *La Révolte des Morts* (1920) ; *Un Homme à la Mer* (1921).

Dujardin (Edouard), 14, avenue du Bois-de-Boulogne, Paris. — P. 36 et 63 ; F., p. 171 ; 1913, Poésies ; *La Comédie des Amours; Le Délassement du Guerrier; Pièces anciennes*; 1919, *De Stéphane Mallarmé au Prophète Ezéchiel*. — Théâtre : *Marthe et Marie* (Antoine, 1913).

Dumesnil (Georges) (1855-1916). — P. 87.

Dumesnil (René), 52, rue Vaneau, Paris, viie. — P. 80 ; H., p. 76.

Du Motey (vicomte), 44, rue Sainte-Claire, Alençon.

Dupont (Etienne). — *Les Prisons du Mont Saint-Michel (1425-1864)*, d'après des documents originaux inédits, 8 gravures (1913) ; *La Bastille des Mers* ; Les Exilés de l'Ordre du Roi au Mont Saint-Michel, 1685-1789 (1920) ; *Le véritable Chevalier Destouches*; Chasseurs et Chasseresses du Roi, 1792-1804 (1924). — En préparation : *Les Maisons de Force* : Les Châteaux et les Couvents du Roi.

Dupré (Henri), 164, rue de Vaugirard, Paris, xve. — P. 77 ; *Un Italien d'Angleterre : Le Poète-Peintre Dante-Gabriele Rossetti* (prix Montyon, 1923) ; Purcell : Airs (précédés d'une notice), à paraître en 1924.

Dupuy (Mme Marthe), 2, rue du Dragon, Paris. — *Les Poètes de la Loire*, p. 47 ; p. 28, *Les Jours d'Ombre et de Flamme; Les Nuits rouges*, poèmes de guerre (1916-1917) ; *L'Idylle en Fleur; La Cité de l'Ame; La Volupté de souffrir*.

DUQUESNE (Robert), conservateur de la Bibliothèque Canel à Pont-Audemer (Eure). — P. 81.

DUREAU, 10, rue de Maistre, Paris, XVIIIe.

DUTHEIL (Henri), pseud. d'Henri MIGNET. — P. 40; F., p. 380; H., p. 77; *De Sauret-la-Honte à Mangin-le-Boucher avec la 5e D. I.; La Comédie de Saint-Aubin* (1922).

EDOUARD (abbé). — *Etat des Défenses militaires de la Haute-Normandie* (Fécamp, 1921).

ENAULT (François) (1869-1918), rédacteur en chef de la *France illustrée;* a publié de divers côtés et en particulier dans le *Bouais-Jan* et le *Journal de la Manche* de nombreux contes patoisants fort savoureux et qui dépeignent bien le caractère normand; Il est le Millet du Cotentin.

ENG (Roger) (1892-1916). — P. 34; F., p. 109; *Les Amies oubliées* (1913); *Le Voyage* (1913); *Les Plourants de Saint-Michel* (posthume, 1917).

ENGAMMARE (Mme André), FRONTARD (Marthe), rampe Saint-Hilaire, 30, Rouen. — P. 72.

ENGELHARD (Charles) (1861-1915). — P. 16; *Du souci du Beau et du Bien dans les Corporations* (1913); *Rêves de Voyages* (1914); *L'Agonie du Géant* (1914); *Essai sur Lisieux pendant le haut Moyen-Age* (1914); *Bouquetot, notice archéologique* (1914); Articles et poèmes publiés dans divers journaux et revues de 1902 à 1914; *Essai sur Lisieux pendant le haut Moyen-Age* (1916); Les *Cahiers de la Revanche*, poèmes de guerre (inédits, 1914-1915).

EON (Francis), 11 *bis*, rue du Général-Fromentin, Alençon (Orne). — P. 44; H., p. 78; *Chats et Poupées* (1920).

ETIENNE (Alexandre), 47, rue Stanislas-Girardin, Rouen. — Directeur du *Donjon*.

FABULET (Louis). — Traducteur de Kipling, Thoreau, Maurice Hewlett, W.-B. Maxwell, Walt Whitman, du *Caïn* de Lord Byron (1923); *Etude sur Henry-David Thoreau* (*Revue de Paris*, 1er mars 1921).

FAUCHOIS (René), 10, rue Castellane, Paris. — P. 38 et 66; F., p. 292; *Les Gloriales; La Nuit française*.

FÉRET (Charles-Théophile), 3, rue Bellenet, Colombes (Seine). — P. 41 et 56; F., p. 446; *Le Bourdeau des neuf Pucelles* (1923); *Un Impromptu chez le Duc de Choiseul*, un acte.

FÉRON (A.), rue de l'Avalasse, Rouen. — *Le Jansénisme en Normandie; Maignart de Bernières* (1924).

FERNY (Jacques), 119, rue Caulaincourt, Paris. — F., p. 401.

FID (Jean), pseud. de Mme de SAINT-DÉLIS, née Fidelin. — *La Carée Maheurt* (Rouen, Desfontaines, 1923); *Croquis normands*, dans le *Journal de Rouen*.

FILLAY, voir HUBERT-FILLAY.

FILLIATRE (Ch.). — *La Philosophie de Saint Anselme; ses principes, sa nature, son influence* (Paris, 1920); *Gerberon, éditeur janséniste de Saint Anselme*, Thèses présentées à l'Université de Caen.

FLERS (Robert DE), 70, boulevard de Courcelles, Paris. — P. 64; directeur littéraire du *Figaro*, dont il rédige la chronique dramatique; *L'Habit vert* (1913); *Béatrice* (1914); *La Petite Table* (1920); *Monsieur Brotonneau* (Comédie-Française, 1923); *Le Jardin de Paradis* (Opéra, 1923); *Romance* (1924).

FLEURET (Fernand), 11 *bis*, avenue du Colonel-Bonnet, Paris. — P. 39 et 83; F., p. 305; *Œuvres satiriques de Berthelot* (1913); *L'Enfer de la Bibliothèque Nationale* (1913); *Les Satiriques français; Trois Contes anciens* (1923); *Les Satires françaises du XVIIe siècle* (1923).

FOISIL (Louis), 42, rue de Bourgogne, Paris. — P. 38; F., p. 287.

FONTAINE (André), 38, rue Desborde-Valmore, Paris. — P. 36.

FOURNIER (Mlle Christiane), née à Dieppe d'une vieille famille auvergnate. — *Adam, Eve et le Serpent* (Prix de l'Aide aux Femmes de profession libérale, 1923).

FOX (Albert), pseud. de HERRENSCHMIDT.

FRANCE (Anatole), pseud. de F. THIBAULT, d'origine angevine.

FRÉTIGNY (Aristide). — Voir G. Dubosc, Notice nécrologique, *Journal de Rouen*, 3 novembre 1918; *Les Rêves effeuillés;* Collaboration au *Donjon*, à l'*Ame Normande*, à la *Revue Normande*.

FRIEDERICH (Jean), rédacteur au *Journal de Rouen*. — En préparation : un volume de *Sonnets*. (Voir *La Cloche*, 31 mars 1923.)

FROGÉ (R.-Christian). — Voir CHRISTIAN-FROGÉ.

FRONTARD (Marthe). Voir ENGAMMARE (Mme André).

GAIN (Raoul), 84, rue Michelet, Le Havre. — Collaborateur de *La Mouette;* Poèmes de *l'Ombrelle* (1923).

GALÉOT (A.-L.), pseud. d'André GALLIOT, ingénieur-agronome, Le Haut-Chêne, Lison (Calvados). — *Psychologie révolutionnaire; L'Avenir de la Race; Précis de l'Organi-*

sation théorique et pratique; Les Systèmes sociaux et l'Organisation des Nations modernes (Bibliothèque des Hautes Etudes nationales).

GALOPIN (Arnould), 46, rue Ranelagh, Paris. — P. 59; *Les Aventures d'un petit Buffalo* (1914); *La Fiancée de l'Espion* (1917); *Sur la Ligne de Feu* (1917); *Les Gars de la Flotte* (1918); *Sur le Front de Mer* (1918); *Maman Mélie* (1920); *Mémoires d'un Cambrioleur retiré des affaires* (1923).

GARNIER (Auguste-Pierre), éditeur, 1, rue de Lille, Paris. — P. 39; F., p. 326.

GAULTIER (Jean), 70, rue Madame, Paris. — P. 10 et 31.

GAUMENT (Jean), pseud. de VERDIER, professeur au Lycée, Elbeuf (Seine-Inférieure). — P. 57; voir Cé (Camille), p. 57; Conférences à Rouen : *L'Enfant unique* (*Journal de Rouen*, 25 février 1924); *De Sganarelle à Gardamelle*, des histoires de « Coucous » (*Journal de Rouen*, 3 mars 1924).

GAYFFIER (G. de), 5, rue Bruyère, Le Mans. — P. 13.

GEISPITZ (H.), 2, rue d'Harcourt, Rouen. — *Histoire du Théâtre-des-Arts* (1913).

GÉNESTAL (R.). — *Plaids de la Sergenterie de Mortemer (1320-1321)*; *Bibliothèque d'Histoire du Droit Normand*, 1re série, tome V., Caen : Jouan et Bigot (1924). (Voir *Journal de Rouen*, 4 mars 1924); *Atiremens et Jugiés d'eschequiers* (*id.*, 1921).

GENEVOIX (Maurice), Châteauneuf-sur-Loire (Loire). — H., p. 92; *Le Réalisme des Romans de Maupassant* (1914); *Sous Verdun* (mai 1916); *Nuits de Guerre* (septembre 1916); *Au Seuil des Guitounes* (1918); *Jeanne Robelin* (1920); *La Boue* (1921); *Rémi des Rauches* (1922); *Les Eparges* (1923); *La Joie* (1924) (voir *Eclair*, 14 avril 1924). — En préparation : *Euthymos, vainqueur olympique* et un roman qui, comme *Rémi des Rauches*, fut le roman de la Loire et des pêcheurs, sera le roman de la Sologne et des braconniers.

GÉRALDY (Paul), pseud. de LEFÈVRE, 18, boulevard de la Tour-Maubourg, Paris. — P. 67; *Le Grand-Père* (1915); *Prélude* (1924); *Si je voulais* (Gymnase, 1924).

GERMAIN-BEAUPRÉ (abbé), curé de Trun (Orne).

GIDE (André), Cuverville-en-Caux (Seine-Inférieure). — *Retour de l'Enfant prodigue* (1913); *Les Caves du Vatican* (1914); *Souvenir de la Cour d'Assises* (1914); *L'Offrande lyrique* (1917); *La Symphonie pastorale* (1919); *Incidences; Dostoïewsky* (voir P. Souday, *Temps*, 22 mai 1924).

GIFFARD (Pierre). — Voir notice nécrologique (G. Dubosc, *Journal de Rouen*, 31 Janvier 1922).

GILBERT (Marion). — *La trop aimée; L'Amour de la blonde*, nouvelles (Ferenczi, 1923).

GOBILLOT (René), 74, boulevard Raspail, Paris. — Collaborateur de la *Revue Normande;* rédige la bibliographie ornaise de la Société Historique et Archéologique de l'Orne; *Un Erudit normand et percheron : l'Abbé Albert-Armand Dessaux*.

GOBLET (Louis), instituteur en retraite à Beaulieu, près Saumur (Maine-et-Loire).

GODARD (André), Valdemaine, Saintes-Gemmes-sur-Loire (Maine-et-Loire). — L., p. 8; *Le Surnaturel contemporain*.

GONTIER (P.). — *Vie admirable de P. Berthelot, 1600-1638* (voir *Journal de Rouen*, 23 février 1920).

GOSSELIN. — Voir AURAY (Jean D').

GOUGET (Louis). P. 44.

GOURDON (Pierre), château de Salbeuf, par Chemillé (Maine-et-Loire). P. 51; L., p. 18; *Au vieux Pays* (1913); *La Réfugiée* (1916); *La Dame d'Orsaizé* (1918); *Le Sursaut* (1923); voir *Croix*, 10 février 1924; *A l'Américaine* (1924).

GOURMONT (Jean DE), 71, rue des Saints-Pères, Paris. — Critique littéraire au *Mercure de France;* P. 38; *L'Art et la Morale* (1913).

GOURMONT (Rémy DE) (1858-1915). — P. 32 et 88; F., p. 56.

GRAPPE (Georges), a passé son enfance à Rouen. — *Villes de l'Est; Villes meurtries de France* (1921); *La Rochefoucauld; Sous le Feuillage classique; Degas, Claude Monet, Vie de Fragonard* (1923). — En préparation un roman sur l'Espagne; Collaboration à la *Revue de Paris*, à la *Revue Bleue*, au *Mercure de France*, au *Journal des Débats*, au *Figaro;* voir Ed. Pilon : *Vient de paraître*, juin 1924.

GRAVEREND (abbé), curé de Saint-Pierre-de-Franqueville (Seine-Inférieure). — *La Mort de Bucaille* (Rouen, Desfontaines).

GRELÉ (Eugène), 20, rue Jean-Romain, Caen. — P. 4; *P. Challemel-Lacour*, I (Jouan, 1917).

GRENTE (Mgr), évêque du Mans, docteur ès-lettres. — P. 87; *Bossuet à Metz* (Metz, 22 mai 1921); *Jeanne d'Arc* (Orléans, 1921); *Une Mission dans le Levant* (Beauchesne, 1922); *Œuvres oratoires et pastorales* (voir *Libre Parole*, 28 février 1924). Prix Vitet, 1924.

GRÉVILLE (H.). — *Anthologie des Industries angevines*.

GUERBER (Edouard) (1882-1922). — H., p. 100; *L'Art héroïque*, poèmes (1914); *L'Homme bleu*, roman (1920); *Sous le doux Ciel de France*, poèmes satiriques (1922).

GUÉRIN (abbé), aumônier des Clarisses, 5, rue de la Demi-Lune, Alençon. — *Marguerite de Lorraine.*

GUÉRY (chanoine Ch.), aumônier du Lycée, Evreux. — Directeur de la *Revue catholique de Normandie* où il publie de nombreux travaux historiques; Collabore au *Petit Parisien* sous le pseudonyme SANUS. Mentionnons son *Histoire de l'Abbaye de Lyre* (prix Bordin).

GUILLEMAIN (capitaine). — *Le 239e d'Infanterie, Souvenirs et Episodes de la Vie de guerre d'un Régiment de Rouen* (Rouen, Wolf).

GUILLOT (Denis), Le Havre. — P. 61.

GUILLEMARD (Julien), 20, rue du Perrey, Le Havre. — Fondateur-directeur de *La Mouette;* P. 26 et 38; F., p. 301; *Le Yacht sans nom* (1923).

GUIRAUD (Jean). — *Paul Allard, Historien des Origines chrétiennes* (*Revue des Questions historiques*, 1er avril 1924). Cet article est un chapitre d'un ouvrage qui est terminé et qui va paraître dans quelque temps.

HALLU (A.). — P. 74; en collaboration avec Manetche : *Cyronac de Bergerot*, parodie héroïque (1918).

HARDY (abbé). — *La Cathédrale Saint-Pierre de Lisieux* (1917) ; édition abrégée (1918).

HAREL (Paul), Echauffour (Orne). — P. 6, 7, 11, 35; F., p. 132; *Madame de la Galaisière*, *roman* (1913) ; *A l'Enseigne du Grand-Saint-André* (1914) ; *La Marquise de Fleuré*, roman (1923) ; *Le pauvre Berceau de la Bienheureuse Thérèse de l'Enfant Jésus*, avec poésies (Enault, Mamers, 1924) ; *Souvenir*, nouvelle (*Les Lettres*, juin 1924).

HARTOY (Maurice D'), La Ferté, à Saint-Léger-Boissey (Eure). — P. 60; H., p. 104; directeur du *Courrier de Paris;* critique littéraire de la *Revue Catholique de Normandie.*

HAUCHECORNE (Paul), 137, boulevard Péreire, Paris. — P. 14 et 39.

HAUTERIVE (commandant Ernest D'), Les Roumois, par Bourgtheroulde (Eure). — *La Police secrète du Premier Empire* : Bulletins quotidiens adressés par Fouché à l'Empereur, I (1804-1805). II (1805-1806), III (1806-1807) ; *Napoléon III et le Prince Napoléon* (*Revue des Deux-Mondes*, 15 décembre 1923, 1er janvier, 1er février, 1er et 15 mars 1924) ; Collaboration à la *Revue catholique de Normandie.*

HÉBERTOT (Jacques), pseud. de DAVIEL (Jacques), 15, avenue Montaigne, Paris, VIIIe. — Directeur du Théâtre des Champs-Elysées; P. 69; H., p. 106.

HÉNAULT (abbé). — *Visions de Guerre* (Besnier, La Flèche).

HÉRISSAY (Jacques). — *Un Girondin : François Buzot, député de l'Eure à l'Assemblée Constituante et à la Convention, 1760-1794; Le Monde des Théâtres pendant la Révolution, 1789-1800.*

HERRENSCHMIDT, impasse des Orphelines, Le Havre, rédacteur au *Petit Havre.* — *La Mauviette; Les Cœurs de Bois* (voir *Petit Havre*, 27 avril 1924).

HERVAL (René), 28, rue de la Chaîne, Rouen. — Collaborateur du *Journal de Rouen; Huit mois de Révolution russe* (1918) ; *Dantis Altissimi Laudes* (1920) ; — A paraître : *Les Désillusions de Jean des Entommeures.* René Herval a fait plusieurs conférences au Cercle de Saint-Sever et à l'Université populaire (*Le Pays et les Muses de Ronsard*, 1924).

HERZOG. — Voir MAUROIS (André).

HEUZÉ (Paul), 102, rue de Sèvres, Paris, XV. — Secrétaire de rédaction de l'*Opinion;* P. 84; H., p. 110; *Le Linceul* (1914).

HIÉLARD (Léon), 21, rue du Champ-de-Foire, Flers (Orne). — P. 38; F., p. 276; *Un Passereau chantait* (1924). Voir E. Spalikowski (*Dépêche de Rouen*, 7 mai 1924).

HOLLŒNDER (Henry). — Rédacteur au *Petit Havre; La Légende du Roi d'Yvetot* (1921) ; *Les Ailes rompues*, roman (*Journal de Rouen*, 1923).

HUBERT-FILLAY, 9, Mail Clos-Haut, à Blois, directeur artistique des éditions du *Jardin de France.* — P. 22, 28, 75; *Les Poètes de la Loire*, p. 67; *Etapes sociales; Les Contes de l'Oribus*, nouvelles (à paraître) ; Etudes diverses : *Pour la Renaissance de Blois* (1919) ; *Mon Blois à moi; Victor Hugo* (Prix Balzac, 1920) ; *22 Août 1914; Le 113e à Signeulx, enquête en Belgique, Menneton-sur-Cher.*

HUMIÈRES (Robert D'). — Consulter C. Mauclair : *La Vie, l'Œuvre et l'Exemple de R. d'Humières* (*Mercure*, 1er avril 1921) ; traductions de Kipling ; *Margaret Ogilvy par son Fils* (traduit de J.-M. Barrée) ; *L'Aristocratie de demain* (*Grande Revue*, août 1917).

HUZARD (Mme veuve). — Voir YVER (Colette).

JAGOT (Henri). — *Le Meunier de Courossé*, roman angevin (*Journal des Débats*) ; *L'Ami du Gars Sot* (*Journal des Débats*, décembre 1923).

JAHAM-DESRIVAUX (Henri), directeur de la *Presse Angevine*, 6, boulevard du Maréchal-Foch, Angers. — L., p. 113; *Mandolines;*

JASINSKI (Max), inspecteur d'Académie à Rouen. — *Petites Choses*, contes et impressions; *Contes de la Vieille France; La Composition française au Baccalauréat.*

JOHANNET (Mme René). — Voir CHARASSON (Henriette).

JONQUET (Pierre). — *Biographie de Jean Lesquier* (de Lisieux), l'égyptologue trop tôt ravi à la Science (Morière, 1922).

JOUBAIRE. — *Pour la France.*

JULIEN (Mgr Eugène), évêque d'Arras. — P. 86; *Haut les Cœurs* (août 1914-février 1915); *Vers la Victoire*, discours (1914-1919).

KARQUEL (André). — Revues locales : *A la bonne Franquette* (1924).

KERLECQ (Jean DE), pseud. de CHANTEPIE (Robert). — *Le Baiser sur les Cendres* (voir G. Dubosc, *Journal de Rouen*, 22 juillet 1922) ; *La Rançon du Passé; Le Secret de la Forêt; Les Nuits égyptiennes; L'Orient Rouge* (1924). A paraître :*Les trois Messieurs de Kéravel; Le Visage des Ténèbres.*

KERVILLE (Léo DE). — *Au Gré du Vent* (Durand, Fécamp, 1923).

LABELLE (abbé Eugène), professeur à l'Institution Saint-Paul, à Mamers. — *Les Hohenzollern et l'Allemagne* (1922) ; *Fustel de Coulanges* (1913).

LABBÉ (Paul) (1855-1923). — P. 34; F., p. 144.

LA BRÊTE (Jean DE), pseud. de Mlle CHARBONNEL, prieuré du Breuil, à Cizay, par Montreuil-le-Bellay (Maine-et-Loire). — P. 47 ; L., p. 7.

LACHÈVRE (Frédéric), 6, rue de Santag, Paris, XVIe. — P. 82; *Bibliographie des Recueils collectifs de Poésie française du* XVIe *siècle; Robert Angot de l'Eperonnière. Les Exercices de ce temps* (Hachette, 1924).

LAFOND (Jean), directeur du *Journal de Rouen*, place de l'Hôtel-de-Ville, Rouen. — Etudes sur les Vitraux.

LAFOND (Joseph) (1851-1921). — Voir brochure éditée par le *Journal de Rouen* (1922).

LAIR (Maurice), 3, cité Vaneau, Paris. — *La Reprise* (Grasset, 1913).

LAISNEY (Georges), professeur au Lycée Corneille, 24, rampe Beauvoisine, Rouen. — P. 38; F., p. 298.

LANDEAU (Maurice), directeur de *Belles-Lettres*, 89, boulevard Exelmans, Paris.

LANGÉ (Gabriel-Ursin), 56, rue de Babylone, Paris. — P. 39; F., p. 321; — A la Maison française d'Art et d'Edition : *Poèmes du Soir* (1917) ; *Les Logis de Huysmans* (1919) ; *Un Voyage à Saint-Julien-le-Pauvre* (1921) ; — Chez Figuière : *Quatorze Paysages du Vieux-Paris* (1920), épuisé. — Aux Images de Paris : *Tapisseries* (1922) ; *Trois Abbatiales, Boscherville, Jumièges, Montivilliers*, suivi de *La Tiare de Caudebec* (1922) ; — A la *Revue Normande* : *L'Enterrement à Jumièges* (1922) ; *Six Croquis de la Campagne de Jumièges* (1923) ; *Anthologie critique des Poètes normands contemporains* (Garnier) ; *Poème pour ma Ville natale; Le Cahier gris*, impressions de Normandie (*La Mouette*, 1924). — En préparation : *Paris Eclaté* (sous presse, chez Figuière). (Tous ces ouvrages illustrés de bois gravés et dessins de Rouquet, Alder, Poitevin, Busset, Thiollière, Boulage, etc...)

LANGEVIN (Eugène), 118, rue Nollet, Paris. — Rédacteur en chef à la *Revue Française.*

LANGLOIS (Emile), directeur du *Journal de l'Orne*, d'Argentan. — *Théâtre sans Acteurs; Les Amours de Chérubin* (voir *Journal de Rouen*, 18 décembre 1923).

LA PÉRAUDIÈRE (Xavier DE), château de la Devansaye-Maran (Maine-et-Loire). — P. 9.

LA ROCHEFOUCAULD-DOUDEAUVILLE (duc DE), château de Bonnétable (Sarthe). — *Au Service du Pays; Père et Fils.*

LARUELLE. — *Les Apothicaires rouennais* (1920).

LATOUCHE (Mme Augusta), 86, rue du Bac, Paris. — Collaboratrice du *Journal de Rouen; La Petite Maîtresse de Maison* (*Journal de Rouen*, 20 décembre 1913).

LAUNAY, instituteur à Octeville (Manche). — Lauréat du second prix Michelin de la Natalité.

LAURIER (Jean). — P. 68 et 70.

LAVALLEY (Gaston) (1838-1924). — Voir Académie de Caen. Il débuta dans les Lettres en 1857 par un Recueil de nouvelles et de comédies. Poésie, théâtre, roman, il tenta d'une plume alerte toutes les formes de la littérature; mais c'est surtout à l'histoire locale qu'il apporta sa plus précieuse collaboration par ses études d'art et d'archéologie. L'Académie de Caen fêta le cinquantenaire de son élection en 1922.

LAVALLEY (Paul). — *Douze Chefs-d'Œuvre du Musée de Caen; Le Petit Jour.*

LA VIGNE (René-Rouault DE), sous-bibliothécaire à la Bibliothèque de Rouen. — Collaboration au *Journal de Rouen*, à *Par chez Nous* et au *Bulletin des Amis des Monuments rouennais.*

LA VILLEHERVÉ (Robert DE) (1849-1919). — P. 32; F., p. 37. La librairie Ollendorff réédite ses *Œuvres complètes*. Le tome I, *Poésie* (*1874-1892*) comprend : *Ballades galantes, La Chanson des Roses, Toute la Comédie, Les Armes fleuries.*

LA VILLEHERVÉ (Bertrand DE) (1900-1919). — P. 70; *Baculard d'Arnaud* (*François-Thomas de*) : *son Théâtre et ses Théories dramatiques* (Champion, 1920).

Layer (Ernest). Voir les *Bulletins de l'Académie de Rouen* et la *Revue catholique de Normandie.*

Lebarbier (Marcel), 7, boulevard Emile-Demagny, Lisieux. — P. 40; F., p. 386.

Lebas (Georges), conservateur de la Bibliothèque de Dieppe. — P. 36 et 60; F., p. 183; *Fribourg-la-Boisson* (Revue, 1916); *Histoire de Dieppe pendant la Guerre* (1922); *Villes détruites, Villes reconstruites* (Nouvelle Revue); *La Ville qui meurt de faim* (*Revue Hebdomadaire*); *La Métamorphose d'un Port* (Grande Revue); *La Vie chère et les Hôpitaux de Province* (Renaissance); *Les Outils pour Tous* (Renaissance); *Un Art qui meurt* (Renaissance artistique); *Comment on a évité la Famine* (Le *Parlement* et l'*Opinion*); *La Marée à travers les Ages* (*Revue Mondiale*).

Lebey (André), 20, rue Chalgrin, Paris, xvie. — H., p. 130; — Poèmes : *Coffrets étoilés* (1917); *Gerbes et Mosaïques* (1923); *Etudes psychologiques et Souvenirs; Jean de Finan* (1922); *L'Anticléricalisme et la Classe ouvrière* (1914); *La Franc-Maçonnerie française de demain* (1918); *Du Socialisme au point de vue philosophique; De la Morale individuelle; Catilina* (1923).

Leblanc (Maurice), 85, rue de la Pompe, Paris. — P. 59; *Dorothée, danseuse de cordes* (1923); *Les Huit Coups de l'Horloge* (1923).

Leboulanger (Ch.), poète patoisant. — *Six nous* (*Chez nous*, 1918); *Recueil de Chansons en Patois de Coutances* (2e plaquette, récemment parue).

Lebourg (Albert). — Voir Benedite.

Le Breton (Maurice), professeur au Lycée de Caen. — *William James, Extraits de sa Correspondance* (1924).

Le Brun (A.), de Cherbourg. — P. 140; *La Couronne d'Immortelles*, poésies (1919); *La Tournée Fairjolles*, roman.

Lechevrel (J.), 8, rue de l'Oratoire, Caen. — Conférences sur la *Chanson Normande.*

Le Clerc (Léon), conservateur du Musée du Vieux-Honfleur.

Leclerc (Marc), 76, rue du Cherche-Midi, Paris, xvie. — P. 31; L., p. 123; H., p. 131; prépare l'*Anjou* de la collection Michaud et l'*Anthologie de Sacavin; L'Entarr'ment du Père Taugourdeau*, conte angevin, bois de Jean Mercier (Bruel, Angers, 1923); *L'Offrande à Cycnos* (1923).

Leclerc (Marcel), rédacteur à la *Dépêche de Rouen*. — *A Vingt Ans*, un acte en prose.

Lecœur (René). — F., p. 402.

Lecœur (Mgr Paul-Augustin), évêque de Saint-Flour. — *Lettres pastorales et Mandements* : *Sur les Sources de l'Irréligion* (1916); *Le Sang de France* (1917); *Les Forces morales d'une Nation* (1918); *Dieu premier servi* (1919); *Panégyrique de Saint-Julien* (1919); *L'Egoïsme, Vice antisocial* (1920); *La Crise de la Conscience morale* (1921); *Jésus-Christ, la Voie, la Vérité et la Vie* (1922); *L'Education des Enfants par les Parents* (1923); *La Sanctification du Dimanche* (1924).

Le Crosnier (Edouard), 4, rue de la Glacière, Rouen. — Voir Yveline.

Ledan (Casimir), ancien instituteur, Petit-Quevilly. — *Impressions de Voyage* : Pontorson, Le Mont Saint-Michel, Saint-Malo, Avranches (1908); *Poésies patriotiques* (1917); voir Charles Bouquerel : *Rouen qui Rit*, 15 octobre 1921; *Annibal*, poème inédit.

Lefebvre-Clérembray. — Voir G. Dubosc : Notice nécrologique (*Journal de Rouen*, 24 novembre 1918).

Lefebvre-Diron (commandant Paul). — *Quatre Pages du 8e Bataillon du 74e Régiment d'Infanterie* (1922).

Lefèvre. — Voir Géraldy (Paul).

Lefèvre (Julien), maire de Louviers. — *Promenade autour d'un Tribunal*, souvenirs et impressions d'un Président. (Fayard, 1914).

Lefrançois-Pillion (Mme), 46, rue Lemattre, Amiens.

Le Gonidec de Penlan (Franck), Saint-Thurien (Eure). — P. 37; F., p. 235; *Douze Poésies sur la Guerre* (1915); *L'Etoile merveilleuse*, un acte en vers (1918).

Legouis (Emile), professeur de Littérature étrangère à la Sorbonne, 6, rue César-Franck, Paris. — *La Guerre vue par les Ecrivains anglais* (*Revue des Deux-Mondes*, 15 mai 1916); *Angellier, poète de la Guerre* (*id.*, 15 juillet 1916); *Le Roman de William Wordsworth* (*id.*, 1er avril 1922); voir *Journal de Rouen*, 26 décembre 1923 : Riga Prégis (Henri Dupré); *Edmond Spenser* (collection des Grands Ecrivains étrangers); voir feuilleton du *Journal des Débats* de Joseph Aynard du 16 décembre 1923). E. Legouis est un des lauréats du prix Marcelin Guérin (1924).

Legrand (Théodore), 6, place de la République, Caen. — P. 44 et 52; H., p. 135; *Emmanuel*, non paru, perdu à Bruges pendant la guerre. A paraître prochainement : *Le Bos-Hamel, Marie aux Oiseaux, Les Glorieux.*

Legras (Charles), 94, boulevard de Courcelles, Paris, xviie. — L., p. 8; *La grande Attente*, recueil de nouvelles.

Legrix (François), directeur de la *Revue Hebdomadaire*, 8, rue Garancière, Paris.

Lemarchand (Victor). — F., p. 401.

Lemercier (abbé Charles). — P. 40 ; F., p. 401.

Le Molt (Félix). — P. 44.

Lemoine (Maurice). — *Le Robec; Les Mal-Payés* (voir G. Dubosc, *Journal de Rouen*, 16 novembre 1923).

Lemonnier (Léon). — *Entente cordiale*, roman (« La première œuvre », Flammarion, 1924) ; *Anthologie des plus jolis Contes d'Amour*, en cours de publication dans *L'Œuvre* (en collaboration avec Pierre Varenne) ; Etudes sur *Baudelaire* et le *Théâtre contemporain*, dans le *Mercure de France* et *La Grande Revue; Le Théâtre de Maurice Donnay* (octobre 1922) ; prépare une thèse sur *Edgard Poë*.

Le Moy, professeur au Lycée d'Angers, 11, rue Bonne-Nouvelle. — P. 90.

Lenfant (abbé), vicaire à Notre-Dame-de-Louviers. — P. 43.

Le Parquier, professeur au Lycée Corneille. — *Cahiers de Doléances du Bailliage d'Arques en 1789* (1922).

Le Révérend (Gaston), 23 r,ue Guillonneau, Lisieux. — P. 84 ; F., p. 348 ; *L'Hu's entrebayée* (1919) ; *Auguste Busnoust, poète français (Le Havre, 1888-Lisieux, 1921)* : Sa Vie, son Œuvre, sa Correspondance paraîtra dans *Belles-Lettres* à partir du numéro de juillet.

Leroux (André-Paul), Fécamp. — *Les Meubles cauchois* (voir *Journal de Rouen*, 22 août 1920) ; *L'Art cauchois à la Ville* (voir *Journal de Rouen*, 24 juin 1922).

Le Roux (Hugues), 58, rue de Vaugirard, Paris. — P. 86 ; *La France et la Guerre; Au Champ d'honneur; Au Japon* (1923).

Leroux (Louis), maire de Nolléval (Seine-Inférieure). — *Notes historiques, archéologiques et biographiques sur le canton de Buchy* (Defontaine, 1922). En préparation : *Notes historiques sur le canton de Blangy; La Dépopulation dans le Pays de Bray; Essai de Biographie brayonne*.

Leroux-Cesbron (Ch.), 26, avenue de Neuilly, Neuilly. — L., p. 8.

Le Roy (G.-A.), conservateur du Pavillon Flaubert, 7, chemin des Noyers, Bonsecours (Seine-Inférieure). — *Quelques Souvenirs sur L. Bouilhet* (*Mercure de France*, 16 août 1919) ; Articles dans *L'Illustration*.

Leroy-Allais (Mme), sœur d'Alphonse Allais, décédée à Honfleur, laisse de nombreux romans pour enfants, deux ouvrages documentaires sur Honfleur, des ouvrages de morale et de sociologie, enfin, un volume sur son frère : *Alphonse Allais, Souvenirs d'enfance et de jeunesse*.

Le Senne (Camille), 5, rue Hippolyte-Lebas, Paris. — *L'Illustre Gaudissart* (1913) ; *L'Aimable Vainqueur* (1913) ; *Pour la Cathédrale de Reims* (1915) ; *Sauvons la Cathédrale de Reims* (1915) ; *L'Année sanglante* (1915) ; *Rimes tragiques* (1915) ; *Rayons et Fléchettes* (1917) ; *Le Réveil de Corneille*, poème dramatique (1916) ; *Les Tricolores; Les Perses* (adapt. en vers) ; *Rouget de l'Isle et la Marseillaise; Marie-Joseph Chénier et le Chant du Départ; Les Brumes sur le Sang* (1917) ; *Une grande Artiste française à Madrid* (1917) ; *Justice, Choquette et Biju* (1918), sketch en un acte en vers.

Lesens (Raoul). — P. 68.

Le Sieutre (Maurice), 63, rue Sainte-Anne, Paris. — P. 38 ; F., p. 280.

Lesquier (Jean). — *Biographie*, par M. Pierre Jouguet, professeur d'égyptologie au Collège de France (Morière, 1922).

Letellier (abbé Léon), 39, rue de l'Avalasse, Rouen. — P. 78.

Letellier (Robert), rue de la Rivière, Attichy (Oise). — P. 70.

Levaillant (Maurice), 9, rue Gambetta, Montmorency (Seine-et-Oise). — P. 43 ; F., p. XI.

Level (Maurice), le fécond romancier de l'épouvante. — *Les Portes de l'Enfer*.

L'Hopital (Joseph), 86 *bis*, boulevard de la Tour-Maubourg, Paris et Angerville-la-Campagne (Eure). — P. 6 et 53 ; *Une Famille d'Epée : Les Le Noury, 1460-1889*.

Liégard (Alfred), 8, rue Guilbert, Caen, critique d'art du *Moniteur du Calvados*. — *Gabriel Dupont*.

Lintier (Paul) (1893-15 mars 1916). — Fonde le *Lyon-Etudiant; Un Peintre : Adrien Bas; Un Croquant; Un Propriétaire; Le Tube de 1233; Avec une Batterie de 75, Ma Pièce : Souvenirs d'un Canonnier (préface d'Edmond Haraucourt)*; voir l'éditorial de M. Joseph Lafond (*Journal de Rouen*, 28 avril 1916).

Loë (Robert). — *Pêcheux normands*, contes de mer (1923).

Loisel (abbé). — Voir G. Dubosc, Notice nécrologique (*Journal de Rouen*, 12 décembre 1918).

Lombard (Jacques), petit-neveu de Mme Charles Lapierre, femme du directeur du *Nouvelliste de Rouen.* — *Trois mois aux Dardanelles* (*Revue de Paris*, mai 1916), couronné par l'Académie Française; *Les Amants damnés* (1922); *Les Serpents rôdent* (1924).

LONGFIER-CHARTIER (Jeanne), 69, Grande-Rue, Gisors (Eure). — *Jeanne qui pleure et Jeanne qui rit; Au Rit du Cœur; Ma Mie Rose!*

LONGUET (Henry). — P. 68.

LORIN (Félix), 2, rue de Paris, Rambouillet. — Historien de Rambouillet.

LUCAS (Wilfrid), 60, avenue des Ternes, Paris, XVIIe. — P. 38 et 64; F., p. 297; H., p. 139.

LUCE. — F., p. III.

MABIRE (abbé Henri), pseud. Jérôme LEGAY, curé d'Ancretiéville-Saint-Victor. — *Les Lettres du Pé Usèbe; Alice voudrait s'marier.*

MAC ORLAN (Pierre), 10, rue du Ranelagh, Paris. — H., p. 141. A séjourné à Rouen comme prote, nous le citons seulement pour mémoire, à ce titre.

MACÉ (Aimée). — P. 44; *Petit Odon*, poésies (Jouan, à Caen, 1923).

MACHARD (Alfred), 8, rue Marcel-Renault, Paris, XVIIe. — P. 31; L., p. 103; *Les Cent Gosses* (1920); *Titine* (1920); *Souris l'Arpète* (1914); *Trique, gamin de Paris* (1918); *La Guerre des Mômes* (1916); *Bout-de-Bibi, enfant terrible* (1917); *Le Massacre des Innocents* (1918); *Popaul et Virginie* (1918); *Poucette ou le plus jeune Détective au Monde* (1919); *Celui qui vint quand Minuit sonna* (1918); *Le Syndicat des Fessés* (1920); *Un Million dans une Main d'Enfant* (1921); *Le Loup-Garou* (1923); *Graines de Bois de Lit.* Adaptations au théâtre ou au cinéma de plusieurs de ces contes ou romans.

MAIGRON (Louis), recteur de l'Université de Caen. — Les remarquables ouvrages de L. Maigron sur le Romantisme sont antérieurs à 1913. En préparation : *Le Sentiment religieux.*

MANETCHE (G.). — Voir HALLU (A.) ; p. 74.

MARCHAND (Emile), 26, rue Lenepveu, Angers. — P. 29; L., p. 41.

MARÉCHAL (André). — *La Chanson des Jours; Pierrots de la Lune* (1917); *Jeune Fille* (1917); *A la France; Les Parfums d'autrefois* (1917); *Chante mon Cœur* (1918).

MARIDORT (Dr Pierre), Bihorel-lès-Rouen. — *En Macédoine (1915-1917)*, 1918.

MARIE (André), 9, place de la Pucelle, Rouen. — P. 70 et 85.

MAUROIS (André), pseud. de HERZOG (Emile), industriel à Elbeuf-sur-Seine. — P. 61.

MAZE (Robert). — *La Guerre des Barques* (Théâtre National Populaire, 1923).

MENSIRE (Raymond). — F., p. 402; *Les Etres de chez nous* (1914).

MÉRAT (Paul), pseud. de PAILLARD (Paul), 17, rue Dulong, Rouen. — Secrétaire de rédaction de *Par chez Nous* et de *La Charrue* (pour la Normandie).

MÉROUVEL (Charles), 2, rue Tronchet, Paris. — Le fécond romancier populaire est un Ornais.

MÉTÉRIÉ (Alphonse), Les Pâquerettes, Aix-en-Provence. — P. 30; L., p. 97; *Carnet*, poésies; *Feuilles perdues; Le Voyage au Désert; Stances du temps de guerre* (1916); *Le Poilu et la Princesse* (1918); *L'Etrangère*, musique de Max d'Olonne; *Le Livre des Sœurs; Cophétuesques; Le Cahier noir* (1923).

MIGNET (Henri). — Voir DUTHEIL (Henri).

MILLET (Stanislas), 3, impasse Saint-Christophe, Lorient. — P. 35; F., p. 128.

MIRBEAU (Octave). — P. 63.

MOIDREY (baron DE), 40, boulevard Herbet-Fournet, Lisieux. — *Les Maisons de Bois de Lisieux;* voir Etienne Déville, *Journal de Rouen*, 13 avril 1923.

MONNIER (Pierre). — Voir G. Dubosc, Notice nécrologique, *Journal de Rouen*, 13 mars 1922; *Flaubert coloriste* (*Mercure de France*, 1er décembre 1921).

MONTIER (Edward), 2, rue Pouchet, Rouen. — P. 37, 56, 69, 73; F., p. 224; *La Terre éducatrice* (Boivin, 1924); *Tarcisius*, drame chrétien (voir *Journal de Rouen*, 18 mai 1924); réédition de *Idéale jeunesse*, poèmes.

MONTMERT (Gabriel) (1871-1913). — P. 32; F., p. 81.

MORE (Georges) (1891-1915). — P. 34; F., p. 105.

MORISSE (Henri). — Voir TILLEUL (Henri).

MORTIER (Mme Alfred). Voir AUREL (Mme).

MORTOU (Prosper), 54 *bis*, rue Solférino, Laval. — *Pour la France*, épisode patriotique en un acte en vers (1916); *La Musique à Vol d'Oiseau.*

MORVAN-GOBLET (Yann), 178, rue de la Pompe, Paris, XVIe. — L., p. 8; *L'Irlande dans la Crise universelle*, publié d'abord sous le pseudonyme de TRÉGUISE (Louis).

MOUEZY-EON (André). — *Ceux de la Grande Guerre*, pièce à dire (1916); *Faut réparer Sophie*, vaudeville en trois actes (Scala, 1923).

MULLER (André). — *Les Chants de demain* (1916).

MULLER (Charles). — P. 85; *Ch. Muller par ses amis* (Flammarion, 1918).

Muller (Louis-Charles). — *Le Cœur à l'épreuve, suivi des Confidences de Suzanne* (1922).

Nebout (Pierre) (1856-1920). — P. 33; F., p. 147; *Notre vieux Lycée* (1923) a publié : *Les Perses* (voir René Herval, *Journal de Rouen*, 2 novembre 1923).

Nêel (Georges), président du Cercle Lyrique de Sotteville-lès-Rouen. — Revues locales. *Ni oui... ni non*, opérette normande (1924) ; *A la bonne Franquette* (1924).

Nicolle (Dr Charles), directeur de l'Institut Pasteur, à Tunis. — *Le Pâtissier de Bellone* (1913) ; *Les Feuilles de la Sagittaire* (1920) ; *La Narquoise* (1922) ; *Les menus Plaisirs de l'Ennui* (1924) ; *La Famille médicale de Gustave Flaubert et ses Amis médecins* (*Tunis Médical*, 1922, no 1) ; Nombreux travaux de médecine dans les *Archives de l'Institut Pasteur de Tunis*.

Nicolle (Marcel). — *Le Musée de Nantes* (1919) ; *Le Musée de Rouen* (1920) ; *Critique d'Art ancien et moderne* (voir G. Dubosc, *Journal de Rouen*, 9 juin 1923). Prix Charles Blanc (1924).

Nicolle, professeur au Collège de Vire. — *L'Histoire de Vire pendant la Révolution; La Vente des Biens nationaux à Vire et dans les Communes voisines;* Thèse soutenue devant l'Université de Caen le 25 juin 1923.

Nobécourt (R.-G.), rédacteur au *Journal de Rouen;* chronique des livres au *Journal de Rouen* et au *Ralliement;* correspondant des *Nouvelles Littéraires*. — *Jacques de Saint-Victor, mort au Champ d'honneur* (hors commerce). En préparation : *Pascal ou Gavroche?* roman; *Littérature...* (un volume d'interviews littéraires avec illustrations de J. Mounier).

Noel (Eugène). — *Les Mémoires d'un Imbécile* (nouvelle édition, Larousse).

Normannia (H. de), pseud. de David (H.-Maurice).

Normandy (Georges), 16, rue de la Cascade, Asnières. — *Emile Faguet, Guy de Maupassant, Raymond Poincaré* (*Anthologie des Auteurs modernes*).

Nozêroy. — F., p. III.

Nys (Raymond de), 75, boulevard de Grenelle, Paris, xve. — L., p. 113.

Ollonne (Charles d') (1865-1918). — P. 31; L., p. 117; *Nouvelles Heures chantantes* (1913) ; *Dernières Heures chantantes* (1919) ; *Pensées, Maximes, Digressions* (1920).

Onillon (René). — L., p. 8 et 9; *Glossaire étymologique des Patois et Parlers de l'Anjou*, avec A.-J. Verrier.

Oudinet (Frère), pseud. de Bénard (abbé Julien). — P. 56.

Oursel (Mme). — Voir Notice nécrologique, *Journal de Rouen*, 12 mai 1919.

Paillard. — Voir Mérat (Paul).

Pani (Pierre), 62, rue de la République, Rouen. — Revuiste et chansonnier; *Tu bouscules le Géranium*, revue jouée à Deauville (1924).

Papin (Louis-Guillaume-Florent). — Voir Pionis (Paul).

Pasquier (Mgr), ancien recteur de l'Institut Catholique, Bout-du-Monde, Angers. — *Notes de Voyage.*

Pasquier (abbé Emile), professeur à l'Externat Saint-Maurille, Angers.

Pavie (André), 22, rue de Ponthieu, Paris, viiie. — L., p. 8; H., p. 160; *Mes Troupes, Artois, Argonne, Verdun (1914-1916).*

Paysant (Achille), 9, avenue Philippe-Le Boucher, Neuilly-sur-Seine (Seine). — P. 34; F., p. 119; — En préparation : *Minima Minimis.*

Pelay (Edouard). — *Essai d'une Bibliographie d'Offices particuliers au Diocèse de Rouen* (1922). (Voir G. Dubosc, *Journal de Rouen*, 5 novembre 1922.)

Peltier (abbé Jean), curé de Saint-Firmin-des-Prés (Loir-et-Cher). — *En Marge de La Fontaine à l'usage des Roches* (1915) ; *Le Rythme intérieur*, poésies (1921) ; *A la Mémoire des Soldats d'Onzain tombés au Champ d'honneur* (1920) ; *Etude sur Isabelle Kaiser* (*Revue Française*, 20 août 1922) ; Collaboration aux *Annales*, à la *Revue des Familles*.

Pène (Mme Annie de). — F., p. 375; *Une Femme dans la Tranchée* (1915) ; voir G. Dubosc *Journal de Rouen*, 16 octobre 1918).

Peysonnié (Paul). — Voir Sonniès (Paul).

Philouze (Léon), 12, rue David, Angers. — L., p. 113.

Picard (René), directeur du *Pays Virois*, manoir du Cerisier, Saint-Martin-de-Tallevende (Calvados).

Pillon (Marcel) (1888-1917). — *Le Cœur consumé*, recueil de poèmes publié par sa mère en 1921.

Pinchon (Robert), rue Armand-Carrel, Rouen. — Bibliothécaire-adjoint, critique dramatique du *Journal de Rouen.*

Pinguet (Auguste), 10, rue Voltaire, Angers. — P. 29; L., p. 37; annonce deux Recueils nouveaux : *Cantiques de la Mer; Les Oasis et les Lassitudes.*

Pionis (Paul), pseud. de Papin (Louis), château de Boiscommeau, Clefs (Maine-et-Loire). — P. 29; L., p. 11.

Piquet (Henri). — F., p. 402.

Pitou (Charles). — F., p. 403.

Planhol (René de). — H., p. 169; *L'Esclave et les Ombres*, contes (1913); *Etapes et Batailles d'un Hussard* (1915); *La Justice aux Armées, Chronique d'un Conseil de Guerre au Front* (1917); *Les Utopistes de l'Amour*, essai d'histoire littéraire (1921).

Plessis (Frédéric), 22, rue de Staël, Paris. — *La Couronne de Lierre*, poésies (1921); *Caroline Gevrot*, roman (1923).

Poidras (Henri), 12, rue du Champ-des-Oiseaux, Rouen. — *Dictionnaire des Luthiers anciens et modernes* (voir G. Dubosc, *Journal de Rouen*, 3 janvier 1924).

Port (Etienne), 185, rue de Vaugirard, Paris, xve. — A réédité : *Gaspard de la Nuit;* collabore au *Fureteur breton;* voir collection *In Angello* (Bance).

Postal (Raymond), 98, rue Gide, Levallois-Perret (Seine). — P. 41; F., p. 439; *La Guerre chez nous.*

Poulain (Georges), conservateur du Musée de Vernon (Eure). — Nombreux travaux publiés dans le *Bulletin archéologique du Comité des Travaux historiques*, le *Bulletin de la Société normande d'Etudes préhistoriques*, le *Bulletin de la Société préhistorique française*, etc...

Pouthas (Charles-H.), professeur d'Histoire au Lycée de Caen jusqu'en 1923, actuellement au Lycée Janson de Sailly. — *Guizot pendant la Restauration (1814-1830)*; *Essai critique sur les Sources et la Bibliographie de Guizot pendant la Restauration* (voir *Journal des Débats*, 10 février 1924). Ch.-H. Pouthas est un des lauréats du prix de l'Académie (1924).

Prentout, professeur d'Histoire à l'Université, 46, rue Basse, Caen. — Voir la Bibliographie complète dans les Rapports annuels de l'Université de Caen; *La Normandie* (Laurens, 1914); *Etude critique sur Dudon de Saint-Quentin et son Histoire des premiers Ducs normands* (Bulletin de l'Académie de Caen); *Histoire d'Angleterre*, 1920, un vol. in-8° de 1.200 pages; *Caen et Bayeux* (2e édit., Laurens, 1920).

Préteux (Pierre), 32, rue Madame, Paris, directeur de la *Revue Normande*. — P. 24 et 40; F., p. 405.

Prévost (Michel), bibliothécaire à la Bibliothèque Nationale. — *Yashka par Maria Botchkareva, sa Vie de paysanne, d'exilée, de soldat*, traduction de M. Prévost (1923); voir G. Dubosc (*Journal de Rouen*, 11 mars 1923).

Provotelle (Dr Paul-René), Caudebec-en-Caux (Seine-Inférieure) et Mateur (Tunisie). — Articles médicaux (antérieurs à 1913); *Grammaire avec Glossaire du dialecte berbère de Sened* (travaux de la Faculté des Lettres d'Alger, 1913); — En préparation : *Glossaire du dialecte berbère de l'Ile de Djerba;* publication d'un *Manuscrit berbéro-arabe du début du* XVIIe *siècle sur les Commentaires d'Ibu Ranem.* Le Dr Provotelle nous exprime son intention de publier prochainement un volume de poésies choisies de son frère, Jacques Provotelle, décédé à Kotonou en 1906.

Prudent (Mgr), rue de la Cage, Rouen. — Rédacteur en chef du *Bulletin religieux; Notre-Dame de Bonsecours* (Defontaines, 1924); voir G. Dubosc (*Journal de Rouen*, 21 mai 1924).

Quesnel (Joseph), au *Pou qui Grimpe*, à Coutances. — P. 40 et 97; F., p. 391; *La Tapisserie de la Reine Mathilde*, scénario avec musique de Robert Montfort (Comédie des Champs-Elysées, 8 juin 1923).

Quesnel (Jules). — En collaboration avec Ch. Vallot : *Tout en faisant la Guerre;* voir G. Dubosc (*Journal de Rouen*, 25 janvier 1920).

Racinet (Raoul), Saint-Romain-de-Colbosc (Seine-Inférieure). — P. 43.

Rageot (Gaston), 49, avenue Malakoff, Paris. — Critique et philosophie : *Le Succès; Les Savants et la Philosophie; La Natalité;* — Nouvelles : *Autour de l'Amour;* — Romans : *Un grand Homme; La Renommée; A l'Affût; La Voix qui s'est tue; La Faiblesse des Forts; Le Jubé;* — *La Française dans la Guerre; Thomas Bartlett en France; Lloyd George; La Beauté, essai d'esthétique historique.* — Pour paraître : *Un Coup de Hache dans le Marbre*, roman.

Raines (Gaston de). — *La Gloire du Bibelot : Assiettes et Figurines* (*Normannia*); *La Petite Patrie*, poésies.

Rançon (André). — Voir Rhones (André).

Ravet (Alfred). — *Par delà les Frontières*, souvenirs d'Etudes à l'Etranger (Violetti-Delesques, Caen, 1914); *Au Pays Normand*, excursions idylliques (*id.*, 1919); *L'Archipel des Iles d'Aland* (Girieud, 1920).

Raynaud (E.). — G. Levavasseur (*Mercure de France*, 1922).

Regnault (Henri), 30, rue Chalgrin, Paris, xvie. — H., p. 179; *Le Bonheur existe* (1917); *Seul le Spiritisme peut rénover le Monde* (1920); *La Réalité spirite* (1921); *Les Vivants et les Morts* (1922).

RÉGNIER (Henri DE), 24, rue Boissière, Paris. — *Poésies (1914-1916)* (1918) ; *La Flambée; La Pécheresse* (1920) ; *L'Initiation vénitienne* (1920) ; *Les Scrupules de Miss Simpson* (1921) ; *Médailles d'argile* (1921) ; *La Cité des Eaux* (1921) ; *Marcelline ou la Punition fantastique* (1921) ; *Baudelaire à Honfleur* (*Revue de Paris*, octobre 1923) ; *Les Bonheurs perdus* (1924).

RENARD (Maurice-Ch.), 15, rue Saint-Pierre, Caen, secrétaire-adjoint de la Mairie à Caen, rédacteur en chef du *Journal de Caen*. — P. 61 et 74 ; H., p. 180 ; *La Chanson du Printemps*, un acte en prose (1914) ; *Le Témoin* (un acte en prose (1914) ; *M. Poulc interprète*, un acte en prose (1917) ; *Travail de nuit*, un acte en prose (1920) ; *Tombelaine*, un acte en vers (1922) ; *Contes* au *Petit Journal* et à l'*Œuvre*.

RENEAULT (abbé Auguste), 5, rue de l'Abbé-Cochet, Rouen. — P. 82 ; *Le Monastère des Bénédines du Saint-Sacrement à Rouen* (1924) ; voir G. Dubosc, *Journal de Rouen*, 16 mars 1924 ; *L'Abbaye de Fécamp au* XVIIIe *siècle* (*id.*, 14 février 1924) ; *Logis abbatial de Fécamp; Les Ursulines; L'Hôtel de Fécamp à Rouen; Le Château des abbés de Fécamp à Fontaine-le-Bourg; La Corporation des Bouchers de Fécamp; La Pierre tombale d'Antoine Le Roux; La Chapelle et le Miracle de Janville; Une Fille inconnue de P. Corneille.*

RENOUARD (Jean). — P. 68 ; *Aube et Crépuscule* (1921).

REUILLARD (Gabriel), 69, avenue de Ségur, Paris, VIIe. — H., p. 182 ; *Notre Passion*, quatre actes (Odéon, 1921).

REVEL (Jean), pseud. de TOUTAIN (Paul), 17 A, quai de la Bourse, Rouen. — P. 53, 72, 91 ; A paraître en 1924 : *Jean Revel : la Vie et l'Œuvre*, par Paul-Louis Robert.

RHONES (André), pseud. de RANÇON (André), 3, rue de l'Ancien-Hôtel-Dieu, Dieppe (Seine-Inférieure). — H., p. 176 ; *Les Chants d'exil; Les Algues et les Mousses.*

RICHARD (J.-M.). — *La Vie privée dans une Province de l'Ouest* (Laval).

RIVAIN (Jean), 9, rue Bonaparte, Paris, VIe, directeur de la *Revue Critique*. — H., p. 185.

RIVAROLI (Edmondo). — *La Poétique parnassienne d'après Théodore de Banville*, thèse présentée à l'Université de Caen (1915).

RENAUDIN (André), collaborateur de la *Dépêche de Rouen*. — Revues.

ROBERT (Paul-Louis), 15, rue du Lieu-de-Santé, Rouen, professeur d'Histoire Littéraire Normande à la Société libre d'Emulation. — *Etude sur Hector Berlioz; Hugo Wolf* (1914) ; *Etude sur l'Art de Gluck; Etude sur Modeste Moussorgsky* (1915) ; *Une Correspondance inédite de Boieldieu : Vue d'ensemble* (1916) ; *H. Berlioz : Les Troyens* (avec portrait de Berlioz) (1920) ; *La Bataille Romantique* (1921) ; *Hernani* (1923) ; *Etude sur le Théâtre de Louis Bouilhet* (*Par chez Nous*, mai 1921) ; *Une première Madame Bovary* (*Opinion*, 9 décembre 1921) ; *Flaubert amoureux* (*Journal de Rouen*, 12 février 1922) ; *Lettres inédites d'Hector Berlioz* à Edouard Monnais (*Revue Musicale*, juin 1923) ; *Edouard d'Anglemont* (*Journal de Rouen*, 4 et 31 janvier, 29 février, 6 mars 1924) ; *Boieldieu et Corneille* (*Journal de Rouen, de Rouen*, 21 avril 1924) ; *Rapport sur le Mouvement Littéraire et Musical en Normandie, Maine, Anjou et Blésois* (*1913-1923*) ; *Trois Portraits Normands : Flaubert, Bouilhet, Maupassant* (1924) ; *Jean Revel : l'Homme et l'Œuvre* (1924) ; — En préparation : *Boieldieu et la Dame Blanche*, pour le centenaire de la Dame Blanche ; *Histoire du Romantisme en Normandie; Histoire de la Littérature normande.*

ROBILLARD DE BEAUREPAIRE (Eugène DE). — *Etudes sur l'Histoire de la Révolution dans le Calvados* ; voir G. Dubosc (*Journal de Rouen*, 12 novembre 1922).

ROBLOT (abbé). — Voir DEBOUT (Jacques).

ROCHER (Edmond), 7, rue Le Brun, Paris. — P. 29 ; *Les Poètes de la Loire* ; p. 127 ; *L'Idylle farouche*, poèmes (1913) ; *Le Roman de la Fleur* (1913) ; *Les Fêtes et les Deuils*, poèmes (1918) ; *Louis Pergaud* (1920) ; *Le Prestige du Soir* (1921) ; — En cours de publication : *Iscariote*, roman ; *L'Heureux Soldat, mœurs du temps de guerre; Le Visionnaire, contes de la vie psychique; Ronsard, Prince des Poètes; Reliques Vendomoises, contes et nouvelles de terroir.*

ROINARD (P.-N.), 31, rue d'Aboukir, Courbevoie (Seine). — P. 35 ; F., p. 158.

ROMAIN (Mme Aïda DE), 10, rue Lavoisier, Paris, VIIIe. — P. 30 ; L., p. 67.

ROMAIN (Mme Yvonne DE). — P. 30 ; L., p. 67 ; *Les Dieux éternels; Les Destins éminents de la France.*

ROUGÉ (Olivier DE), 25, rue de la Ville-l'Evêque, Paris, VIIIe. — P. 29 ; L., p. 31 ; *Poèmes du Temps de Guerre* (1917) ; *Pages Romaines* (1920) ; *Autour de la Guerre, esquisses et profils* (1916-1917) ; — Sous le pseudonyme de Pierre CHERRÉ : *La Métairie de Chantemerle*, roman de guerre, 3 vol. (1915-1917) ; *La Cloche de Bourdigné*, roman de guerre (1918).

ROUSSEL (Eugène), 20, rue Larrey, Paris, V[e]. — P. 29 ; L., p. 51 ; *La Route Céleste*, poème (1913) ; *Cœurs bretons*, idylle en vers ; *Les Fleurs d'Or* (1916) ; Un grand nombre de poésies mises en musique.

SACHÉ, conservateur de la Bibliothèque, Angers. — Travaux historiques.

Saillant (Maurice). — Voir **Curnonsky.**

Saint-Délis (Mme de). — Voir **Fid** (Jean).

Saint-Léger (J. de). — *Etait-ce Louis XVII évadé du Temple?* (1911); *Sur l'Evasion de Louis XVII* (1915); *Louis XVII dit Charles de Navarré* (1916).

Saint-Saens (Camille). — F., p. 403.

Saint-Venant (R. de). — *Dictionnaire topographique, historique, biographique, généalogique et héraldique du Vendômois*, 4 volumes, ouvrage publié sous les auspices de la Société Archéologique, Scientifique et Littéraire du Vendômois.

Sarthou, inspecteur d'Académie du Maine-et-Loire, Angers. — P. 75; *Aucassin et Nicolette.*

Savoye (Louis). — *Etudes historiques sur le Pays de Caux* (œuvre posthume) voir G. Dubosc (*Journal de Rouen*, 24 octobre 1922).

Sazerac de la Forge (capitaine). — P. 85.

Selmer (E.). — P. 68.

Séré (J.). — *Monsieur Ferdinand*, voir G. Dubosc (*Journal de Rouen*, 29 décembre 1913).

Sergent. — *Sonnets sur la Forêt d'Ecouves;* — A mené une campagne pour Ch.-Florentin Loriot (*Echo d'Alençon*, 10 octobre 1922).

Sérignan (comte de), pavillon du Buisson, par Bacqueville (Seine-Inférieure). — *Napoléon et les Grands Généraux de la Révolution et de l'Empire* (Fontemoing, 1914); *Soldats de France, Grognards et Héros de vingt ans* (Perrin, 1916).

Séverin (Mme), d'Avranches. — Prix de la Société des Gens de Lettres de Province (1923), pour ses études régionalistes.

Sevestre (Norbert), 8, avenue Reille, Paris, xive. — H., p. 194; *Loup Blanc; La Main Rouge* (1914); *Le Masque qui tombe*, roman (1919); *Cyranette*, roman (1920); *La Grande Guerre*, albums (1920);

Sevestre (abbé), chargé d'une conférence des sources de l'histoire de l'Eglise aux Hautes Etudes à Paris. — *L'Acceptation de la Constitution civile du Clergé en Normandie* (janvier-mai 1791); *Liste critique des Ecclésiastiques, Fonctionnaires publics, insermentés et assermentés en Normandie;* thèses soutenues à l'Université de Caen le 27 avril 1923.

Siegfried (André), 8, rue de Courty, Paris. — *La Démocratie en Nouvelle-Zélande* (1904); *Le Canada : Les deux Races* (1906); *Tableau politique de la France de l'Ouest sous la troisième République* (1913); *Deux mois en Amérique à la veille de la Guerre* (1916); *L'Angleterre d'aujourd'hui, son évolution économique et politique* (*Le Nouveau Monde politique, économique et social.* Enquêtes du Musée social). Voir *Journal des Débats*, 20 avril 1924 (1924).

Simon (Louis), 15, place Nationale, Dieppe. — *Le Chimiste Descroizilles : sa Vie, son Œuvre* (1921); voir G. Dubosc (*Journal de Rouen*, 23 juillet 1922).

Simon (Xavier). — F., p. 403; *La France héroïque.*

Sirven (Paul). — *Lettres inédites de Michelet (1841-1871)* adressées à Alfred Dumesnil et Eugène Noël (voir G. Dubosc, *Journal de Rouen*, 10 février 1924).

Sonniès (Paul), pseud. de **Peysonnié** (Paul), 3, rue Lagrange, Paris, v^e^. — L., p. 15: *L'Histrianon*, nouvelles (1913); *L'Ame rouge et le Démon vert*, roman (1919); *Saucisse et Soubressade* (1921).

Sorel (Albert-Emile), 82, rue Bonaparte, Paris. — P. 58; *Le Droit au Bonheur* (1914); *Le Corso Fleuri* (1918).

Souriau (Maurice), professeur de Littérature française à la Faculté des Lettres, 27, rue Jean-Romain, Caen. — P. 75; *Les Romans romantiques de Georges Sand* (*Revue des Cours et Conférences*); *Les Cinq Etats de Davidée Birot* (*Mois Littéraire*); *Les Variantes de Mateo Falcone* (*Revue d'Histoire Littéraire de France*); *La Compagnie du Saint-Sacrement de l'Autel à Caen. Deux Mystiques normands : M. de Renty et Jean de Bernières; L'Action oratoire de Lacordaire* (*Revue Lacordaire*); *Les Journaux publiés en français par les Allemands;* Collaboration au *Polybiblion*, au *Mois Littéraire*, au *Journal de Caen* et au *Moniteur du Calvados; Bernardin de Saint-Pierre : Paul et Virginie* (resté sous presse); *Les vraies Contemplations* (*Correspondant*); *Voltaire grammairien d'après sa Correspondance; La Langue de Voltaire dans sa Correspondance* (*Revue d'Histoire Littéraire de France*); *La Préface de Cromwell* (10e édition); Collaboration à la *Revue d'Histoire Littéraire de la France*, au *Polybiblion*, à la *Revue d'Histoire du Clergé*, à la *Revue Normande.*

Spalikowski (Edmond), Collège de Normandie, Mont-Cauvaire, par Clères (Seine-Inférieure), collaborateur de la *Dépêche de Rouen*, du *Petit Journal*, du *Radical*, du *Rappel*, de *La Lanterne.* — P. 44 et 78; *Miscellanées d'Art, d'Histoire et d'Archéologie* (1918-1921); *Vikings et Normands* (1919); *Autour de Dieppe* (1920); *Dieppe vu par un Horzain* (1921); *L'Art et les Problèmes sociaux* (1921); *En visitant les vieux Donjons normands* (1921); *Notes sur la Renaissance dans la Région de Clères* (1921); *Quand la Terre tremblait* (1920); *Aux Vents de mon Pays* (1921); *Le Jour décroît* (1922);

La Nuit d'Ariel (1923) ; *Etudes de Littérature normande contemporaine* (1923) ; voir G. Dubosc (*Journal de Rouen*, 5 novembre 1923).

SYLVANE. — *Vierge et Cocotte*, vaudeville en trois actes (avec Benjamin Rabier, Déjazet 1923).

TABOUREAU (commandant). — Voir DES VIGNES ROUGES (Jean).

THOREL (Ed.), curé de Mainneville (Eure). — Parcelles d'histoire locale publiées dans le *Clocher de Gisors*.

THOURET (Georges), 6, rue des Gobelins, Le Havre. — F., p. 403 ; *Mon Ame* (Le Havre).

THUILIER (abbé), curé de la Neuve-Lyre (Eure). — P. 43 et 74 ; *Les Pages de Jeanne d'Arc*, drame historique en deux actes (1914) ; *Roses-France*, quinze saynettes de guerre (1919).

TILLEUL (Henri), pseud. de MORISSE (Henri), 165, boulevard de Strasbourg, Angers. — P. 10 et 31 ; L., p. 115.

TIS (Georges), pseud. de DAVENET, vétérinaire à Ténès (Algérie). — P. 37 ; F., p. 231.

TORAUDE (L.-G.), pharmacien, rue Las-Cases, Paris, VIIe. — *Conte d'un Fileur de verre ; Les Galéniennes* (1919).

TOUTAIN (Paul). — Voir REVEL (Jean), 17 A, quai de la Bourse, Rouen.

TOUTAIN (Jacques), 17 A, quai de la Bourse, Rouen. — P. 69, 71, 72.

TOUTAIN (Suzanne). — P. 45.

TRÉGUISE (Louis), pseud. de MORVAN-GOBLET.

TRIGER (Robert), 5, rue de l'Ancien-Evêché, Le Mans.

TRINTZIUS (René). — *Le Voyage de Noces*, un acte et six tableaux (La Potinière) en collaboration avec Valentin (Amédée) ; *Philippe-le-Zélé*, drame en trois actes (*Théâtre de l'Œuvre*, 1924).

TURPIN (J.-A.), 77 B, rue Verte, Rouen, collaborateur du *Grand Illustré des Saisons* (Havre), de l'*Avant-Scène Française*, de la *Dépêche de Rouen* où il a publié des contes. — P. 68 ; Pièces en vers : *Madame est fâchée ; La Grève des Témoins ; Le Fil blanc ; La Carte d'Alimentation ; Primerose ; Le Geste du Vagabond ; La Tasse à Thé ; Une Chasse imprévue ; L'Arbre vengeur ; La Photo de ma Femme ; Le Visage inconnu ; L'Œillet ; Le Gâteau ; La Recommandation ; La Pêche ; Lorsque tu m'aimais* ; sonnets ; — Monologues : *Un Monsieur qui n'est pas cru ; Attelage à deux ; Assurances ; Une Mémoire étonnante* ; — Théâtre : *Quand tu ne m'aimeras plus*, un acte (1919) ; *C'est bien pour te faire plaisir*, un acte (1920) ; *Fais comme chez toi*, un acte (1921) : *Le Présage*, un acte en vers (1922) ; — Pièces non jouées : *La libre Grâce*, quatre actes ; *La Veille ; Mon Frère ; La double Blessure*, un acte en vers ; *Loin des Yeux ; Un Soir d'hiver*, un acte en vers ; *La Dénonciation ; C'était trop beau ; La Peur du Feu ; Enfin je t'y prends ; Un Mari perspicace ; On photographie ma Femme ; Son Filleul ; Le Trébuchet*, deux actes en vers ; — En collaboration avec Camy-Renoult : *La Bonne est une Voleuse ; Fontaine !...* trois actes ; *Vœu tragique*, un acte en vers ; *Un Monsieur qui tombe des Nues*, trois actes ; *L'Oncle de ma Femme*, trois actes.

TYSSANDIER (Léon). — F., p. 115.

URSEAU (chanoine), 21, Parvis Saint-Maurice, Angers. — *La Peinture en Anjou.*

UZUREAU (abbé), 103, faubourg Saint-Michel, Angers, directeur de *L'Anjou historique* (Siraudeau, éditeur, 6, place de la Visitation, Angers).

VACANDARD (chanoine E.), aumônier du Lycée de Rouen. — *Etudes de Critique et d'Histoire religieuses* (voir R.-G. N. : *Journal de Rouen*, 4 janvier 1923).

VALENTIN (Amédée). — Le Voyage de Noces : En collaboration avec Trintzius (René) : *Philippe-le-Zélé*, drame en trois actes (*Théâtre de l'Œuvre*, avril 1924).

VALLOT (Ch.). — En collaboration avec J. Quesnel : *Tout en faisant la Guerre* (voir G. Dubosc, *Journal de Rouen*, 25 janvier 1920).

VALMONT (Gustave) (1881-1914). — P. 33 ; F., p. 96 ; voir *Journal de Rouen*, 1er février 1922.

VALOTAIRE, 3, rue Saint-Morille, Angers. — *Le Musée d'Angers* ; articles dans *Studio*.

VARENNE (Gaston). — *Introduction à la Vie artistique* (édité par la *Cloche*, du Havre, 1922).

VARENNE (Pierre), 15, rue Pétrarque, Paris. — F., p. 375 ; *La Cité intérieure* (1913 ; *Alphonsine ou l'Après-Midi galante* (1915) ; *Sylvette ou le Devoir domestique* (1917) ; Revues ; *Bonjour*, en collaboration avec J. Ferny et Mauricet (1923).

VAUCLIN (Ch.), receveur municipal, 29, rue Poisson, Rouen. — *Histoire du Théâtre-des-Arts de Rouen* (recueil manuscrit déposé à la Bibliothèque de Rouen dont H. Geispitz a tiré son volume) ; voir G. Dubosc (*Journal de Rouen*, 4 décembre 1913).

VAUTIER (Paul). — Voir BOURGINE (Edouard).

VENANCOURT (Daniel DE), 15, rue Gazan, Paris. — P. 37 ; F., p. 236.

VERLET (Paul) (1890-1922). — P. 45.

VERDIER. — Voir GAUMENT (J.).

Vernier, archiviste de la Seine-Inférieure. — *Le Musée des Antiquités : Guide du Visiteur* (1924).

Verrier (A.-J.). — L., p. 9; *Glossaire étymologique des Patois et Parlers de l'Anjou*, en collaboration avec R. Onillon.

Vitault (Louis). — L., p. 9.

Veyssié (Robert), 10, rue Oudinot, Paris, VIIe. — P. 30; L., p. 85; Fondateur de la *Renaissance Contemporaine; Les Quinzaines Poétiques*, études; *L'Œuvre et la Pensée d'Edouard Schuré* (1914); *Une prévoyante Défense de l'Ame française avant l'heure de l'Agression germanique; La Paix par la Ruhr* (1923); *L'Impôt sur le Revenu.*

Vidgrain (J.). — *Le Christianisme dans la Philosophie de Malebranche; Fragments philosophiques inédits de Malebranche*, thèses soutenues à l'Université de Caen le 18 juin 1923.

Villette (Ernest), maître charpentier. — *Notes et Souvenirs* (voir G. Dubosc, *Journal de Rouen*, 13 mars 1923).

Villette (Pierre). — *Le Besoin de Mordre* (avec R. Delamare); Collaborateur de l'*Opinion*, de la *Journée Industrielle*, du *Journal de Rouen*.

Villey (Pierre), professeur de Littérature française à la Faculté des Lettres, 17, rue Haldot, Caen. — P. 76; *Montaigne : Textes choisis et commentés; Montaigne et François Bacon* (*Revue de la Renaissance*); *La Suppléance des Sens chez les Aveugles et la Question du Toucher à distance* (*Revue du Mois*, octobre 1912); *Une Source inconnue d'un Essai de Montaigne* (*Revue d'Histoire Littéraire de France*, octobre-décembre 1912); *Montaigne et Ben Jonson* (Mélanges offerts à M. Emile Picot); *L'Influence de Montaigne sur Charles Blunt et sur les Déistes anglais* (*Revue du XVIe siècle*, janvier 1913); *Montaigne en Angleterre* (*Revue des Deux-Mondes*, 1er septembre 1913); *A propos de la Lettre sur les Aveugles de Diderot* (*Revue du XVIIIe siècle*, octobre-décembre 1913); *Le Monde des Aveugles; Nouvelle Méthode de Sténographie mécanique; Pierre de Ronsard; La Réadaptation des Soldats mutilés et aveugles à la Vie civile* (*Revue des Deux-Mondes*, 1er octobre 1915); *Note présentée à l'Académie des Sciences le 15 mai 1916 sur une Machine à sténographier pour les Aveugles* (*Bulletin de l'Académie des Sciences*); *A propos de la Machine à sténographier pour Aveugles : Un Débouché pour les Soldats Aveugles* (Valentin Haüy, 1917); *Une Profession nouvelle pour les Soldats Aveugles : l'Apiculture* (*Journal des Soldats blessés aux Yeux*, 1917); *Catalogue des Livres d'étude en Braille possédés par la Bibliothèque Braille; Montaigne et les Dramatistes anglais* (*Revue d'Histoire Littéraire de la France*, 1917); *A propos des Sources de deux Epîtres de Marot* (*Revue d'Histoire Littéraire de la France*, avril-juin 1919); Direction du *Valentin Haüy*, Bulletin trimestriel des questions concernant la psychologie et la pédagogie des aveugles; *Tableau chronologique des Publications de Marot* (*Revue du XVIe siècle*, 1920); *Les Sources de deux Epîtres de Marot* (*Revue d'Histoire Littéraire de la France*, 1919); *Les Sources des Essais* (formant le tome IV de l'édition des *Essais* publiés par la Ville de Bordeaux); *Chronologie de l'Œuvre de Marot* (série d'articles publiés dans le *Bulletin du Bibliophile* depuis septembre 1920); *Marot et le premier Sonnet français* (*Revue d'Histoire Littéraire de la France*); Comptes rendus dans la *Revue d'Histoire Littéraire de la France;* Direction et rédaction du *Valentin Haüy*; *La Pédagogie des Aveugles* (Alcan, 1922); *Les Essais de Montaigne*, I (Alcan, 1922); *Tableau chronologique des Publications de Marot* (*Revue du XVIe siècle*); *L'Organisation de l'Enseignement des Aveugles en France* (*Revue de Paris*, 1er décembre 1921); Voir : *Nouvelles Littéraires*, 19 avril 1924, Frédéric Lefèvre : *Une heure avec P. Villey*. L'Académie Française a décerné le prix Jean Reynaud (1924) à P. Villey pour son *Essai critique des Editions de Marot et de Rabelais*.

Vincent (abbé Francis), professeur de Littérature française à l'Institut Catholique, Angers, 22, rue Donadieu-de-Puycharic. — *Ames d'aujourd'hui*, essais sur la pensée religieuse dans la Littérature contemporaine, 2 volumes (1912-1914); *Augustin Thierry* (*Meilleures Pages*, 1913); *Saint François de Sales, Directeur d'Ames : L'Education de la Volonté; Le Travail du Style chez Saint François de Sales d'après les corrections faites sur l'Introduction à la Vie dévote* deux thèses de Doctorat (voir *Journal des Débats*, 25 janvier 1923, le compte rendu de Louis Arnould et la *Croix*, 16 mars et 30 mai 1924); Etudes littéraires dans le *Correspondant*, la *Revue Pratique d'Apologétique*, la *Revue des Jeunes*, la *Croix*, *Romans-Revue*.

Woolett (Henri), 11, rue Alphonse-XIII, Le Havre. — *Histoire de la Musique*, 3 volumes; Conférences sur les Musiciens modernes (*Monde Musical*).

Yard (Francis), 19, rue de la Rampe, Rouen. — P. 37 et 70; F., p. 244.

Yveline, pseud. de **Le Crosnier** (Edouard), avocat, rue de la Glacière, Rouen. — P. 69.

Yver (Colette), pseud. de Mme veuve Huzard (Antoinette de Bergevin), 5, rue Théophile-Gautier, Neuilly. — P. 48; *L'Homme et le Dieu* (1923); Réponse à Jean des Vignes-Rouges à l'Académie de Rouen (*Journal de Rouen*, 12 avril 1924); *La Femme moderne*, conférence (*id.*, 13 avril 1924) ; *Le Festin des Autres* va paraître dans la *Revue des Deux-Mondes* (juillet-août 1924).

YVON (Paul). — P. 79.

WOLF (Pierre), rue de la Pie, Rouen. — *Une Histoire de Pope*, nouvelle (*Mercure de France*, septembre 1922) ; *Douce Esther*, nouvelle (*id.*, septembre 1923) ; *L'Homme qui égara son Amour*, conte (*Belles-Lettres*, mars 1924).

NOTA. — *Cet index ne contient en fait de travaux historiques et archéologiques que le très petit nombre de ceux qui nous furent signalés directement par leurs auteurs; il ne nous appartenait pas d'ailleurs, de parler de ces ouvrages.*

Nous serons très reconnaissants à tous ceux qui voudront bien nous signaler les lacunes de notre travail.

APPENDICE : JUILLET 1924

ANGOT DES ROTOURS. — *La Bienheureuse Thérèse de l'Enfant-Jésus (1873-1897).*

BEAUNIER (André). — *Critiques et Romanciers.*

BERJOLE (Charles). — *Le Fluteau délaissé* (Bruel).

CRESPEL (Eugène). — *La Montée au Calvaire*, tragédie moderne en trois actes.

DÉVILLE (Etienne), conservateur de la Bibliothèque de Lisieux. — *Honfleur* (collection « Memoranda »).

DUHAMEL (Georges). — *La Journée des Aveux*, comédie en trois actes; *Quand vous voudrez*, comédie en un acte.

FLEURET (Fernand). — *Le Triomphe du Pin de Bourgueil.*

LA BRÈTE (Jean DE). — *Le Rubis; La Solitaire.*

LAURE (Raymond), de Cherbourg. — *Le Missel doré; Les Roses s'ouvrent, Madame*, roman; *Chanson d'amour*, poésie avec musique de Félix Fourdrain.

LE BRUN (A.). — *L'Amphore d'albâtre*, recueil de sonnets (premier prix, médaille d'argent au concours des Jeux Floraux de Touraine, 1924).

MÜLLER (Charles). — Le carnet de voyage du regretté Charles Müller vient de paraître sous le titre : *Cinq mois aux Indes, de Bombay à Columbo.* Cet ouvrage est précédé d'une notice du père de l'auteur, d'une dédicace de Gabriele d'Annunzio et porte, en épigraphe, cette inscription, qui est gravée sur la tombe de Charles Müller, au cimetière de la Madeleine, à Amiens :

CHARLES MÜLLER,
LITTÉRATEUR,
NÉ A ELBEUF LE 6 MAI 1877,
SOUS-LIEUTENANT AU 21e TERRITORIAL,
CROIX DE GUERRE,
CHEVALIER DE LA LÉGION D'HONNEUR.
BLESSÉ MORTELLEMENT AU COMBAT DE LONGUEVAL.
DÉCÉDÉ A AMIENS LE 8 OCTOBRE 1914.

Sa famille et ses amis.

(Müller qui meurt à la manière de Bayard).
Edmond ROSTAND.

ROCHER (Edmond). — *Pierre de Ronsard, Prince des Poètes.*

YVON (Paul). — *Horace Walpole (1717-1797) : Essai de biographie psychologique et littéraire; Horace Walpole as a Poet.*

TABLE DES MATIÈRES

www.ingramcontent.com/pod-product-compliance
Lightning Source LLC
LaVergne TN
LVHW021718230826
846091LV00003BA/803

* 9 7 8 2 3 2 9 7 6 8 8 7 8 *